涙は愛のために

ダイアナ・パーマー
仁嶋いずる 訳

FEARLESS
by Diana Palmer
Translation by Izuru Nishima

mira

FEARLESS

by Diana Palmer

Published by K.K. HarperCollins Japan, 2024

涙は愛のために

おもな登場人物

グロリアン(グローリー)・バーンズ——地方検事補
ビバリー——グローリーの母
トッド——グローリーの父
ジェイソン・ペンドルトン——グローリーの義兄
グレイシー・ペンドルトン——グローリーの義姉
リック・マルケス——グローリーの友人。サンアントニオ警察の刑事
キャッシュ・グリヤ——ジェイコブズビル警察署署長
キルレイブン——ジェイコブズビル警察の巡査
ロドリゴ・ラミレス——農場の監督人
コンスエロ——農場の料理人
マルコ——コンスエロの息子
フエンテス——麻薬王

1

「私は行かないわ」グロリアン・バーンズ――グローリーはつぶやいた。

すらりとした長身の刑事リック・マルケスは、絶対に折れないぞという顔つきでじっとグローリーを見つめた。「まあ、行きたくないならかまわないさ。検視官事務所に、ちょうどきみが入るぐらいの遺体袋を用意してあるんだ」

グローリーは丸めた紙をデスクの向こうのマルケスめがけて投げつけた。

マルケスはそれをほっそりした片手でキャッチし、眉を上げた。「警官に対する暴行は……」

「私に向かって法律のお説教はやめて」グローリーは立ち上がって言い返した。「判例だって暗唱できる」

彼女はゆっくりとデスクの前に出た。いつもより痩《や》せているが、ベージュのスーツ姿はあいかわらず魅力的だ。ふくらはぎまでのスカートの下から、アンクルストラップのハイヒールをはいた小さな足がそそるようにのぞいている。彼女はデスクの端に寄りかかった。

頬骨の高い顔が上気しているのは、かっとしたせいもあるが心配ごとのせいでもある。明るい金色の長い髪は、結んでいないので腰近くまで届く長さだ。淡い緑色の目と広い額、まっすぐな鼻、そして完璧《かんぺき》にカーブした唇。決して化粧はせず、その必要もない。肌はしみ一つなく、唇は自然な赤みを帯びている。美人コンテストで優勝する顔ではないが、笑うと魅力的だ。でも、このところ笑うことは少なかった。

「ここよりジェイコブズビルのほうが安全だとは思えないわ」この十分というもの、うんざりするほど何度も繰り返した理屈をグローリーはまた持ち出した。

「いいや、安全だよ。警察署長はキャッシュ・グリヤだし、エブ・スコットの元傭兵《ようへい》仲間も住んでる。小さな町だから、よそ者が来ればすぐに目につく」

グローリーは顔をしかめた。極度の近視のためコンタクトレンズを使っているが、ときどき眼鏡もかける。しゃれたフレームのレンズの奥で、グローリーの目が何ごとか考え込んでいた。

「それに、きみの主治医だって――」マルケスは切り札を出した。

「あなたには関係ないことよ」グローリーはその言葉を断ち切った。

「きみがデスクに座ったまま死んでたら、関係ないとは言えなくなる!」グローリーの頑固さにうんざりして、マルケスは思わずよけいなことを言ってしまった。「フエンテスの事件ではきみがただ一人の証人なんだ。あいつはきみを殺して口をふさごうとするかもしれない」

グローリーは唇を引き結んだ。「大学を出てここで地方検事補として働くようになってから、脅迫されるのは慣れっこよ。こういう仕事だもの、覚悟はしてるわ」

「普通なら、殺すっていうのはただの脅し文句で実際に殺したりはしない。でもフエンテスはちがう。二カ月前、きみの同僚のダグ・ラーナーの身に何が起きたか忘れたとは言わせないぞ。なんなら検視写真を見せようか?」

「私が目を通さない検視写真なんて一枚もないのよ、マルケス刑事」グローリーは小ぶりな胸の上で腕組みをして静かに言った。「ちょっとやそっとのことじゃ動じないわ」

マルケスは思わずうめき声をあげた。彼が両手をポケットに入れた拍子に、ベルトにつけた四五口径の拳銃《けんじゅう》がグローリーの目に入った。彼女に劣らず長い黒髪はうなじのところでポニーテールに結んである。目はどこまでも黒く、肌は浅黒く、大きな唇は官能的だ。マルケスは本当にハンサムだった。

「ジェイソンが私にボディガードをつけてくれるそうよ」長引く沈黙に耐えかねたのか、グローリーはそう言った。

「きみの義理のお兄さんは自分のことで手いっぱいだ。義理のお姉さんのグレイシーも当てにならない。ときどき自分の住んでる場所すら思い出せないぐらいだからね」

「ペンドルトン家の人たちはいつも親切にしてくれるわ」グローリーは二人をかばった。

「私の母のことはきらっていたけれど、私にはよくしてくれた」

グローリーの母をきらっていた人は多かった。上流階級に入り込もうと必死だった母親は精神的に不安定で、出産直後からグローリーにつらく当たった。グローリーは父の手で六度も緊急救命室に運び込まれたが、父は娘の体の不審な痣《あざ》の理由を、転んだと口ごもるばかりだった。しかし、ある日癇癪《かんしゃく》を爆発させた母親のせいでグローリーが腰の骨を折ったときは、さすがに警察が介入した。母親は児童虐待で逮捕され、グローリーは母に不利な証言をした。

当時、母ビバリー・バーンズは億万長者のマイロン・ペンドルトンとすでに不倫関係にあった。ペンドルトンはビバリーに弁護士団をつけ、母親のせいとされた怪我《けが》はじつは父親の手によるもので、グローリーは父が怖いばかりに嘘《うそ》をついた、と陪審員を説き伏せてしまった。その結果、ビバリーへの告訴はとり下げられた。グローリーの父トッド・バーンズは逮捕されて児童虐待の罪で裁かれ、グローリーの涙ながらの弁護もむなしく有罪となった。こうしてビバリーは罪をまぬがれたが、判事はグローリーが母親と暮らしても安全だとは思わなかったらしい。グローリーは意外にも十三歳で州の保護下に入ることになった。母親は抗告しなかった。

ビバリーがその後マイロン・ペンドルトンと再婚したとき、マイロンに言われてグローリーの親権をとり戻すことにした。だがグローリーの父の裁判を知っていた判事は、ビバリーに親権を渡すのを拒否した。そうしなければこの子の安全は確保できない、と判事は語った。

　裁判所が知らないことが一つあった。それは、グローリーにとっては里親の家庭での暮らしも決して安全ではなかったということだ。里親は、面倒を見なければいけない六人の里子たちに最低限のことしかしなかった。この夫婦はただの金目当てだったのだ。年長の少年二人は、胸がふくらみはじめたグローリーにいつもちょっかいを出そうとした。何週間もそんなことが続いたあげく二人はグローリーに襲いかかった。そのせいで彼女の体には痣が残り、心にはトラウマが残って男性を怖がるようになった。グローリーは里親に訴えたが、里親は作り話だと言ってとり合わなかった。怒ったグローリーは警察に通報した。様子を心配した警官がやってきたとき、グローリーは玄関に出た養母の脇《わき》をすり抜けて女性警官の腕の中に飛び込んだ。

　グローリーは緊急救命室に連れていかれた。診察した医師は自分の目で見たものに驚き、警察に証拠を提出した。それは里親を育児放棄で、十代の少年二人を暴行を試みたかどで告発できるものだった。

　しかし里親はすべてを否定し、グローリーがかつて自分の母親の児童虐待をでっち上げたことを持ち出した。そのため彼女はまた里親の家に戻され、さらにひどい仕打ちを受けることになった。この件で里親も十代の少年二人も恨みを抱いたからだ。だが、幸い少年たちは一時的に少年院に入れられてしまい、保釈のめども立たなかった。腹を立てた里親のほうはそううまくはいかず、グローリーに五歳にもならない少女たち二人の世話を押しつけた。けれどもグローリーはこの二人に手がかかるのがうれしかった。おかげで二、三日は罰を受けずにすんだからだ。

ジェイソン・ペンドルトンは義母のビバリーがきらいだったが、義母の幼い娘には興味があった。ジェイコブズビルの法執行機関にいる友人からグローリーの身の上について知らされてからは、いっそう興味を持つようになった。グローリーが里親の家に戻された週、ジェイソンは私立探偵を雇って彼女の身辺を調べさせた。調査結果は気分が悪くなるほどひどいものだった。探偵がひそかに手に入れた事件の正式な調書を読んだ彼は、妹のグレイシーといっしょに里親のところにおもむいた。里親は当然のように調書を否定した。そして、グローリーが自分の母親に虐待の罪を着せ、そのせいで父親が刑務所に入れられたことをまた持ち出した。父親は半年もたたないうちに別の囚人に殺されたという。

ペンドルトン家の二人がグローリーの里親の家にやってきたその日、グローリーを暴行した二人の少年は裁判をひかえて一時的に釈放され、帰宅していた。一日じゅう彼らから逃げまわっていたグローリーは、すでにブラウスは破れ、痣ができていた。警察を呼ぶのは怖くてできない。幼い二人の少女と共用の寝室のクローゼットでジェイソンがグローリーを見つけたとき、彼女はハンガーにかかったわずかばかりの服に隠れて泣いていた。両腕は痣だらけで、唇からは血がにじんでいる。ジェイソンが手を差し出すとグローリーは身をすくませ、恐怖で身を震わせた。

何年たってもグローリーは忘れることができなかった。ジェイソンがやさしく抱き上げて、部屋から、そしてあの家から連れ出してくれたときのことを。ジャガーの後部座席のグレイシーの隣にグローリーを乗せると、ジェイソンは里親の家にとって返した。車に戻ってきたとき、日に焼けた精悍《せいかん》な顔は抑えられない怒りでこわばっていた。彼は一言も発せず、ただ車を出してグローリーを連れ去った。

母ビバリーは娘が同じ家にいることに腹立ちを隠せない様子だったが、娘のそばに近づくことは許されなかった。グローリーはグレイシーとジェイソンの部屋の間に自分の部屋を与えられた。何度もビバリーとぶつかったジェイソンは、ある日、自分の弁護士団にグローリーの児童虐待事件を再調査させると脅した。本当の虐待者は母親だというグローリーの言葉をジェイソンは信じていたのだ。この脅しに、ビバリーは一言も言い返さずその場を去った。そしてグローリーに近づこうとはしなかった。

悲劇の少女に奇跡の時がおとずれた。自分を大切にしてくれる家族との暮らし。継父マイロンでさえ、グローリーといっしょにいるのを好んだ。

十五歳のとき母が突然の発作で命を落とし、グローリーには普通と言っていい日々がおとずれた。けれども幼いころに受けたトラウマは、新しい家族の予想以上に傷跡を残していた。

腰の骨折は、二度手術して金属を入れたにもかかわらず、元どおりにはならなかった。どんな理学療法をためしても、傍目《はため》にもわかるほど足を引きずる癖が直らないのだ。問題はそれだけではない。グローリーは高血圧の遺伝子を受け継いでいた。幼いころのストレスがもともとの傾向に拍車をかけたのか、高校の最終学年のとき、グローリーは薬を服用した。太っていて内向的で男子とうまくつき合えない彼女はいじめの標的になった。女子にはからかわれ、ネットの掲示板には悪質な書き込みをされた。

ジェイソン・ペンドルトンはいじめの事実を知った。女子生徒のうち一人はいやがらせで告発され、別の子の親は訴えると脅された。それでほとんどのいじめはやんだ。しかしグローリーは孤独で、どこへ行っても自分を場違いに感じた。いやなことが続くと、ただでさえ弱い体をよけい悪くして何度も休んだ。そのせいで体重が減ってしまった。けれども優秀な彼女は成績がよかった。義理のきょうだいたちに支えられて大学に入り、ロースクールに進んで優等で卒業した。その後グローリーはサンアントニオ地方検事局に入り、検事をめざすことになった。四年後の今、彼女は尊敬される検事補としてギャングや麻薬ディーラーを次々と刑務所に送り込んでいる。有能な栄養士がつき、体重の悩みは過去のものとなった。

だがグローリーは私生活では孤独だった。親しい友人はいない。人を、とくに男性を信用することができないのだ。トラウマに満ちた過去のせいでどうしても人を疑ってしまう。男性に対してはとりわけその傾向が強い。男性の友人はいるけれど、恋人は一人もいない。ほしいとも思わなかった。誰かと親しくなれば傷ついてしまうからだ。

そして今、頑固なサンアントニオの刑事が、職場を捨てて小さな町に移り、麻薬を売った罪で起訴した麻薬王から隠れろ、と彼女を説得しようとしている。

麻薬王フエンテスは、テキサスに入り込み、ストリートギャングのつながりを利用して麻薬流通のテリトリーを広げてきた歴代の麻薬王の中では新顔だ。その中の一人がグローリーから訴追免除の確約を受けて裁判で証言したため、フエンテスはクラックコカインを売った罪で十五年の刑を言い渡されそうになった。ところが陪審が評決にいたらず、フエンテスは釈放された。

裁判に負けたあとグローリーが裁判所の廊下の椅子に座っていると、フエンテスが法廷から出てきた。彼は自分の勝利を見せつけずにいられなかった。そしてグローリーの隣に腰をおろし、こう脅した。おれには世界じゅうにつてがあるから、警官だろうが誰だろうが殺せる。つい二週間前も、うるさくつきまとっていた副保安官を殺し屋に始末させたばかりだ。捜査をとりやめないなら次はあんただ。フエンテスはにやにやしながらえらそうに言った。残念ながら、グローリーは事前に法廷の許可を得て盗聴器を身につけていた。そのためフエンテスは翌日あっけなく逮捕された。

フェンテスは怒りを爆発させた。二日前、グローリーは裁判所から外に出たとき銃で狙《ねら》われ、頭から数センチのところを弾がかすめた。バスを探して振り向いたときに相手が発砲したのだ。この危機一髪の出来事に、マルケス刑事はもう二度とこんな危険はおかせないと心を決めたのだった。

「私に何かあっても、音声データがあるわ」

「弁護側はでっち上げだと言うだろう。だから検事は音声を証拠品として提出しなかったんだ」

グローリーは小声で毒づいた。いつもより顔が上気している。

合図したようにドアが開き、ヘインズが水のコップと薬瓶を持って入ってきた。サイ・ヘインズはグローリーのアシスタントで、毒舌と鬼軍曹の迫力を持つ検事助手だ。「今日はまだ薬をのんでいませんよ」彼女はそう言うと薬瓶のふたをとって、グローリーが伸ばした手にカプセルを一つ落とした。「危ないのは月に一度でたくさんだわ」グローリーは主治医から、裁判のストレスで軽い心臓発作を起こす可能性があると言われたことがある。これはそれを指した言葉だ。ストレス下での心機能を調べるテストの結果によれば、きちんと薬をのみ、低脂肪の食事を心がけ、ストレスの低い生活を送らなければ、グローリーは手術が必要になるかもしれないらしい。

マルケスはサンアントニオを出てほしいと言っているが、グローリーは行きたくなかった。主治医の言葉はマルケスにもヘインズにも教えたくない。主治医は、サンアントニオを出て静かな暮らしに切り替えないと、大きな心臓発作を起こして法廷の検事席でこと切れることになる、と言ったのだ。

　グローリーはカプセルをのみ込んだ。「この薬、いまいましいことに利尿作用があるの。数分おきにトイレに行きたくなるのよ。一時間に六回も中座していたら、審理どころじゃなくなるわ」

「おむつを使えばいいじゃない」ヘインズはこともなげに言った。

　グローリーは彼女をじろりとにらんだ。

「検事だってきみが法廷で倒れるのは望んでいないはずだ」マルケスは味方を得て勢いづいた。「そんなことになれば再選がむずかしくなる。何より、検事はきみを気に入ってるんだ」

「気に入っているのは私に私生活がないからよ。私は毎晩事件のファイルを持ち帰るの。人に怒鳴り散らせなくなるのはさびしいわ」

「ジェイコブズビルにあるペンドルトンの農場で、作業員に怒鳴り散らせばいい」マルケスが言った。

「農場についてなら少しは知ってる。父も小さな農場を持っていて……」グローリーは口をつぐんだ。昔のことなのに、オレンジ色のつなぎを着た父が連れ去られていくところや、判事に父を戻してと泣いて頼んだときのことを思い出すと、今でも苦しかった。

「お父様はあなたを誇りに思うでしょうね」ヘインズが言った。「あの児童虐待の件で、お父様の無実を証明したんだから」

「でも父は帰ってこないわ」グローリーは遠くを見るような目で暗く言った。「父を殺した男が見つかったのは何よりだったけれど。あの男はもう二度と出所できないでしょうね。もしあの男が仮釈放を申請しようものなら、聴聞会が開かれるたびに死ぬまで父の写真を持って出席するつもりよ」

誰もそれを疑わないだろう。グローリーは静かに復讐心《ふくしゅうしん》を燃やしていた。

「頼むよ」マルケスが言った。「どちらにしても、きみには休息が必要だ。ジェイコブズビルは平和な町だよ」

「平和ね」グローリーはうなずいた。「たしかに平和よね。何年か前は数百キロものコカインを町の中に持ち込んで子どもを誘拐した麻薬ディーラーたちがいたし、その少しあとには、麻薬王のマニュエル・ロペスの手下がジェイコブズビルの屋敷で襲われて銃撃戦になったし。その屋敷には大量のマリファナが貯蔵されていたのよね」

「ここしばらくは誰も撃たれてない」マルケスは言った。

「組織の残党に見つかったらどうするの?」

「あいつらは農場にきみがいるとは思ってない。サンアントニオは大きな町だし、きみは何十人もいる検事補の一人にすぎない。ここでだってそれほど顔を知られてるわけじゃないんだから、ジェイコブズビルならもっと安全だ。学生のころから比べると外見もすっかり変わってる。誰かが覚えていたとしても、過去のきみで現在のきみじゃない。きみは健康上の理由でサンアントニオからやってきた目立たない女性でしかないんだ。友人のペンドルトンの助けで野菜やフルーツの農場で働いてるだけだ」マルケスはためらった。「それからもう一つある。ペンドルトン家と関係があるとか、よく知っているとか人に言わないほうがいい。警察署長以外、ジェイコブズビルでは誰もきみの職業を知ることはないよ。疑《うたぐ》り深い人も納得するような作り話をこちらで用意するから。絶対にばれないようにね」

「タイタニック号の設計も絶対安全って言われていたわよね」

「あなたが行くなら私も行くわ」ヘインズがきっぱり言った。「私が毎日鼻先に薬を突きつけなければ、きっとのむのを忘れるだろうから」

グローリーが口を開こうとする間もなく、マルケスが首を振った。「グローリーの身分を隠すだけでも大変なんだ。きみを連れていけば、グローリーだけではわからなくても、いつも法廷でいっしょにいるアシスタントと並んでいればギャングも何か勘づくかもしれない。ギャングはたいてい麻薬の密売に手を染めてるからね」

グローリーは顔をしかめ、残念そうにアシスタントに言った。「この人の言うとおりだわ。ぜひいっしょに来てほしいけれど、危険が大きすぎる」

ヘインズはがっかりした顔つきだ。「変装すればいいじゃない」

「だめだ」マルケスが静かに言った。「きみはここにいたほうがいい。ほかの検事がフェンテスのことで新事実を探り出したとき、ここにいればすぐにこっちに情報を流してもらえる」

「それもそうね」ヘインズはそう言って残念そうにグローリーにほほえんだ。「あなたがいない間、新しいボスを探さなきゃ」

「FBI事務所のジョン・ブラックホークがアシスタントの後釜《あとがま》を探しているらしいよ」マルケスが言った。

ヘインズはマルケスをにらんだ。「この町では後釜は見つからないんじゃないかしら。前任者にあんなことをしたんだから」

マルケスはまじめな顔を崩すまいとした。「あれは誤解に誤解が重なっただけじゃないかな」

グローリーは思わずふき出してしまった。「たしかに誤解よね。ジョンのアシスタントはボスをすてきだと思って自宅の夕食に招待したのに、ジョンはアシスタントからセクシャル・ハラスメントを受けていると警察に通報したんだから」

マルケスはがまんしていた笑いを爆発させた。「アシスタントは頭のいい金髪美人で、そもそもジョンの母親が推薦した人なんだ。ジョンは母親に電話して、アシスタントが自分を誘惑しようとした、って文句をつけたらしい。そしたら母親は、どうやって、と訊いたそうだ。母親はご立腹で息子とは口もきかないらしいよ。アシスタントは母親の親友の娘だったとかで」

「ジョンはセクシャル・ハラスメントの訴えはとり下げたんでしょう?」グローリーは言った。

「ああ。でもアシスタントは辞めたし、ネット上でサンアントニオの全女性にことの顚末《てんまつ》を広めたそうだよ」マルケスは口笛をふいた。「ジョンは、よぼよぼになってもこの町ではデート相手を見つけられないだろうね」

「当然の報いだわ」ヘインズがつぶやいた。

「いや、それ以上だ。ガロン・グリヤや、ほかのFBI捜査官のところで働いていたジョスリン・ペリーのこと、覚えてるかい?　あの人たちは今度はジョスリンをジョンにあてがったんだ」

「あら、大変」ヘインズがつぶやいた。

ジョスリンはアシスタントの間では伝説的な存在だった。毒舌で有名で、自分の地位にふさわしくないと思った仕事は断ってしまう。彼女がアシスタントなら、ジョン・ブラックホークはいらいらするだけではすまないだろう。ジョスリンが彼をどんな目にあわせるかは神のみぞ知るといったところだ。

「気の毒に」グローリーはそうつぶやいたが、顔には笑みが浮かんでいた。

ヘインズは心配そうにグローリーを見た。「農場でいったい何するの？　畑を耕すわけじゃないんでしょう？」

「ええ、そんなことはしないわ。私ができるのは缶詰」

「缶詰？」ヘインズは顔をしかめた。

「野菜やフルーツが悪くならないように缶詰にして保存するの。ジャム、ゼリー、ピクルスなんかも作れるのよ」

マルケスは眉を上げた。「うちの母も昔作ってたけど、今はあんなにうまくは作れないな。作り方にこつがあるんだ」

「腕がものをいうのよ」グローリーは得意そうに言った。

「シックな服装はやめてジーンズにはき替えないと。スーツで働くわけにはいかない」マルケスは言った。

「私、子どものころにジェイコブズビルに住んでいたの」グローリーは無理に笑顔を作って言ったが、それ以上くわしいことを語ろうとはしなかった。マルケスはグローリーがどんな目にあったか知っていた。もちろんジェイコブズビルには知らない人もたくさんいる。

「なじむのは簡単よ」

「じゃあ、行ってくれるね？」

グローリーはデスクに腰かけた。二人がかりで説得されては勝ち目はない。この人たちの言うことも一理ある。サンアントニオは大きな町だけれど、彼女は二年前から同じアパートメントに住んでいて、誰もが彼女を知っている。居所を突き止めようと思えば簡単だ。彼女が殺されればフエンテスは自由の身になり、金を追い求める彼の後ろに死者の山ができるだろう。

主治医の言葉が正しければ、今引っ越せば体にもいいかもしれない。主治医は優秀な医者だ。彼の診断を聞いてどれほどぞっとしたか、グローリーは誰にも言いたくなかった。自分の重荷のことで泣き言を並べたりはしない。

「ジェイソンとグレイシーはどうなの？」ふいにグローリーは言った。

「ジェイソンはさっそくボディガードの一団を雇ったよ。ジェイソンもグレイシーもだいじょうぶ。二人が心配しているのはきみだ。みんながきみのことを心配してるんだよ」

グローリーはぐっと息を吸い込んだ。「防弾ベストとグロック銃があっても、私がここにいてもいい理由にはならないのね？」

「フエンテスは防弾ベストも貫く弾を持ってるし、まともな頭の持ち主ならきみに銃を渡すようなまねはしないだろうね」

「そういうことなら」グローリーはしぶしぶ言った。「行くことにするわ。私は農場の監督もやらなきゃいけないの？」

「いや、監督役はジェイソンが雇ってる」マルケスは顔をしかめた。「偏屈な男でね。テキサスの出身じゃない。ジェイソンはいったいどこであいつを見つけてきたんだか。あの男……」マルケスは、あんなに無口で不愉快な男には会ったことがないと言いかけてやめた。農場の作業員は彼を慕っている。それに、今のタイミングでそんなことを言うのはまずい。

「その人が私を監督しようとしないなら、かまわないわ」

「あの男はきみのことは何一つ知らない。ジェイソンが教えたこと以外はね。ジェイソンはきみが来る理由を教えないし、きみからも言う必要はない。あの監督は、何かつらいことがあって、それを忘れるために仕事を引き受けたんじゃないかな」

「その仕事が農場ってわけね」グローリーはつぶやいた。

「なんなら動物保護施設を紹介しようか?」マルケスは突飛なことを言い出した。「ライオンの餌《えさ》やり係を探してるらしいから」

グローリーはマルケスをにらんだ。「そんなところ、私がライオンの餌になるのがおちじゃないの?　遠慮しておくわ」

「きみのために言ってるんだ」マルケスは静かに言った。「わかってると思うけど」

グローリーはため息をついた。「そうよね」そしてデスクから離れた。「生まれてからずっと危険なことから逃げまわってきたの。だから今回だけは踏みとどまって戦いたいと思ったのよ」

「勇ましいね。剣でも貸そうか」

グローリーはマルケスを見つめた。「あの剣をあなたに渡したのはお母さんの失敗だったわね。パトロール警官があなたに対する訴えをとり下げたのはラッキーだったわ」

マルケスはむっとした。「侵入者にアパートメントのドアの鍵《かぎ》をこじあけられたんだ。目が覚めたら、犯人がぼくの新品のノートパソコンをバッグに詰め込んでるところだった」

「銃があったでしょう」グローリーは言った。

マルケスは彼女をにらんだ。「あの夜は車に置いたまま忘れてたんだよ。でも剣ならベッドの上にかかってた」

「この人が剣を振りまわすのを見て、泥棒は窓から飛び出したそうよ」グローリーがヘインズに教えると、ヘインズはにやにやした。

「ぼくの部屋は一階だから」

「そうね。で、あなたはそのまま泥棒を追いかけた。その……」グローリーは咳払《せきばら》いした。

「制服を着ずに」

「まさかぼくを逮捕するとはね。信じがたい失態だ」

「あたりまえでしょう、裸だったんだから！」

「夜どんな格好で寝てたって、泥棒に入られちゃしょうがない。パトカー到着までに自分で犯人を追跡して確保するしかなかったよ」マルケスは首を振った。「ぼくを逮捕した警官に刑事だと言ったら、あいつ、バッジを見せろって言うんだ」

グローリーはふき出しそうになって口元を押さえた。

「どこに置いたか教えたの？」ヘインズが訊いた。

「さっさと窃盗犯を逮捕しなきゃ自分のバッジがどうなるか教えてやったよ」マルケスは落ち着かなげに身動きした。「幸い、もう一台パトカーが来て、そっちには知り合いが乗ってた」

「女性警官がね」グローリーはおもしろそうにヘインズに教えた。

頬骨の高いマルケスの顔が赤くなった。「あのときは窃盗犯の持っていたバッグがあって助かったよ」マルケスはつぶやいた。「幸い帰りは家まで車に乗せてもらったんだ。でも夜勤のやつから話がもれて、次の日の午後にはちょっとした英雄扱いだった」

「パトカー搭載のビデオカメラに映ってなかったのが残念ね」ヘインズが笑った。「映っていれば、警察密着番組で放映できたのに」

マルケスはグローリーをにらんだ。「こっちは犯罪被害者なんだぞ！」

「で、結局犯人は骨折り損だったの？」ヘインズが訊いた。

「ぼくがタックルしたとき、あいつは新品のノートパソコンを落としやがった」マルケスは皮肉っぽく笑った。「おかげでハードディスクが壊れて、ファイルは全滅だよ」

「バックアップをとっておかなかったの？」グローリーが言った。

「まさか警官の家が狙われるとは思ってないからね」

「それも一理あるわね」ヘインズは認めた。

「そうなんだ」マルケスは腕時計を見て顔をしかめた。「午後から法廷で殺人事件の証言がある。ボスに、きみはジェイコブズビル行きをオーケーした、と伝えてかまわないね？」

グローリーはため息をついた。「ええ。明日の朝いちばんに出発するわ。紹介状みたいなものは必要？」

「必要ない。ジェイソンが農場の監督にきみが行くと伝えてくれるはずだ。宿泊先は敷地内の屋敷だよ」

グローリーはためらった。「監督はどこで寝泊まりするの？」

「同じ屋敷だ」マルケスは片手を上げた。「念のため言っておくけど、屋敷には監督の料理人をつとめる家政婦もいるから」

グローリーはそれを聞いて少しだけ安心した。見知らぬ男性は苦手だし、そばにいられるのはもっと困る。夏の暑さはきついけれど、分厚いコットンのパジャマと長いローブを持っていこう。

ジェイコブズビルは記憶にあるより小さく思えた。メインストリートは、グローリーがこのあたりに住んでいたときのままだ。父が薬を買っていた薬局。向こうには、グローリーが物心ついたときからずっとマルケスの母親がやっているカフェがある。金物屋、飼料店、ブティック。昔と同じだ。変わったのはグローリーだけだ。

ペンドルトン家の農場に続く狭い舗装道路に入ったとき、グローリーは胸がざわめくのを感じた。忘れていた。この家は、母の癇癪が爆発して幼いグローリーの体と家族をばらばらにしてしまうまで、両親とともに暮らしていた家だ。それまで、その家にふたたび住むのがどんなにつらいことか、グローリーは考えてみなかった。

前庭には古いペカンの木がまだある。狭い舗装道路の脇に立つ郵便受けを目にするまでもなく、それがわかった。何年も昔、その木にはタイヤのぶらんこがぶら下がっていた。

グローリーを驚かせたのは家だった。ペンドルトン家はずいぶんお金をかけて改装したらしい。グローリーが幼いころ住んでいた古い羽目板張りの家は、手のこんだ木彫りをほどこしたビクトリア朝風のエレガントな白い建物に変身している。奥行きのある長い玄関ポーチには、ぶらんこと長椅子、そしてロッキングチェアがいくつか置かれている。家の向こうには大きな倉庫があり、家と倉庫のまわりに広がる畑でとれたとうもろこし、豆、トマトなどの農産物の箱を作業員が運び込んでいる。グローリーはもう一本のペカンの木の下にある砂利敷きの駐車場に車を止め、エンジンを切った。小型セダンの中には財産のほとんどが詰まっている。もちろん家具は別で、持ってくることなど考えなかった。サンアントニオのアパートメントはそのまま借りている。義理の兄のおかげで半年分の家賃は支払済みだ。家にはいつ帰れるのだろう、とグローリーは思った。

車のドアを開けて外に出ると、口ひげをたくわえた髪の黒いジーンズ姿の長身の男がちょうど玄関の階段をおりてくるのが見えた。精悍な顔つき、運動選手のような体。優雅な足どりは、まるですべるようになめらかだ。外国人だろうか。

グローリーを見て、男の顔がいっそうよそよそしくなった。男はきびきびしたエレガントな足どりで近づいてきた。近くで見ると、力強い額と黒い眉の下の目は深い黒だ。日が暮れてから裏通りで出会いたくない男。グローリーはなぜかそんなふうに思った。

男はグローリーの目の前で足を止め、高級とは言えない車、眼鏡、風で乱れた金色のまとめ髪、地味な服装を眺めた。これがテストなら私は失格だ、とグローリーは思った。

「なんの用だ？」男はそっけなく言った。

グローリーは車のドアに寄りかかった。「私、缶詰職人なの」

男はまばたきした。「なんだって？」

グローリーはぐっと息をのみ込んだ。この人はとても背が高くて、そのうえ機嫌が悪い。

「缶よ、缶」

「ここじゃダンサーは雇ってない」

グローリーの緑色の目が丸くなった。「えっ？」

「カンカンっていえばダンサーだろう？」

「そうなの？」グローリーはいたずらっぽく訊いた。「実際にやってみせてくれたら、それが踊りと関係あるかどうか私が判断するわ」

信じられない、とグローリーはその直後思った。人の目が怒りで爆発するなんてことが実際にあるのだ……。

2

男のあごがこわばった。「ふざけてる気分じゃないんだ」どこかアクセントのある英語で彼は冷たく言った。

「そうね、ここに行けと言われたのは缶詰作りを手伝うためよ。ジェイソン・ペンドルトンからこの仕事をどうかと言われたの」

男の目は文字どおりくすぶっている。「ジェイソンから、なんだって?」

「この仕事をもらったのよ」グローリーは顔をしかめた。「耳が悪いの?」

男が一歩前に踏み出し、グローリーはドアの内側に引っ込んだ。男は腹が立ってしょうがないという顔つきだ。「ジェイソン・ペンドルトンが仕事をくれたのか?」

「ええ」今は冗談を言っている場合ではないようだ。「有機栽培のフルーツを加工するのに、手伝いの人間がいるって言っていたわ。私はジャムとゼリーが作れるし、野菜の缶詰の作り方も知ってるの」

男はグローリーがここに来た理由を理解しようとしている様子だった。歓迎していないのは火を見るより明らかだ。「ジェイソンからは何も聞いていない」

「今夜あなたに電話するって言っていたわ。彼は今、家畜の品評会でモンタナにいるそうよ」

「どこにいるかは知ってる」

グローリーの腰がうずき出したが、口に出したくはなかった。それでなくてもこの人はいらいらしている。「私は車の中で寝たほうがいいかしら?」グローリーは丁寧に言った。

物思いにふけっていたのか、男はふいに現実に戻ったように見えた。「コンスエロにきみの部屋を用意させよう」彼はしぶしぶそう言った。「ゼリーとジャム作りはコンスエロがやってるんだ。新しい商品でね。野菜の加工は工場でやってる。果物でも同じことができれば、工場にラインを増設するつもりなんだ。コンスエロの話だと、ここのキッチンの大きさがあれば試作品作りにはじゅうぶんだそうだ」

「その人の邪魔はしないわ」

「じゃあ、どうぞ。出ていく前にきみを紹介しておく」

私といっしょに働くのがいやだから、辞めるつもりなのかしら? グローリーは訊《き》いてみたかった。この人にユーモアのセンスがないのが残念だ。

グローリーは車の中に手を伸ばし、赤い竜の頭のついた杖《つえ》をとり出した。家の傘立ての中には、色もデザインもさまざまな杖が並んでいる。ハンディキャップとつき合うしかないなら明るくつき合いたい、とグローリーは思っていた。

彼女はドアを閉め、杖にすがった。

男はなんとも言いがたい顔つきになった。そして眉をひそめた。

この不自由な体のこと、きっと何か言うつもりだわとグローリーは思った。

男は何も言わなかった。ただ背を向けてゆっくりと家に戻り、グローリーが追いつくのを待った。あの表情なら知っている。哀れみだ。グローリーは歯を食いしばった。男が階段をのぼるのを手伝おうとしたら、杖で膝をなぐりつけてやろう。

彼は手伝おうとはしなかった。ただグローリーのためにしぶしぶドアを開けた。

なるほど、そういうことね。玄関ホールに入りながらグローリーは思った。これからはボディランゲージで意思の疎通をはかろうというのだ。

男は先に立って、感じのいいリビングルームの磨き抜かれたむき出しのウッドフロアを歩いていき、両側に食料品庫の並ぶ狭い通路を抜け、広いキッチンに入っていった。最新式の設備が揃《そろ》ったキッチンには、大きなテーブルと椅子、作業台があり、窓には黄色いカーテンがかかっている。床は石を模したリノリウムだ。キャビネットはオーク材で、大きくて手が届きやすい。食器洗い機からシンク、そしてこんろまでぐるりとカウンターがめぐらせてある。冷蔵庫だけは片隅に置かれている。料理人が冷蔵庫を気に入らずに追放したみたい、とグローリーは思った。

小柄で浅黒い女性が足音を耳にして振り向いた。背中に垂らしたポニーテールにはピンクのリボンが四つ結ばれている。その顔は丸く、目には笑みがあった。

「コンスエロ」長身の男はグローリーを指さした。「新入りの缶詰職人だ」

コンスエロの眉が上がった。

「缶、缶って言っていたら、この人、私のことをダンサーだと思ったのよ」グローリーはコンスエロに向かって言った。

コンスエロは笑いをこらえているようだ。

「こちらはコンスエロ・アギラ」男は紹介した。「で、こっちは……」男の言葉が止まった。この新入りの名前を知らなかったからだ。

グローリーは彼が口を開くのを待った。助けてあげようとは思わなかった。

「名前も訊いてないの？」コンスエロがからかった。彼女はにっこりほほえんでグローリーに近づいた。「歓迎するわ。手伝いがいてくれると助かるの。名前は？」

「グローリー」グローリーは小声で言った。「グロリアン・バーンズよ」

長身の男は眉を上げた。「誰が名づけたんだ？」

グローリーの目が真剣になった。「父よ。父は、子どもを持つのは輝かしい《グロリアス》ことだと思ったの」

男はグローリーの顔つきに興味を引かれたようだ。彼女はそれ以上くわしく話そうとはしなかった。

「この人のことはもう知ってる？」コンスエロは長身の男を指さした。

グローリーは唇を引き結び、首を振った。

「自己紹介もしてないの？」コンスエロはあっけにとられて男を見た。

男はコンスエロをにらんだ。「いっしょに働くわけじゃないからな」その口調はそっけなかった。

「そうね。でも、この家に住むのよ」

「私は車で寝泊まりしてもいいの」グローリーはすかさず明るい声で言った。

「ばかなことを言うな。これから金物店に行って、トマト用の支柱をもっと買ってこなきゃいけない」男は小柄な女性に言った。「この人に部屋をあてがって、ここの仕事のことを教えてやってくれ」

グローリーはそんな男の態度に異議を申し立てようとしたが、彼はそれきり何も言わずにくるりと背を向け、出ていってしまった。やがて玄関のスクリーンドアがばたんと音をたてた。

「ずいぶん愛想のいい人ね」グローリーは年上の女性に向かってにやりとした。「ここに落ち着いて、あの人の暮らしを暗くするのが待ちきれないわ」

コンスエロは笑った。「悪い人じゃないのよ。ウィルクスさんが辞めたとき、どうしてあの人が後釜《あとがま》になったのかしらねえ。サンアントニオに住んでるペンドルトンさんがボスなんだけど、そのボスが言うには、ロドリゴは最近家族を亡くして喪に服しているらしいのよ。ここへ来たのは人生をやり直すためだって」

「まあ、そうだったの」グローリーはそっと言った。「あんないやみを言うんじゃなかったわ」

「気にしてないわよ」コンスエロは鼻で笑った。「あの人、働きぶりはすごいの。畑で働く男たちには冷たくもないし、きついことも言わないのよ。オペラとかクラシックのCDを聴いているところを見ると、きっと教養のある人なんでしょう。でも一度作業員の一人が同僚にけんかを売って、ロドリゴが割って入ったことがあってね。目にも留まらぬ速さで動いたかと思うと、けんかを売ったほうの男は痣《あざ》だらけで泥の中に倒れてる始末。それ以来、作業員は誰もロドリゴに口を出すすきを与えないようにしてるの。あの人、とっても強いのよ」

「ロドリゴが？」その名を口にすると、静かな威厳が感じられた。

「ロドリゴ・ラミレス。前はソノーラの牧場で働いていたって言ってたわ」

「メキシコ出身なの？」

「生まれはたぶんメキシコでしょう。でも昔のことは話そうとしないの」

「ちょっとアクセントがあるわね。スペイン語が話せるんじゃないかしら」

「スペイン語、フランス語、ポルトガル語、ドイツ語、イタリア語、それにアパッチ族の言葉まで話せるのよ」

グローリーは驚いた。「そんな才能があるのに、テキサスの農場で働いているの？」

コンスエロは笑った。「私もそう思うわ。昔は通訳の仕事をしていたみたい。どこでしていたかは言わなかったけど」

グローリーはにっこりした。「とにかく、楽しい仕事になりそう」

「ボスのジェイソン・ペンドルトンのことは知ってる？」

グローリーはうなずいた。「ええ、まあね」そしてあわてて付け足した。「妹さんのほうと親しいから」

「ああ、グレイシーね」コンスエロはまたくすくす笑った。「一度ボスといっしょに来たことがあるわ。そのとき、道ばたに脚を折った野良猫が倒れていたの。グレイシーは血だらけで泥まみれのその猫を抱き上げて、ジェイソンに近くの動物病院まで連れていかせたのよ。私の給料の二カ月分もしそうなシルクのドレスを着てたんだけど、気にもしなかった。猫のことしか頭になかったのね」コンスエロはにっこりした。「あの人、結婚しなきゃ。あの人を奥さんにした男はしあわせ者だわ」

「結婚したくないんですって。実の父親が遊び人だったらしくて」

「父親っていうと、ジェイソンとグレイシーのお父さん？」

グローリーは首を振った。「ジェイソンとグレイシーは血のつながりはないわ。グレイシーのお父さんは彼女が十代になったばかりのころに亡くなって、お母さんがジェイソンのお父さんと再婚したの。そのあとお母さんが亡くなって、ジェイソンのお父さんが再婚したのよ」グローリーは、ジェイソンの父親が自分の義理の父でもあることは口に出さなかった。話がややこしくなるからだ。

コンスエロはエプロンをはずした。「客用寝室を見せてあげなきゃね」振り向いた彼女は、グローリーのジーンズをはいた脚に半分隠れていた杖に気づいた。彼女は眉根を寄せた。「言ってくれればよかったのに。あなたを立たせたままぺらぺらおしゃべりしてたなんて！　痛かったでしょうに」

「全然気にならなかったわ」

「幸い、寝室は一階よ」コンスエロは食料品庫の通路を抜けてリビングルームに戻り、奥のドアから別の廊下に出た。廊下の突き当たりはバスルームで、そのバスルームは白い縁どりのある青い壁紙の小さな部屋につながっていた。

「すてきな部屋」グローリーは言った。

「小さいのよ。ロドリゴは最初ここを自分の部屋に選んだんだけど、ここじゃ狭すぎるって言ってやったの。あの人、パソコン二台に無線の機械もいくつか持ってるのよ。趣味でやってるって本人は言ってたけど。あの人の書斎には小さなデスクがあるけど、帳簿をつけるときは寝室のほうがいいみたい」

「人づき合いの悪い人なの？」

「女っけはないわね」コンスエロはそう言って顔をしかめた。「でも、この前かわいい金髪の人が来てたわ。親しいみたい。誰なのか訊いたけど、無視されちゃった。自分のことを話さない人なの」

「変わっているのね」

「あなた、結婚も婚約もしてないの？」

グローリーはうなずいた。「結婚する気はないわ」

「子ども、ほしくない？」

グローリーは顔をしかめた。「子どもを産むのがいいのか悪いのか……ちょっと体に問題があってね。危ないかもしれないの」グローリーはため息をついた。「どちらにしても男性のことはあまり信用していないから、同じことね」

コンスエロはそれ以上何も訊かなかったが、グローリーを見る目はやさしかった。

農場は広かった。いくつも畑があり、それぞれ異なる作物が植えられていた。収穫作業に穴があかないよう、植えつけの時期はずらしてある。今はちょうど果物の収穫が始まっていた。最初は桃、杏《あんず》、ネクタリン、キウイだ。りんごは秋にとれる品種だった。それまでは、きいちご、ラズベリー、ブラックベリー、いちごがある。

「忙しくなりそうだわ」コンスエロに豊かな畑を見せられて、グローリーはそう言った。

「それは私も同じ」コンスエロが答えた。「この仕事、辞めようかと思ってたの。一人の手にあまるから。でも二人いればなんとかなりそう。ジャムとゼリーとピクルスが売れれば、かなりの収入アップになるわ。観光客に人気があるの。地元のフラワーショップにも卸してるんだけど、そこではギフトバスケットに入れるそうよ。ここには有機野菜の加工場とオンラインショップがあって、倉庫のほうで品物を出荷してるの。でも缶詰はまだ始めたばかり。有機栽培のとうもろこしや豆類の缶詰作りもやりたいんだけど、そういうのは加工場のほうで大量に処理しなくちゃいけない。そもそもそれには圧力鍋《なべ》がいるし、時間もかかる。ロドリゴが来てからは、かなり時間ができたんだけどね。あの人、本当にエネルギッシュだから」

「圧力鍋って苦手だわ」グローリーは言った。

「爆発するって話、あったわよね」コンスエロは笑った。「でも今は何かあってもだいじょうぶなように設計してあるの。どちらにしてもここでは使わないし。それじゃ、作業を教えてあげる。簡単な仕事よ」

簡単な仕事。たしかにそうだったが、グローリーは腰が痛くなって加温パッドを使った。

するとコンスエロがスツールを見つけてきてくれたので、グローリーの体は新しい仕事にうまくなじめるようになった。

ロドリゴのほうは簡単にはいかなかった。どうやらしょっぱなからグローリーがきらいになり、必要最低限のこと以外口をきくまいと心に決めたらしい。

ロドリゴはグローリーのことを役立たずと思っているようだ。ハンディキャップのことは何も言わないが、その目つきを見れば、彼女が脳みそを果物貯蔵庫にしまい込んで、ときどきとり出して磨くぐらいしかしないと思っているのはわかった。これまでグローリーがどんな仕事で生計を立てていたか、そしてどうしてこんなところにいるかを知ったら彼はどう思うだろう。そのときのロドリゴの顔つきを想像するのはおもしろかった。

ある日ロドリゴは一人の男を家に連れてきてコンスエロに言った。今週末に出かけるから、その間この男が作業員の監督をする、と。グローリーはその新入りに好感を持てなかった。人の目をちゃんと見ようとしないからだ。小柄で浅黒く、グローリーに話しかけるときはきまって彼女の体をじろじろ見る。見知らぬ男の前ではただでさえ落ち着かないのに、グローリーはこの男のそばにいると本当に困ってしまった。

コンスエロはそれに気づき、男がなれなれしくなると間に割って入ってくれた。

「あのカスティーリョとかいう男を助手に雇うなんて、セニョール・ラミレスも何を考えてるんだか」キッチンで二人きりのときにコンスエロがグローリーに言った。「あんまり近寄られたくないわ。あの人、刑務所にいたのよ」

「どうしてそんなこと知ってるの?」グローリーは答えを知っていたが、コンスエロが男の過去を勘ぐっているだけなのか、それとも確かな理由があって言っているのか知りたかった。

「腕も胴も筋肉隆々だし、そこらじゅういれずみだらけでしょ」コンスエロは、悪名高いロサンゼルスのストリートギャングのメンバーがしているいれずみがその中にまじっていた、と打ち明けた。

ギャングのことなら知りすぎるほどよく知っているグローリーは、コンスエロの知識に驚き、感心した。

「あの人、ここで何をしているの?」

「怖くて訊けないわ」コンスエロが深刻な声で言った。「セニョール・ペンドルトンは聞いてるはずだけど、家の外でそんな話をしたら私の首が危なくなるでしょうよ。ロドリゴの気がたしかなのを信用するしかないわ」

「変わった人よね、ロドリゴって。洗練されているし、とても知的。働く場所なんて選び放題にちがいないでしょうに。農場では浮いているわ」

コンスエロは笑った。「あの人には仕事の上で必要なこと以外いっさい訊かないの。あの人、ときどき癇癪《かんしゃく》を爆発させるのよ。ひどい悪態をつくし、怠け者やだらだらした仕事ぶりにはがまんできないみたい。仕事中に酒を飲んだ男はしかられて、その日のうちにくびよ。ボスとしては厳しいの」

「そういう人だと思ったわ。しあわせじゃないのね」

コンスエロはグローリーを見つめてうなずいた。「鋭いじゃない。そのとおり、しあわせじゃないの。もともとは不機嫌な人じゃないと思う。きっと家族を深く愛してたんでしょうね。私の息子のマルコが遊びに来たとき、あの人、すっかりちがった顔を見せたっけ」

「お子さんがいるの？」グローリーはやさしく訊いた。

コンスエロはほほえんだ。「ええ、男の子がね。二十一になったばかりで、いい子なの」

「住まいは近く？」

コンスエロは首を振った。「ヒューストンよ。でも会いに来られるときは来てくれる。テレビでサッカーをやるときなんかはね。息子にはそんなお金はないんだけど、ロドリゴがサッカーを見られるようにこの家に専門チャンネルを入れてくれたから」

「サッカー？」グローリーの緑色の目が輝いた。「サッカーなら大好きよ！」

「そうなの？」コンスエロは喜んだ。「ひいきのチームは？」

グローリーはばつが悪そうにほほえんだ。「メキシコよ。アメリカのチームを応援しなきゃいけないんだろうけど、メキシコのチームがいちばん好きなの。ワールドカップの間はリビングルームにチームフラッグを飾るのよ」

「メキシコチームの選手が遠い親戚《しんせき》だってこと、黙っていようと思ってたんだけど」

「本当に？」グローリーははしゃいだ。「どの選手？」

コンスエロが答える前にロドリゴが入ってきた。彼はドア口で立ち止まり、グローリーの輝くような笑顔を見て顔をしかめた。「邪魔をしたかな？」その口調には好奇心があった。

「サッカーの話をしてたのよ」コンスエロが口を開いた。

ロドリゴはグローリーを見やった。「まさか、サッカーを見るのか？」

「サッカーなしの人生なんてありえない」

ロドリゴは喉の奥でくっくっと小さな笑い声をたてた。そしてコンスエロのほうを向いた。「今週末は出かけるよ。仕事はカスティーリョにまかせるつもりだ。あいつのことで困ったことが起きたら、連絡してくれ」

「あの人は……」コンスエロはそう言いかけてグローリーを見た。

「あの人は私たちには近づかないわ」グローリーは意味ありげにコンスエロを見ながら割り込んだ。

「そもそも接点がないんだから、近づかないのは当然だ。用ができたときは携帯電話に連絡してくれ」

「ええ」コンスエロはそれだけ言うと行ってしまった。

ロドリゴはそれだけ言うと行ってしまった。


「なんであいつのこと言わせてくれなかったの？」コンスエロが心配そうに言った。

「私があなたに愚痴を言ったと思われるでしょう」グローリーはあっさり言った。「カスティーリョと何かあっても、自分で解決するからだいじょうぶ」グローリーはそっとほほえんだ。「腰が悪いからって強く出られないと思ったら大まちがいよ。自分の面倒は自分で見られるわ。でも心配してくれてありがとう」

コンスエロはためらったが、やがてにっこりした。「そう。それなら好きなようにして」

グローリーはうなずき、作業に戻った。

カスティーリョは二人に近づかなかった。彼は白いバンに乗った男と長々と何か話し込んでいた。グローリーは、カスティーリョに気づかれないようにキッチンの窓からこっそりその様子をうかがった。バンは古ぼけておんぼろで、運転している男はカスティーリョにおとらず筋肉隆々でいれずみだらけだ。グローリーはバンのプレートナンバーを頭に入れ、念のためメモしておいた。

必要以上に人を疑いの目で見てはいけない、とグローリーは自分に言い聞かせた。とはいえ自分が起訴した事例から、麻薬ディーラーのことならよく知っていたし、コカインやマリファナやメタンフェタミンの運び屋に関しては第六感が働いた。

　果物の収穫が始まり、グローリーもコンスエロもそれから二週間は大忙しだった。作業員が摘みとった果物のバスケットが次から次へと持ち込まれ、キッチンじゅうに広げられた。どうしてこんろが二つあるのか疑問に思っていたにしても、もう質問する必要はなくなった。両方とも昼夜を問わず大活躍で、家じゅうにジャムやゼリーの甘い香りが漂った。

　グローリーは食事時にロドリゴがキッチンにいることにだんだん慣れていった。彼の寝室は二階なので夜顔を合わせることはない。ときどき彼が部屋を歩きまわっている音が聞こえた。どうやらグローリーの部屋の真上がロドリゴの部屋のようだ。

　グローリーは、十歳のときから作っている手製のビスケットとベーコンエッグをロドリゴに出した。コンスエロは缶詰作りに必要な瓶やふたを買い出しに出かけてしまった。カップにコーヒーを注ぎ、料理と並べてテーブルに置く。自分はもうずっと前に食事をすませてしまったので、グローリーは一かご分の桃をむく作業に戻った。


　ロドリゴはそっとグローリーを見守っていた。髪はいつものように三つ編みにしている。着古したブルージーンズと緑色のTシャツを着ていて、肌はほとんど見えない。グローリーは美人ではない。興味をそそるようなところはない。だが、それはどうでもいいことだ。サリーナが結婚してしまい、バーナデットとともに彼の人生から姿を消してから、ロドリゴにとってたいていのことはどうでもよくなってしまった。サリーナとバーナデット、この親子との間に生まれた絆《きずな》は、バーナデットの実の父コルビー・レインがふたたび姿を現したことで揺らぐことはないと信じたかった。ところがわずか数週間でコルビーとサリーナは引き離せない仲になった。二人は何年も前に結婚したが、その結婚は結局無効ではなかったらしい。三年というものサリーナの家族の一員だったロドリゴにとって、それは死刑宣告も同然だった。彼は現実を受け入れられなかった。今回の任務を受けたのはそのためだ。極秘で危険な任務。ロドリゴは麻薬王たちの間では有名だ。今は亡きあの大物マニュエル・ロペスの後釜――カーラ・ドミンゲスを刑務所にぶち込むのに一役買った。それを考えれば、今の仮の姿がいつ見破られてもおかしくない。

ロドリゴは麻薬取締局の捜査官だった。同僚のサリーナとともに、アリゾナ州トゥーソン支局で働いて三年がたったとき、ある麻薬組織の内情を探るためにヒューストンで潜入捜査を命じられた。二人は任務に成功した。しかし組織を罠《わな》にかける手助けをしたコルビー・レインにサリーナとバーナデットを奪われてしまった。ロドリゴは深く傷ついた。

サリーナは、麻薬取締局の仕事を辞め、ジェイコブズビルの警察署長キャッシュ・グリヤのところで働くとコルビーに約束した。ロドリゴが今回の潜入任務に志願したのは、サリーナのそばにいたかったからだ。ところがサリーナは麻薬取締局の説得で、ヒューストン支局のアレクサンダー・コッブとともに任務に当たることになった。コルビーはそれが気に入らなかったが、もちろんロドリゴも気に入らなかった。サリーナはヒューストン、自分はここだ。コルビーはあいかわらずリッター石油会社のヒューストン支社で保安部の次長として働いているし、サリーナはヒューストンの麻薬取締局に戻ってしまった。バーナデットも、なじみの場所で学期の残りを終わらせるため、ヒューストンに戻った。

サリーナはここに来てその話を教えてくれた。もう一度彼女と顔を合わせるのは苦しかった。サリーナもその気持ちをわかっていて、同情した。だがどうにもならなかった。ロドリゴの人生は粉々に砕け散った。サリーナは、ロドリゴの偽装工作があまりに稚拙なのを不安に思った。麻薬王に見つかりでもしたらあっけなく殺されてしまうだろう。けれどもロドリゴは気にもしなかった。プロの傭兵《ようへい》として活動したとき以来、世界の半分で彼の首に賞金がかけられているのを知っていたからだ。アメリカは、彼が暗殺される危険のない唯一の国だ。その一方で、今の任務は死の危険をともなった。

「あまり話さないんだな?」ロドリゴは隣で桃の皮をむいている女性に訊いた。

グローリーはにっこりした。「そうね、ええ」

「どうだい、今の仕事は?」

「仕事は好きよ。コンスエロも」

「コンスエロはみんなに好かれてる。やさしいからな」

グローリーは次の桃の皮をむきはじめた。ロドリゴはコーヒーを飲み干し、二杯めを注ぎに席を立った。グローリーはそれに気づいた。「私がやってもいいのよ。キッチンで働くのも仕事のうちだから」

ロドリゴはその言葉を無視してコーヒーにクリームを入れ、また座った。「脚はどうしたんだ？」

グローリーの顔から表情が消えた。思い出したくない。「子どものころ、ちょっとね」

彼女ははぐらかした。

ロドリゴはじっと彼女を見ている。「人には話さないようにしてるんだな？」

グローリーはロドリゴの目を見た。「そうよ」

ロドリゴはコーヒーを飲んだ。その目が細くなった。「きみの年ごろの女なら、結婚してるか恋人がいるのが普通だ」

「私は一人が好きなの」

「人と話したがらないし、誰も信じない。いつも一人で、仕事が終わったら寝るだけか」

グローリーは眉を上げた。「心理分析でもするつもり？」

ロドリゴは冷たく笑った。「いっしょに働いている相手のことを知りたいだけだ」

「年は二十六、逮捕歴はなし、きらいなものはレバー。支払いはいつも遅れないし、所得税をごまかしたこともないわ。ああ、そうそう」グローリーは付け足した。「念のために言っておくけど、靴のサイズは9よ」

ロドリゴは笑った。いきいきとした楽しげな黒い目がじっとグローリーの顔を見つめている。「尋問みたいな訊《き》き方だったかな?」

「そんなところね」グローリーはほほえんだ。

「コンスエロが、きみはスペイン語を話すと言っていたよ」

「必要に迫られてね」グローリーはスペイン語で答えた。「仕事のために」

「きみの仕事って?」ロドリゴもスペイン語で訊いた。

グローリーはそっとほほえんだ。「スペイン語、とてもきれいね」彼女は思わずそう言ってしまった。「私は標準語のカスティーリャ語を教わったの。Cの発音はうまくできないけれど」

「わかりやすいよ」ロドリゴは言った。「読み書きのほうは?」

グローリーはうなずいた。「スペイン語を読むのは大好き」

「どんなのが好きなんだい?」

グローリーは下唇を噛《か》み、ロドリゴを見た。「そうね……」

「教えてくれ」

グローリーはため息をついた。「ファン・ベルモンテとか、ホセリートやマノレテの話を読むのが好き」

ロドリゴは眉を上げた。「闘牛士? スペインの闘牛士の話が好きなのか?」

グローリーは顔をしかめた。「昔の闘牛士よ。ベルモンテやホセリートが現役だったのは二十世紀の初期だし、マノレテは一九四七年に闘牛場で亡くなってるわ」

「そのとおりだ」ロドリゴはコーヒーマグ越しにグローリーを見つめた。「それにしても意外だな。サッカーに闘牛とは」ロドリゴは首を振った。「詩を読むような女かと思っていたんだが」

彼が私のことを、そして私のライフスタイルのことを知れば、詩どころか力仕事をしようと思いついたことにも驚いただろう。そう思うとグローリーはおかしかった。

「詩も好きよ」実際グローリーは詩が好きだった。

「ぼくもだ」ロドリゴは驚いたように言った。

「どの詩人が好き？」

ロドリゴはにっこりした。「ロルカ」

驚きのあまりグローリーの唇が開いた。「ロルカは、牛に突かれて亡くなった友人の闘牛士、サンチェス・メヒーアスを悼む詩を書いているわ」

「そうだ。ロルカ自身、数年後にスペイン内戦で殺されている」

「不思議ね」グローリーは思ったことをそのまま口に出した。

「ぼくがロルカを読むことが？」

「詩の内容を考えると、そうね。これも偶然っていうのかしら」

「きみの好きな詩人は?」

「ルパート・ブルックよ」グローリーはロドリゴを見ているとブルックのある詩を思い出した。死を見飽きることはないだろう――死はそれよりずっと早く人を見つける、という内容の詩だ。ロドリゴはとてもハンサムだとグローリーは思わず考えた。

ロドリゴは口をすぼめた。「もしかして、二人とも同じ詩を思い浮かべてるんじゃないか?」

「あなたが思い出したのはどの詩?」

「〝私が死を見飽きる前に死は私を見つけるだろう〟」ロドリゴはかすかにアクセントのある官能的な口調でゆったりと口ずさんだ。

むいていた桃がグローリーの手から落ち、キッチンの床を転がっていった。彼女はテーブルの向こうの男を、驚きに目を丸くして見つめた。

3

ロドリゴはしげしげとグローリーを見つめた。彼女は矛盾のかたまりだ。一見ただの気だてのいい女に見えるが、学がある。外見からはわからない何かを隠し持っているにちがいない。だが彼女の性格を分析するのはまだ早い。興味をそそられる存在だが、そんな存在は必要ない。ぼくはまだサリーナのことで失意にひたっている。それはともかく、同じ詩人を好きだというのはおもしろい。

グローリーはゆっくり立ち上がって桃を拾い、捨てた。その朝コンスエロが床にワックスがけしたので、桃に少しでもワックスがついていては困ると思ったのだ。グローリーは手も洗った。

「混入の危険をちゃんと認識してるんだな。うれしいよ」ロドリゴが言った。

グローリーはにっこりした。「たとえどんなに床がきれいでも、落ちたものを鍋《なべ》に入れるところをコンスエロに見つかったら箒《ほうき》でたたかれるわ」

「コンスエロはいい人だ」

「そうね。いつも親切にしてくれる」

ロドリゴはコーヒーを飲み干して立ち上がったが、まだ出ていかなかった。「作業員が言ってたが、きみがカスティーリョにかびたいちごの分の補充をもらいに行ったら、あいつにいやらしいことを言われたそうじゃないか」

グローリーはそっとロドリゴをうかがった。カスティーリョとは汚い言葉遣いのことで話をしたが、笑われただけだった。グローリーは腹を立てた。でも告げ口屋だと思われるのはいやだ。この件にはそれ以上の事情があった。グローリーを虐待したのは母親だけではなかった。里親の家庭にいた二人の十代の少年はグローリーにいやがらせをし、脅し、あげくに暴行した。過去に受けた暴力のせいでグローリーは男性といると不安と恐怖を感じるようになってしまった。新入りの作業員が下品な言葉を口にしたとき、ロドリゴは留守だった。カスティーリョは筋肉隆々の体を見せびらかすのが好きだが、あんな筋肉を持つ男に、グローリーもコンスエロもかなうはずがない。

「あいつが怖いんだな」ロドリゴは静かにそう言い、グローリーの反応を見守った。

グローリーはぐっと息を吸い込んだ。ナイフを握る手に力が入る。ロドリゴの言葉は図星だったが、認めたくなかった。私は男性を恐れている。それを認めるのはプライドが傷ついた。

「きみをそんな目にあわせたのは男なんだろう?」ロドリゴはふいにそう言い、グローリーの腰を指さした。

グローリーは心が引き裂かれるような気がして言葉を選べなかった。「母よ」

ロドリゴにとっては予想だにしない返事だったようだ。「なんだって、きみの母親が？」

グローリーは彼と目を合わせられなかった。「ええ」

「どうして？」

「母は私の猫を殺そうとしたの」あのときの痛みがよみがえった。「私は母を止めようとしたのよ」

「お母さんは何できみをなぐったんだ？」

その記憶は今も痛みに満ちていた。「野球のバット。私のバットよ。短い間だけど、学校の野球チームに入っていたの」

そのあと続いた沈黙のなかで、彼が息をのむ声が聞こえた。

「猫はどうなったんだ？」

苦しい記憶だ。「私が入院している間に父が埋葬してくれたわ」グローリーはかすれた声で言った。

「かわいそうに《ロ・シエント》」ロドリゴの声は低かった。

グローリーは決して癒《いや》されなかった。トラウマに苦しんだあのころ、何度か慰めてもらうことはあったが、自分から拒否した。同情は気持ちを弱くする。同情は敵だ。グローリーは必死に涙をこらえようとしたが、できなかった。ロドリゴの深い声にひそむやさしさに、グローリーのなかに癒されたい気持ちがふくれ上がった。濡《ぬ》れた目に、言葉とはうらはらに彼女のそんな気持ちがにじみ出ていた。

ロドリゴはグローリーの手から桃とナイフをとって脇《わき》に置き、ぎゅっと腕の中に抱きしめた。そうやってやさしく揺すられているうちに、積もり積もった悲しみがいっきにグローリーの心から流れ出ていった。

「魔女みたいな母親だな」ロドリゴはグローリーのやわらかな髪にささやいた。

「そうね」あの一件のあとに起きたことを思い出しながらグローリーは短く言った。父の逮捕、有罪判決、里親、暴行……。

本当ならロドリゴのことも怖いはずだ。里親の家で少年たちに暴力をふるわれた記憶はグローリーにとり憑《つ》いてしまっている。それなのに怖くなかった。グローリーは彼に身を寄せ、濡れた頬をたくましい胸に埋《うず》めた。彼の腕は力強くてあたたかく、性的なものを感じさせないやさしさがあった。その癒しはグローリーの人生にひときわ深く刻み込まれた。ジェイソンも泣いている彼女を抱きしめてくれたけれど、ジェイソンは愛情あふれる兄のような存在だ。この人は兄とはちがう。

ロドリゴはグローリーの髪を撫《な》でながら、肌と肌との触れ合いがどれほど自分を癒すかを思った。サリーナとバーナデットを失った悲しみ、そしてその奥にある、麻薬王マニュエル・ロペスにただ一人の妹を殺された嘆き。ロドリゴは悲嘆を知っていた。彼はこの女性が少し理解できたような気がした。グローリーは強い。これほどの試練を乗り越えたのだから、強くないはずがない。彼女の人生にはもっとつらいことがあったにちがいない。誰にも打ち明けられないようなことが。

やがてグローリーは彼から体を離した。恥ずかしくなりながらエプロンのふちで涙を拭《ふ》くと、また桃とナイフを手にとった。

「誰にでも悲劇はある」ロドリゴは静かに言った。「みんな口には出さずにそれを抱えて生きていく。ときどき苦しみが勝って、人前でさらけ出してしまう。自分がもろい人間だとわかったからって恥ずかしがることはないんだ」

グローリーは赤い目で彼を見て、うなずいた。

ロドリゴはにっこりして腕時計を見た。「作業員に仕事を始めるように言わないと。朝食、うまかったよ。きみのビスケットはコンスエロのよりうまいけど、コンスエロには秘密だ」

グローリーは涙の中からほほえんでみせた。「言わないわ」

ロドリゴは出ていこうとした。

「セニョール・ラミレス」

ロドリゴは振り向いて眉を上げた。

「ありがとう」グローリーはなんとかそう言った。

「かまわないさ」

グローリーは、なじみのない感情が心の中で渦巻くのを感じながら、出ていく彼を見守った。大人になってから、ジェイソン以外の男性にあんなふうに抱きしめられた記憶はない。とてもすてきだった。でも、忘れなければいけない。誰にも心に近寄られたくない。たとえロドリゴでも。


次の週、家の前にパトカーがいるのを見てグローリーは驚いた。玄関ポーチに出て立ちすくんでいると、警察署長のキャッシュ・グリヤが軽い足どりで階段を上がってきた。初めて顔を合わせたこの警察署長の長いポニーテールを見てグローリーはびっくりした。型破りな人物だと噂《うわさ》で聞いていたし、ひそひそ声で伝えられる興味深いエピソードも知っていた。サンアントニオの法執行官の間でも彼は伝説的な存在だった。

「グリヤ署長ね」グローリーは近づいてきた彼に言った。

相手はにやっとした。「どうしてばれたんだ?」

「バッジに警察署長って書いてあるわ」グローリーはからかうように答えた。「今日はなんのご用件?」

キャッシュは笑った。「ロドリゴに会いに来たんだ。家にいるかい?」

「いたんだけれど、昼にも戻ってこないし連絡もないの」グローリーは振り向いてスクリーンドアを開け、杖《つえ》に寄りかかった。「コンスエロ、セニョール・ラミレスがどこにいるか知ってる?」

「金物店に追加注文のバケツをとりに行くと言ってたけど」

グローリーが署長のほうを向くと、彼は杖を見ていた。グローリーは身構えた。「何か気になることでも?」彼女はつんとした口調で言った。

「すまない。じろじろ見る気はなかったんだ。きみは杖を使うような年齢じゃないね」

グローリーはうなずいた。緑色の目が彼の黒い目と合った。「ずっと前から使っているのよ」

署長は頭を傾けたが、その顔に笑いはなかった。「きみのお母さんはビバリー・バーンズじゃないか?」彼は冷静に訊《き》いた。

グローリーは息を吸い込んだ。

「マルケスのお母さんがカフェを経営していてね。きみのことは彼女から聞いたんだ。あの親子はなんでも打ち明け合うんだよ」

「私がここにいる理由は誰も知らないことになっているのに」グローリーは不安げに言った。

署長は片手を上げた。「ぼくは何も言っていないし、これからも言うつもりはない。きみがここにいる理由を知らない人の中にはロドリゴも入っているのかい?」

「ええ」グローリーはすかさず答えた。「ロドリゴにはとくに知られたくないわ」

署長はうなずいた。「きみの身辺にはぼくがしっかり目を光らせるつもりだ。でもこの件はロドリゴにも話したほうがいい」

どうして話したほうがいいのか、グローリーはわからなかった。農場の作業監督が麻薬王に抵抗する手段など知っているはずがない。「事情を知る人は少なければ少ないほどいいわ。フエンテスは公判が始まる前に私をどうにかしようともくろんでいるの。私が知りすぎているから」

「マルケスから聞いたよ。きみをまずここに来るよう説き伏せるのが大変だった、と言ってた。フエンテスはおそらくこっちが知らない手下を忍び込ませているだろう。いちばん頭が痛いのがそれだ」

「ここに?」

「たぶんね。ぼくは法の外にいるやつらと多少のコネがある。噂によると、フエンテスは復讐《ふくしゅう》したい相手がいるときは十代の若者を雇うそうだ。そういうやつらは刑務所には行かず、少年院に行く。ヒューストンのギャング団――セルピエンテスからめぼしいやつを選ぶらしい。何かあやしいことがあったり新顔が雇われたりしたときは、知らせてほしい。いつでもかまわない。怖い思いをしたときはとくに。真夜中すぎでもかまわないから」

「親切なのね」グローリーはにっこりした。

「そういうわけじゃないんだ」署長はため息をついた。「最近は娘のトリスのせいで寝られなくてね。歯が生えかかっているんだ。きみに起こしてもらう必要もないと思うよ」

「あなたの奥さんはとても有名だわ」グローリーはそっと言った。

署長は得意そうに笑った。「そうだね。でも激安スーパーでトリスのベビーカーを押している姿を見たら、彼女とは気がつかないだろう」

スーパー。スーパーにはバンがある。グローリーの頭の奥で何かがひらめいた。彼女はあることを思い出した。「バンがいたわ」いきなりグローリーは言い出した。「ミスター・ラミレスが最近雇ったカスティーリョっていう男が、古ぼけた白いバンに乗った男と話をしていたの。二人は何か交換していたけど……お金か、ドラッグかもしれない。あやしかったからナンバープレートの番号を控えておいたの」

「気がきくじゃないか」署長は感心して言った。

「番号はキッチンのメモ帳よ。中に入ってコーヒーでもいかが？　コンスエロが夕食用に桃のパイを焼いたばかりなの」

「コーヒーとパイか。ぜひいただくよ」

「じゃあ、どうぞ」

署長はグローリーのあとについてキッチンに入った。コンスエロは挨拶《あいさつ》したが、不審げな顔つきだ。コンスエロがキッチンから出ていった間に署長はグローリーから番号を聞いた。

「コンスエロは警官がきらいなの。理由は知らないけれど。いつもはいないパトロールの警官が家のそばを通ったって言ったら、急に顔が怖くなったわ」

「入国管理局の捜査が怖いのかもしれないな」署長はつぶやいた。「最近政治情勢が変わったからね」

「あのパトロールは何？」ふいにグローリーが訊いた。

署長はドア口のほうに目をやってコンスエロがいないのを確かめた。「ラミレスの部下の一人に前科があるんだ。目立たないようにそいつを見張ってるんだよ」署長はにやりとした。「ナンバープレートの番号を教えてくれて助かった」

グローリーは笑った。「潜入捜査に当たっている麻薬取締官みたい」

彼女がそうつぶやくと、署長は立ち上がって笑った。「どうしてそれがおかしいのか今は言えないけど、いつかきみにもわかるよ。コーヒーとパイ、ごちそうさま」

「どういたしまして」グローリーはためらった。「見張っている部下って誰なのか、訊いてもいいかしら？」

署長はため息をついた。「もう見当がついているんじゃないかな」

グローリーはうなずいた。「カスティーリョはレスラーみたいな筋肉質で、いれずみを入れているわ。推理の必要もない。ああいうタイプなら昔からオフィスで見慣れているの」

「ぼくもだ」

「ミスター・ラミレスのことはよく知っているの？」ふいにグローリーは尋ねた。

「いや、あまり知らない」署長はゆっくりと言った。「顔は知ってるけどね。今日ラミレスに会いに来たのは、作業員の中に不法入国者と思われる者がいて、そのことを話し合うためだ」

どの人のことだろう、とグローリーは思った。「戻ってきたら、あなたに電話するように言いましょうか？」

「手間じゃなければお願いするよ」

「喜んで」グローリーは杖に寄りかかって顔をしかめた。頭にもう一つ疑問が浮かんだ。

「その不法入国者って」彼女はゆっくり口を開いた。「まさかアンヘル・マルチネス？」ロドリゴといっしょに家に入ってくる、小柄で、いつも礼儀正しい親切な男性のことを思い出しながら、グローリーは言い足した。彼女はアンヘルが好きだった。

署長は眉を上げた。「どうしてそう思うんだい？」

グローリーは足を踏みかえた。腰が痛むのだ。「アンヘルには奥さんのカーラと三人の子どもがいるの。親切で、ここでしあわせに暮らしているわ。出身は中米の村で、そこには民兵組織があるそうなの。その村で、ある日村人が組織に政府の人間がまじっているのに気がついたんですって。その翌日、子どもの目が痛むものだから、アンヘルはカーラと子どもたちを連れて別の村のまじない師のところに行ったそうなの。戻ってくると、村人はみんな死んで、薪《まき》みたいに地面に横たわっていたそうよ」

署長はグローリーに近寄った。「そういう村がどんなところかなら知ってる」署長は意外なほど同情してくれた。「それに、マルチネスの一家が善人だというのもわかってる。法を執行するのは、ときとして警官にとってても苦しいものなんだ」

署長の同情心がグローリーを大胆にした。「不法入国の件を専門に扱っている弁護士がサンアントニオにいるんだけれど」

グローリーの顔つきを見て署長はため息をついた。「ぼくも一人、連邦検事を知ってる」あきらめたような口調だった。「わかった。電話をかけてみるよ」

グローリーは輝くような笑顔を見せた。「最初見たときから親切な人だと思ったの」

「本当に？　どうして？」本当に知りたそうな口調だ。

「そのポニーテールよ。勇気のしるしにちがいないわ」それはあからさまなお世辞だった。

署長は笑った。「とにかく、これから家に帰って妻のティピーに秘密がばれたって言わないとね」

グローリーもほほえんだ。

署長は真顔に戻った。「カスティーリョは危険な男だ。ここで一人でいるときは、変に強がらないほうがいい」

「それは私もわかってるわ。あの人、女性の前で遠慮するってことがないの」

「男の前でもね。気をつけて」

「ええ」

署長は手を振って階段をおりていった。

ロドリゴはグローリーとグリヤ署長の話に興味を持った。意外なほどに。

「署長はその不法入国者のことを何か言っていたかい？」コンスエロと三人の夕食の席で、ロドリゴがスープのボウル越しに訊いた。

グローリーはためらった。悲劇につながりかねないことを打ち明けるほどロドリゴをよく知らないからだ。

コンスエロはロドリゴに向かってにやりとした。「この娘《こ》はあなたがアンヘルのことを通報するんじゃないかと心配してるのよ」コンスエロは聞こえよがしにささやいた。

グローリーは顔を真っ赤にし、ロドリゴは大笑いした。

「きみに無政府主義者の気があるとは知らなかったよ」ロドリゴはグローリーをからかった。

グローリーはスープを一口のんでから答えた。「私は無政府主義者じゃないわ。ただ、よく考えもせずに結論に飛びつく人が多いと思っただけ。移民が経済の重荷になっているのは知っているけれど」グローリーはスプーンを置いてロドリゴを見た。「私たちはみんなアメリカ人でしょう？　大陸が北だろうが中央だろうが南だろうが、アメリカ人には変わりないと思うの」

ロドリゴはコンスエロを見やった。「彼女、社会主義者なんだな」

「私は何主義者でもないわ。ただ、本当に困っている人を助けることにこそ自由と民主主義の意義があると思っているの。移民の人たちだって、座り込んで助けを待っているだけでいいとは思っていないわ。あんなに働く人たちは世界でもめずらしいぐらい。農場から作業員を引き上げさせるのがむずかしいことは、現場のあなたなら知ってるはずよ。あの人たちは厳しい仕事しか知らないの。撃たれたり、土地をあさる多国籍企業に村を追い出されたりする心配をせずに暮らせるだけでしあわせなのよ」

ロドリゴはグローリーの言葉をさえぎらなかった。スプーンを持つ手が宙で止まっているのも気づかず、目を細くしてじっと彼女を見つめている。

グローリーは眉を上げた。「私の口ひげ、曲がってるかしら？」彼女はいたずらっぽく言った。

ロドリゴは笑ってスプーンをおろした。「いいや。ただきみがそういった世界の暮らしのことをよく知ってるのにびっくりしたんだ」

あなたはどれぐらい知っているのと訊き返したかったが、グローリーは気恥ずかしかった。あの熱い抱擁を思い出すたびに彼女は体じゅうが熱くなった。ロドリゴはたくましく、魅力的だ。

ロドリゴはコーヒーを飲み干してグローリーを見た。「訊きたくてたまらないんだろう？」彼は落ち着き払って言った。

「訊きたいって、何を？」

「ぼくがどこの出身か」

グローリーの頬が赤くなった。「ごめんなさい。詮索《せんさく》するつもりはないんだけれど……」

「生まれはメキシコ北部のソノーラだ」ロドリゴは、家族のこと、著名人の知り合いのこと、家族の富のことは伏せた。そしてでっち上げた身の上話を思い出した。「両親は牧場経営者のもとで働いていた。ぼくはそこで牧場の仕事を一から学び、自分でも牧場を経営するようになったんだ」

彼が真実を話していないことをグローリーは強く感じたが、追及するつもりはなかった。まだ早すぎる。「その牧場には飽きたの？」

ロドリゴは笑った。「所有者が飽きたんだ。で、所有権をある政治家に売り払った。その政治家っていうのは、古い牧場ドラマ『ハイシャパラル』の再放送を見て、牧場経営のことは全部わかったと思い込んだらしい」

「本当に全部わかっていたの?」グローリーは訊いた。

「最初の半年でそいつは家畜を病気で失ったよ。予防医学を信用していなかったせいでね。二カ月後には友人とかいう男二人とポーカーをして負けて、牧場そのものもなくした。ぼくは牧場も職も失って、北に仕事を探しに出たんだ」

グローリーは顔をしかめた。ジェイソン・ペンドルトンはお高くとまっているわけではないけれど、日雇い労働者と仲よくするような男ではない。「ジェイソンと……いえ、ミスター・ペンドルトンとはどうやって知り合ったの?」

ロドリゴはその言いまちがいを聞き逃さなかったが、何も言わなかった。「二人とも、サンアントニオでレストランを持っている男と知り合いだったんだ。その男が引き合わせてくれた。ジェイソンは、小さなテキサスの町にある農場を監督する男を探していた。で、ぼくのほうは仕事がほしかった」

実際ロドリゴは共通の友人を介してジェイソンに近づき、一時的に身元を隠す仕事を探していると打ち明けた。それは、フエンテスとその麻薬ビジネスの息の根を止めるためだ。ジェイソンは協力を約束してくれた。

そのあとロドリゴがジェイソンと話したのはグローリーが農場にやってきた日で、グローリーが農場で働くことになったというのがその話題だった。ジェイソンはグローリーのことをくわしくは話さなかった。もちろん義理の妹であることも。しかしロドリゴがグローリーの体のことに触れるとジェイソンはいやな顔をした。ロドリゴには、ジェイソンがグローリーに過剰に肩入れしているように思えた。もしかしたら恋人同士なのだろうか。あれはどこか緊張感のある会話だった。

ロドリゴは、ジェイソンとどういう関係なのかグローリーに訊きたかったが、よけいな波風は立てたくなかった。

「あなたの英語は私のスペイン語の百倍きれいだわ」グローリーがため息をついて言ったので、ロドリゴの物思いは破られた。

「必死に勉強したからね」

ケーキの生地をまぜていたコンスエロはそっとロドリゴをうかがった。「カスティーリョは厄介なことになるわよ。覚えておいて」

ロドリゴは椅子の背にもたれてコンスエロを見た。「このことはもう二度も話したじゃないか」ロドリゴは静かに言った。「自分の息子をここで働かせたいから、あいつに出ていってほしいんだろう。だがマルコは人の使い方を知らないからな」どこかぎこちない口調だった――まるで何かを隠しているような。

コンスエロはロドリゴをにらんだ。「人の使い方ならわかってるわ。あの子は頭がいいんだから。勉強ができるんじゃなく、世間を知ってるっていう意味でね」

ロドリゴは何か考え込んでいる顔つきだった。その目が細くなった。「わかったよ。明日来るように言ってくれ。話をするから」

コンスエロの黒い目が輝いた。「本当に？」

「ああ」

「すぐ電話してくるわ！」コンスエロは作りかけの生地のボウルを置くと、エプロンで手を拭きながらキッチンを出ていった。

「その男の子、コンスエロみたいにいい人なの？　コンスエロの息子さんのことだけれど」

ロドリゴは考え込んだ。「よく働くやつだ。だが、つき合ってる仲間が気に入らない」

「私だって、あなたの気に入らない友達がいるかもしれないわ。ここで働くのは本人で、友達じゃないのよ」

ロドリゴは眉を上げた。「はっきり言うじゃないか」

「たまにはね。ごめんなさい」

「あやまることはない」ロドリゴはそう言ってコーヒーを飲み干した。「人にどう思われているか、知っておきたいんだ。最近は正直にものを言う人が少ないからね」

グローリーもまったく同感だった。仕事をしていると毎日のように嘘《うそ》をつかれる。無実だと言い張る犯罪者。悪いのは自分ではなく他人だ、と彼らは言う。はめられたんだ、目撃者は何も見ていない、警官は横暴だ、公平な裁判なんか受けられない。そんな文句が果てしなく続く。

「だから」ロドリゴは繰り返した。「きみたちのほうで瓶とふたは足りてるかって訊いたんだ。もっとあったほうがいいかい？」

グローリーはびくっとした。すっかり考え込んでしまった。「ごめんなさい。どうかしら。瓶はコンスエロが出してくれるから、いくつ残っているか考えたこともなかったわ」

「出るときにコンスエロに訊いてみよう。カスティーリョがまたきみに下品なことを言ったら教えてくれ」ロドリゴは戸口で立ち止まって言った。「ここではいやがらせは許さない」

「わかったわ」

グローリーは別の部屋に入っていくロドリゴを見守った。やがて彼がコンスエロと話す深い声が聞こえてきた。あの人は本当にハンサムだとグローリーは思った。心にこれほどの傷を抱えていなければ、彼の人生に入り込む道を探したかもしれない。あんな人があの年齢でまだ独身なのは不思議だった。グローリーの見るところ、三十代なかばだろうか。でも私には関係のないことだと彼女は自分に言い聞かせた。ここに来たのはただ働くためなのだから。

二日後、最新モデルのSUVが私道に止まった。スリムな金髪美人が車からおりて階段を駆け上がってきた。ブルージーンズとピンクのタンクトップという姿は、若くはつらつとしていた。

コンスエロは、次の桃の詰め物にとりかかるために、瓶とふたをせっせと洗っていた。そのときドアにノックの音がした。グローリーは杖に寄りかかりながら戸口に出た。昨夜は痛みでよく眠れなかったのだ。

若い女性がにっこりして立っていた。「こんにちは」彼女は親しげに言った。「ロドリゴはいる?」

自分でもわけがわからなかったが、グローリーは心が沈んだ。「ええ。倉庫のほうで箱詰めを監督しているわ。倉庫にはネット販売用の果物のジャムやゼリーを置いているの」

「そう。ありがとう」

これがほかの誰かならグローリーはそのままキッチンに戻っただろう。けれども、あの女性はコンスエロが話していた女性とぴったり特徴が合う。グローリーは好奇心を持った。そしてその若い女性が裏の倉庫に向かうのを見守った。ロドリゴは彼女を見つけ、ぱっと顔を輝かせた。両腕を伸ばして女性を抱き上げ、振りまわすと、頬にやさしくキスした。グロリゴほどの魅力的な男なら、どんな女性でも惹《ひ》かれずにはいられないだろう。グローリーがそれを忘れていたとしても、この光景を見れば一目瞭然《いちもくりょうぜん》だった。グローリーは背を向けて家の中に戻った。ロドリゴがほかの女性に目を向けていることが彼女を傷つけた。グローリーはその理由を自分に問う勇気がなかった。

ロドリゴは訪問客を家には連れてこなかった。二人は大きなメスキートの木の下に立ち、体を寄せ合って長い間話をしていた。グローリーは詮索しなかったが、窓から外を見ずにはいられなかった。あの二人がかなり親しい仲だというのは、いやでも目についた。

ようやくロドリゴが女性の手をとって車のほうに歩き出し、運転席に乗り込ませた。女性はにっこりして手を振りながら去っていった。ロドリゴは笑顔で車を見送っていたが、やがてその顔から笑みが消えた。両手をジーンズのポケットに突っ込む彼の消沈ぶりは、遠くから見ても明らかだった。その姿はまるで愛するものをすべて失った男のように見えた。

グローリーは考え込みながら缶詰作りに戻った。ロドリゴとあの金髪美人が今いっしょにいないなんて、いったい何がうまくいかなかったんだろう。

グローリーは理性の声を振り払ってコンスエロに訊いた。

「ロドリゴのところに来ていた、あのブロンドの女性は誰？」彼女はさりげない声を装った。

コンスエロはグローリーを盗み見た。「さあね。でもロドリゴにとっては大事な人みたい」

「そうね。すてきな人だもの」

「ロドリゴは見るからに気に入ってるわ」コンスエロは圧力鍋のタイマーをセットした。「でもよく見ればわかる」コンスエロはやさしく言い足した。「女のほうは、ただ好意を持ってるってだけ。ロドリゴのことは好きだけど、愛してるわけじゃない」

「ロドリゴのほうはぞっこんね」グローリーは思わずそう言ってしまった。

コンスエロは不思議そうにグローリーを見た。「鋭いじゃない」

グローリーはにっこりした。「ロドリゴはいい人だと思うの」

「ええ、みんなあの人が大好き」

「そういえばロドリゴって……」

グローリーがそこまで言ったとき、裏口のドアが開いて、ハンサムで背の高い若者がノックもせずに入ってきた。黒い髪は波打ち、肌はオリーブ色だ。ジーンズとセーターという姿だが、ギャング団のシンボルカラーといれずみが目についた。

グローリーはそのことを口には出さなかった。今はギャング団のシンボルなど知らない女を演じているからだ。でもグローリーは知っていた。この若者はヒューストンの悪名高いギャング団――セルピエンテスの一員だ。いったいこの若者はこのキッチンになんの用があるのだろう？

質問する間もなく、若者はコンスエロに笑顔を見せて抱きしめ、笑いながらぐるりと振りまわした。

「やあ、母さん！」

コンスエロは息子を抱きしめ、左右の頬に派手にキスした。そしてたくましいウエストに手をまわして振り向いた。「グローリー、これがうちの息子のマルコよ」

4

コンスエロの息子？　グローリーは驚きをのみ込んだ。この若者はハンサムで感じがいいけれど、まちがいなくギャング団のメンバーだ。ロドリゴは知らないのかもしれない。彼がいたメキシコの田舎の牧場のあたりには、たぶんギャングなんていないだろうから。

「この人、グローリーよ」コンスエロは息子に言った。

「やあ」マルコはにっこりした。「よろしく」

「こちらこそ」グローリーはそう言って普通の顔でほほえもうとした。

「ボスはどこ？」マルコはコンスエロに訊《き》いた。

「倉庫よ。行儀よくしなさいよ」コンスエロは声に力をこめた。

「いつも行儀いいさ。きっと気に入ってくれる。まあ見てろって」

マルコは母親にウインクしてグローリーにちらっと目をやると、口笛を吹きながら裏口から出ていった。

「あの子、ハンサムでしょ。あのころの父親とうりふたつだわ」

コンスエロの夫ってどんな人だろう。コンスエロは夫の話をしたことがない。

「マルコのお父さんは元気なの？」グローリーはそっと言った。

コンスエロは顔をしかめた。「刑務所よ」コンスエロはぶっきらぼうに言ってグローリーの反応を見守った。「ドラッグを国外から持ち込んだ罪でね。全部嘘《うそ》なのに、いい弁護士を雇う金がなくてぶち込まれたのよ。手紙は出してるけど、あの人がいるのはカリフォルニア。これだけ遠いとバスで行ってもずいぶんかかるのよ」コンスエロはため息をついた。「あの人はいい人よ。警官が別人と勘ちがいしただけだって訴えたのに、逮捕されて有罪になったの」

グローリーは同情したが、その話を信じてはいなかった。州が誰かを告発する場合、ある程度の証拠を押さえていなければならない。どんな検察官も、勝つ見込みのない裁判に納税者の金を注《つ》ぎ込もうとは思わないからだ。

「マルコは父親にそっくり」コンスエロは缶詰用の容器とふたを洗いながらほほえんだ。「人を信じすぎるのが悪い癖よ。先月ヒューストンで逮捕されて、不法侵入の疑いで告発されてね」コンスエロは吐き出すように言った。「ばかな警官たち！　道に迷って知らない場所に車を走らせていただけなのに、車から銃撃したって勘ちがいされたのよ。ひどい話でしょ？」

グローリーの世界では、車からの銃撃も麻薬の縄張りをめぐるギャング団同士の抗争もよくあることだが、彼女はそれを口には出さなかった。警察が道に迷った車と銃撃犯の車をまちがえることはまずありえない。コンスエロは息子こそ世界の中心だと思っているらしい。後ろ暗いところのない青年ならギャングの格好をしないし、いれずみを入れたりもしないと指摘しても無駄だろう。コンスエロは息子がどんな人間か、まったく気がついていないようだ。

「本当にハンサムね」グローリーは素知らぬ顔をして言った。

「でしょう」コンスエロは遠くを見るようにほほえんだ。「父親ゆずりなのよ」

ハンサムなたくましい少年たちが、いったい何人グローリーのオフィスを通って刑務所に入れられただろう。低収入の十代の少年たちは、刑務所に入ることを若者のステータスシンボルのように美化している。社会を変えようとするある理想家が、みずから貧しい地区に入り、犯罪から手を引いて有益な社会の一員になるようギャングたちに説いてまわっていたのをグローリーは思い出した。言葉を換えれば、麻薬を運んだり作ったりして得られる数千ドルをあきらめて、最低賃金でファストフードのカウンターで働けと言っているのと同じだ。

犯罪の温床となる悲痛なまでの貧しさを見たことのない人は、殻を破るのがどんなに大変か想像できないだろう。夫もなく、しばしば病気を抱え、最低賃金で何人もの子どもたちを育てている母親は大勢いる。年長の子どもたちは幼い弟や妹の世話を押しつけられる。

家庭生活にストレスを抱え、親に見向きもされない彼らは、ギャング仲間に慰めを見いだす。ギャング団はたくさんある。国際的なグループも多い。グループにはそれぞれ独自のカラー、いれずみ、合図、服装があり、自分がどこに所属しているかを誇示する役目がある。たいていの警察署には最低一人はギャング文化にくわしい警官がいる。グローリーも基本的なことは知っている。なぜならこれまで麻薬の密売、殺人、強盗、その他の重罪でギャング団のメンバーを起訴してきたからだ。グローリーはそういう犯罪を生み出す環境に対して怒りを抑えられなかった。

グローリーはコンスエロを見た。「マルコは一人っ子？」ふいに彼女は訊いた。

コンスエロは一瞬ためらったが、すぐに振り向いた。「そうよ」グローリーの好奇心に気づいたようだ。「私の体に問題があって」コンスエロはあわてて言い添えた。

グローリーは安心させるように笑った。「本当にすてきな青年だわ。一人っ子だから甘やかされたようにはとても見えない」

コンスエロは肩の力を抜いてにっこりした。「そうよ。甘やかされてるなんてとんでもない」コンスエロは缶詰作業に戻った。

グローリーはそこで会話を終わらせた。これまで知っている移民家庭は、どこも子どもが三人はいるところばかりだ。避妊を悪いことだと思っている人も多い。コンスエロの体に問題があるというのはきっと本当だろう。でも、彼女に子どもが一人しかいないのは気になった。学はあまり必要とされない仕事をしていながら知的な顔を見せるところも不思議だった。

　知的な顔といえばロドリゴもコンスエロに増して不思議だ。グローリーは彼のことをはかりかねていた。肉体労働をするような人にはとても思えない。カスティーリョやマルコみたいな男たちに仕事を与えるところも気になる。二人とも農場で働くタイプではない。目つきが鋭すぎる。

　もしロドリゴ自身が法の外にいる男だったらどうしよう、とグローリーは思った。そしてその疑問にショックを受けた。あの人はあんなに誠実そうなのに。けれども犯罪者は芝居がうまい。人を納得させずにおかない演技力がある。見かけの役割とは正反対の本性を持つ者は多い。

　ロドリゴが犯罪者ということもありえる。グローリーの義兄、ジェイソン・ペンドルトンはどんな人にも同情する性格だ。ロドリゴを気の毒に思い、同情心から仕事を与えたのかもしれない。

　ロドリゴが悪人で、麻薬の密売に関《かか》わっているとしたら？　グローリーは気分が悪くなった。私はどうすればいいのだろう？　職業上の義務として、彼を警察に突き出して起訴に持ち込まなければいけない。麻薬ディーラーが親にどれほど苦しい思いをさせるか、グローリーは誰よりもよく知っている。また麻薬マネーの出どころも知っている。手間をかけずに手っとり早く一財産築こうとする、欲深いが普通の実業家だ。そういう者たちは覚醒剤《かくせいざい》やコカインやメタドンのせいで引き裂かれる家族がいることを知ろうとしない。彼らは将来ある子どもの葬儀に出る必要もないし、愛する者がリハビリで苦しむ姿を見ることもない。服役中の子どもに面会に行く必要もない。彼らはそんなことはいっさい気にしない。気にするのは利益だけだ。

ロドリゴもそういう実業家の一人なのだろうか？　農場を隠《かく》れ蓑《みの》として利用する麻薬ディーラーなのだろうか？

グローリーの胸は沈んだ。もちろん、ちがう。ロドリゴは親切だ。知性があって思いやりもある。あんなひどい世界に手を染めているなんてありえない。でももし手を染めていたら？　グローリーの良心はそう問いかけた。もし動かぬ証拠があれば、通報しない自分を許せないのではないだろうか？　でも本当に通報できるだろうか？

「まあ、情けない顔をして！」コンスエロがからかった。

グローリーは我に返り、気まずそうに笑った。「そんな顔をしていた？　ごめんなさい。倉庫で待ってる果物の山のことを考えていたの」

コンスエロは天を仰いだ。「そんなにあるの？」

二人はまた軽い会話に戻り、グローリーは頭から疑いを追い払った。

その夜、グローリーはポーチのぶらんこに座って、そばで鳴くこおろぎの声に聞き入っていた。蒸し暑かったけれど耐えられないほどではない。グローリーは目を閉じ、夜気に漂うジャスミンの香りを味わった。ポーチのぶらんこに座るなんて久しぶりだ。長い夏の夜、父といっしょに座って、地元のロデオ大会に出かけた子どものころの話をせがんだときのことを、彼女は思い出すまいとした。父はロデオの有名な乗り手を全員知っていて、家に呼んではコーヒーとケーキでもてなした。母はそれが気に入らなかった。そういう人たちを自分より下だと考え、彼らが家に来るときはわざと留守にした。あれから何年もたつのに、グローリーは父の悲しみを今も感じることができた。

スクリーンドアが開き、ロドリゴがポーチに出てきた。立ち止まって細い葉巻に火をつけると、彼はグローリーのほうに歩いてきた。

「こんなところにいたら蚊に食われるぞ」

グローリーはもう二匹ほどやっつけていた。「命がけで私の血を吸いたいなら、吸わせておけばいいわ」

ロドリゴは笑った。彼は手すりのそばに立ち、遠くまで続く平らな大地を眺めた。「蚊の心配をするような余裕があるのは久しぶりだ。ここ、いいかい？」ロドリゴはグローリーの隣を指さした。

グローリーがうなずくと彼は腰をおろし、ぶらんこを動かしはじめた。やがてぶらんこはまた元のなめらかなリズムに戻った。

「昔からこういう仕事をしていたの？」グローリーは打ち解けた口調で言った。

「ある意味、そうだ」彼はそう言って煙を吐き出した。「子どものころ、父が牧場を持っていた。ぼくはカウボーイたちといっしょに育ったんだ」

グローリーはにっこりした。「私もよ。父は私をロデオ大会に連れていって、スターたちに引き合わせてくれたわ」彼女は顔をしかめた。「母はそういう人たちが大きらいだった。父が彼らを家に呼んでコーヒーをごちそうするときは、父につらく当たったわ。もてなしの準備をしたのは父だったから、面倒で困るなんて言い訳は通じなかったはずなのに」

ロドリゴはグローリーを見やった。「お母さんは働いていたのかい？」

「いいえ」グローリーは冷たく言った。「お金持ちの妻になるのが母の夢だったの。母は、父がロデオを続けて賞金を稼いでくれると思っていたけれど、父は背中を痛めて辞めたのよ。父が蓄えたお金で小さな農場を買ったときは激怒したわ」

グローリーは、この家こそが自分たちが住んでいた場所だということは黙っていた。ここでは今、野菜と果物を作っているが、父のころは野菜しか作っていなかった。

「お母さんの実家は裕福だったのかい？」

「母の実家のことは知らないの。でも今となってはどうでもいいことよ」

ロドリゴは顔をしかめた。「この世でいちばん大事なのは家族だ。中でも子どもだよ」

「あなたには子どもはいないわよね」グローリーは何も考えずにそう言った。

ロドリゴの顔がこわばった。彼はグローリーのほうを見なかった。「だからって、ほしくないわけじゃない」その口調は荒っぽかった。

「ごめんなさい」グローリーは口ごもった。「どうしてこんなことを言ったのか自分でもわからないけれど」

緊張した沈黙の中、ロドリゴは葉巻をふかした。「結婚の直前までいったことがある」しばらくして彼は口を開いた。「相手には小さな娘がいた。二人はぼくの命だった。だが二人ともほかの男にとられた。その女の子の実の父親にね」

グローリーは顔をしかめた。ロドリゴのことがわかってきた。「その女の子、あなたのことを恋しがっているでしょうね」

「ぼくも恋しいよ」

「私は思うんだけれど」グローリーは慎重に言葉を選んだ。「人生には一つのパターンがあるんじゃないかしら。必要としているときこそ人は近づいてくるって父はよく言っていたわ。人生は最初から決まっている、すべては定められたとおりに起きるって」ここでグローリーは裁判のときの父のやさしい声を思い出してためらった。「変えられないものは受け入れるしかない、宿命に逆らえば逆らうほど人生は厳しくなる、とも言っていたわ」

ロドリゴはグローリーのほうを向き、ぶらんこの鎖にもたれかかって長い脚を組んだ。

「お父さんは今も生きてるのかい？」

「いいえ」

「兄弟か姉妹はいる？」

「いないわ」グローリーは悲しげに言った。「私だけ」

「お母さんは？」

グローリーのあごがこわばった。「母も亡くなったの」

「悼む気はないんだろう、きっと」

「そのとおりよ。母からもらったのは憎しみだけ。母は、自分の名前もろくに書けないような男とちっぽけな農場に縛りつけられて貧乏生活を送るしかない自分の人生を、私のせいだと言って責めたわ」

「自分より格下の男と結婚したと思っていたんだな」

「ええ。父のせいで自分の人生がめちゃくちゃになったことを、いっときも父に忘れさせなかった」

「先に亡くなったのは？」

「父よ」グローリーは思い出したくなかった。「母は葬儀が終わるやいなや再婚したの。二番めの夫はお金持ちだった。母はようやく望みのものを手に入れたわけ」

「きみの暮らしもよくなったんじゃないか？」

グローリーはゆっくりと息を吸い、身動きした。「判事が、私が母といっしょにいるのは危険だと判断したから、私は善意から里親家庭に預けられることになったわ。私が引きとられたのは、ほかにも五人の里子がいる家庭だった」

「里親家庭のことなら少し知ってるよ」ロドリゴは短期間だけ里親家庭に預けられていた昔の同僚から聞いた身の毛もよだつ話を思い出した。コード・ロメロとその妻マギーのことがまっさきに頭に浮かんだのだ。

「母と暮らしていたほうが、身の危険はあったでしょうけど楽だったかもしれないわ」グローリーはつぶやいた。

「その家には長くいたのかい？」

「それほどでもなかった」グローリーはそれ以上言おうとはしなかった。ロドリゴがペンドルトン兄妹《きょうだい》から義理の妹の話を聞いたことがあるかもしれないからだ。「あなたの子どものころはどうだった？」

「しあわせすぎるほどしあわせだった」ロドリゴは正直に言った。「よく引っ越したよ。父が、その、軍人だったんだ」ロドリゴはとっさにでっち上げた。

「私の友達にもいたわ。世界じゅうを旅していたけど、すばらしい経験だと言っていたわ」

「そのとおりだ。文化や暮らしの異なる土地からは学ぶことがたくさんある。政治問題の多くは文化の誤解から起きていると思うな」

グローリーは笑った。「そうね。昔働いていたオフィスに中東の人がいたんだけれど、その人、話すときに相手のすぐそばに立つのが好きなの。同じオフィスに、自分のスペースに異常なほどこだわる人もいてね。ある日その人は、中東生まれの同僚が近づいてくるのをかわそうとして、後ろ向きに窓から飛び出してしまったの。一階だったから助かったけれど」グローリーは笑いながら言った。

ロドリゴはにっこりした。「ぼくも同じような光景を見たことがある。この国の多様さには驚くよ」ロドリゴはつぶやいた。「伝統も文化も信仰もさまざまだ」

「私が小さいころはこうじゃなかったわ」

「そうだな。ぼくも同感だ。自分たちの文化だけにひたっていると、反対の立場からものを見るのがむずかしくなる」

「そうね」

ロドリゴはまたぶらんこを揺らしはじめた。「きみもコンスエロも、最後の収穫分の果物の処理でくたくたになったんじゃないか？　手伝いが必要なら言ってくれ。もっと人を雇ってもいいんだ。ジェイソンにはもう許可をとってある」

「あら、私たちならだいじょうぶよ」グローリーは笑顔で言った。「私、コンスエロが気に入っているの。楽しい人だわ」

「そうだな」

好意的な口調だったが、どこか謎《なぞ》めいた言い方だった。一瞬グローリーは、彼もコンスエロのことを疑っているのだろうかと思った。

「マルコのこと、どう思う?」ふいに彼が訊いた。

この質問には慎重に答えなければいけない。「とてもハンサムよね」グローリーはさりげなく言った。「コンスエロは溺愛《できあい》しているわ」

「ああ」ロドリゴはまたぶらんこを揺らした。

「マルコのお父さんは刑務所にいるってコンスエロが言っていたけれど」

ロドリゴは奇妙な声を出した。「そうだ。終身刑だ」

「麻薬の密売で?」グローリーは信じられない思いで言った。なぜなら、重罪を山ほど追加しなければ麻薬ディーラーを終身刑にすることはむずかしいからだ。

ロドリゴはグローリーのほうを向いた。その声は落ち着いていた。「コンスエロがそう言ったのか?」

グローリーは咳払《せきばら》いした。正体がばれたのでなければいいけれど。「ええ。ほかの誰かとまちがわれたと言っていたわ」

「ああ」ロドリゴは煙を吐き出した。

「ああ？」グローリーは訊き返した。

「彼は二百キロのコカインを積んだモーターボートを操縦していた」ロドリゴはあっさり言った。「必要な相手にはちゃんと金をつかませたと安心しきっていたらしくて、麻薬を隠そうともしなかった。ヒューストンに向かう途中で沿岸警備隊に捕まったんだ」

「ボートで？」

ロドリゴは笑った。「沿岸警備隊にはマシンガンを備えた飛行機もあればヘリコプターもある。ボートをはさみうちにして、今すぐ止まらないなら猛スピードで泳ぐ方法を学ぶことになるぞって脅したんだ。彼はあきらめた」

「信じられないわ！　沿岸警備隊が麻薬密売の摘発もやっているなんて知らなかった」グローリーはわざと何も知らないふりをした。

「じつはやってるんだ」

「それでも麻薬の密売はなくならないのね」グローリーは悲しげに言った。

「需要と供給が市場を動かすんだ。需要が尽きないかぎり、供給もなくならない」

「そうね」グローリーの声は沈んでいた。

ロドリゴはまたぶらんこを揺らし出した。グローリーといっしょにここにいるのは気持ちがいい、とロドリゴは思った。だがサリーナとバーナデットといっしょのほうがもっといい。ロドリゴは孤独だった。自分では家族を持つタイプだと思ったことはなかったが、三年ほど二人の他人を守る経験をしてみて気が変わった。自分の子どもを持つことさえ考えるようになった。とんだ夢物語だ。すべては泡と消えてしまった。

「あなたはこういう人生を考えていたの？」ふいにグローリーが訊いた。「農場の経営が夢だったの？」

ロドリゴはふっと笑った。「一時期、航空会社のパイロットになりたかった。パイロットの免許は持ってるんだが、ほとんど使ってない。飛ぶのは金がかかるんだ」自家用の飛行機を持つのがどんなに大変かグローリーが知らないかもしれないと思い、ロドリゴは急いで付け足した。

グローリーはそれ以上訊くのをためらった。ロドリゴは人と打ち解けないタイプだし、人生についてを訊いたときにいらだったのがわかった。

グローリーは遠くに目をやった。「私は若いころバレリーナになりたかったの」彼女は静かに言った。「レッスンもしたのよ」

ロドリゴは顔をしかめた。「せっかくそこまでしたのに、残念だったな」

「そうね。筋肉や骨を再生する技術が見つからないかぎり、この体は治らないわ」グローリーは短く笑った。「テレビの教育番組でバレエを見るのが好きなの。本気で踊ろうとしたら、きっと恥をかいたでしょうね。とっても不器用だから。私が出た初めての発表会では、手をつないで踊りながらオーケストラピットの脇《わき》を通り過ぎるっていう役だったんだけれど、私は転んでしまって大きなチューバを持った大男の上に落ちたの。観客はそれも踊りの一部だと思ったみたい」グローリーは顔をしかめた。「母は席を立って会場から出ていったわ。そしてもう二度と発表会には来なかった。母に恥をかかせるために私がわざとやったと思ったらしいの」

「とんでもない被害妄想だな」

「ええ、そのとおりよ」グローリーはすかさず言った。「どうしてわかったの？」

「同じような男を知ってたんだ。そいつは、いつも誰かにつけられてると思ってる。電話にはCIAが盗聴器をしかけていると思い込んでる。スーツの下にもう一セット服を着込んでいるんだ。いつでもトイレに飛び込んで着替えて、尾行をまくためにね」

「信じられないわ。その人、病院に入れられたの？」

「できなかった」ロドリゴは笑った。「当時、危険な政府機関のトップだったからね」

グローリーはひどく興味をそそられた。「あなた、どうしてそれを知ったの？」

ロドリゴはためらい、時間を稼いだ。うっかりしていた。学のない農場労働者のはずなのに。「ぼくのいとこがその男のいとことセミプロのサッカーチームでプレイしているんだ」ようやく彼はそう言った。

「そんなつながりがあるなんて、おもしろいわね」グローリーは笑った。「週刊誌に売り込んだら一財産稼げるわ」

そして自分の名前が暗殺者リストに載ることになるだろう、とロドリゴは心の中で考えた。あの男は危険な敵だった。彼が引退するまで、そばにいなくてすむようロドリゴはメキシコの仕事を受けた。アメリカとメキシコ両方の国籍を持っていたのが役立った。地球上のほとんどすべての国でお尋ね者になってしまった今、それはよけいにありがたかった。グローリーを見ながら彼は思った。苦しみに満ちたぼくの過去を知ったら、グローリーはどう思うだろう。

「子どものころ、ペットを飼っていた？」しばらくして、グローリーは何か言わなければと思って訊いた。

「ああ。デンマーク語をしゃべるオウムを飼ってた」

「変わってるわね」

そうでもない。ぼくの父はデンマーク人だったから。だがロドリゴは説明しなかった。

「きみは？　あの気の毒な猫以外に何か飼ってた？」

「いいえ。犬がほしいと思っていたけれど、飼えなかったわ」

「今なら飼えるじゃないか」

たしかにそうだ。でも、ああいう仕事をしていると家にいる時間はほとんどない。自分の忙しい生活を飼い犬にも押しつけるのはかわいそうな気がした。いつもの仕事に比べれば、農場での仕事は休暇も同然だ。警官の護衛付きで人けのない駐車場で情報源と接触したり、ギャング団のボスたちとリムジンに乗り込んだりする――それがグローリーの仕事だ。仕事の都合で山ほど危険なことをしてきたし、敵も作った。フエンテスもそんな敵の一人だ。ペットがいれば標的にされるだろう。恋人や親しい友人も同じだ。グローリーが起訴した相手は、みな人命より利益を優先する。ペットに危害を加えていやがらせすることなどなんとも思わないだろう。

「私のアパートメント、狭いのよ。それに前の勤務先は人材派遣会社で、時間が不規則だったの」

農場経営者の仮面をかぶっていないときは、ロドリゴも同じだった。この潜入捜査ではなく海外の仕事を受けようかとも考えたが、ジェイコブズビルにいればサリーナとバーナデットの姿をときどきは見ることができるかもしれないと思ったのだ。今から思えば愚かなことを考えたものだ。バーナデットは何も知らずに彼の正体を明かしてしまいかねない。あれは、こぢんまりした結婚式でサリーナとコルビー・レインが結婚の誓いを新たにした直後のことで、ロドリゴはまともに考えることができなかった。彼は胸破れる思いに苦しんでいた。

「ここでもしばらくは不規則な時間に働くことになると思う」自分の任務の先に待ちかまえているもののことを考えながら、ふいにロドリゴは言った。

「新しく収穫した果物をいっきに処理するの？」グローリーは尋ねた。

ロドリゴは最後の一口を吸うと、葉巻を押しつぶした。「いや、ぼくが出たり入ったりで忙しくなるだけだ。新しい契約が控えていてね。相手側が、契約を結ぶ前に実際の作業内容を確かめに来るかもしれないんだ」

「この農場はよくできているわ」グローリーはぼんやりと言った。「自分でもやってみたことがあるから、果物や野菜を育てるのがどんなに大変かよくわかるの」グローリーは笑った。「水不足でトマトを枯らしたり、植えつけの季節をまちがえたり。大変な仕事だわ」

「大変だが、ぼくは楽しんでる。気持ちのいい仕事だよ」

「気持ちのいい仕事？」グローリーは思わず大きな声を出してロドリゴのほうに向き直った。「とんでもない重労働じゃない」

ロドリゴは笑った。「ぼくの仕事はそうでもない。監督するだけで、耕したり収穫したりするわけじゃないからな」

「よく働く部下がいるから助かるわね。ところで、マルコはここで働くの？」

ロドリゴはためらった。「ああ。当面やってもらう」

「コンスエロが喜ぶわ」

家からもれる淡い明かりの中で、ロドリゴはグローリーに身を寄せた。「あいつはときどき友達を一人か二人連れてくるかもしれない。そのときは、そいつらに近寄るな。たとえ真っ昼間でも外を出歩いちゃいけない」

グローリーは驚いたふりをしてじっとロドリゴを見た。「危険なの？」

「状況さえ整えば、どんな男でも危険だ」ロドリゴはそっけなく言った。「何も訊かずに言うとおりにしてくれ」

グローリーはロドリゴに向かって敬礼した。

ロドリゴは大きな声で笑い出した。「つらい過去を持ってるにしては、きみはがんばってるな」

「がんばろうと思ってがんばっているわけじゃないわ。ただ、人は過去に住み続けることはできないだけ」

「そうだな」ロドリゴの声はつらそうだった。

グローリーは慰めになるようなことを言いたかったが、何も浮かばなかった。どちらにしても、もうタイミングを逃してしまった。ロドリゴは、彼独特のけだるげでエレガントな動きで立ち上がった。

「明日は朝早くから始めないとな。キッチンのほうで人手が必要なら、一人か二人増やしてもいい。それを覚えておいてくれ」

「ありがとう。でも、こっちはだいじょうぶよ」

「おやすみ」

「おやすみなさい」

グローリーは去っていくロドリゴを見守った。彼のコロンのぴりっとした香り、体と服の清潔なにおい。ロドリゴには清潔感がある。部下の作業員と重労働にいそしむ男のにおいではない。

グローリーはぶらんこから立ち上がり、ゆっくりと玄関のドアに向かった。彼女は疲れていた。今日は長い一日だった。

明け方、グローリーは突然目を覚ました。男が一人、誰かと言い争っている。理由はわからない。物音も聞こえた。なんの音かわからないが、いくつも組み合わさった音で、それがしつこく続いた。

グローリーはベッドに寝たまま天井を見上げた。男が誰かとけんかしている。怒鳴っている。誰の声かわからないけれど、ロドリゴではない。グローリーは下唇を噛《か》んだ。怒鳴り声は苦手だった。

しばらくすると車のドアがばたんと閉まる音がして、エンジンがかかった。砂利が跳ね散る音がして車が私道を出ていくのがわかった。何があったのかあとでコンスエロに訊こう。あの音からすると、ひどいいさかいがあったようだ。

5

　グローリーが服を着て朝食のためにキッチンに行くと、コンスエロがテーブルで泣いていた。

「どうしたの？」グローリーはやさしく訊《き》いた。

　コンスエロはエプロンで顔を拭《ふ》いた。「いいのよ。なんでもない」

「誰か男の人が怒鳴っていたのが聞こえたわ」

　コンスエロは腫《は》れぼったい赤い目でグローリーを見上げた。打ちひしがれた様子だ。

「マルコが怒ったのよ、私がお金を貸さないから。お金なんかないって言ったら嘘《うそ》だと思ったんでしょう。でも本当にないのよ」

　グローリーはそっとコンスエロの肩に手を置いた。「マルコはそのうち忘れるわよ。けんかもすれば仲直りもする、それが家族というものよ」

　そんな明るい言葉に、コンスエロは涙を流しながらもほほえんでみせた。「あの子、また戻ってくると思う？」

「もちろん」グローリーはほほえんだ。「こんなおいしそうな果物から長く離れていられると思う?」

コンスエロはふき出した。「あなたがいてくれてよかった。セニョール・ラミレスがあなたを雇ったのは私にとって幸運だったわ」

グローリーはうなずいた。「私だって、あなたがいてくれてよかったと思うわ。さあ、コーヒーでもどう? 朝はカフェインをとらないと、両方の目が同時に動かないの。もちろん脳みそもね」

「今コーヒーをいれようと思ってたのよ」コンスエロは勢いよく立ち上がった。「シナモンロールが焼けるのを待ってたの」

グローリーの目が輝いた。「シナモンロール? 手作りの本物?」

コンスエロは笑った。「そうよ」

グローリーは椅子に座り込んだ。「セニョール・ラミレスがあなたを雇ったのは、私にとって幸運だったわ! シナモンロールといえば、これまでは店で買った冷凍品を温めるだけだったの。あなたといると贅沢《ぜいたく》に慣れてしまいそう」

コンスエロは目をぬぐってほほえんだ。そして、てきぱきとコーヒーの用意を始めた。

急いで現金がほしいというマルコの言葉の裏には、よからぬ動機が隠れているのかもしれない。あとでグローリーは思った。マルコとカスティーリョは、ひまなときはたいてい二人で話をしている。さりげなく二人の会話の内容を聞き出せればいいのに、とグローリーは思った。けれどもそれよりもっと気になったのは、二人の会話にロドリゴがたびたび加わっていることだ。

マルケスに電話して、ここで見聞きしたことをそっと話せればいいのにと思わずにいられなかった。でも家の周囲ではどんな連絡手段を使うのもためらわれた。何週間か前にコンスエロが言っていたが、ロドリゴは自分の部屋に電子機器類を山ほど置いているらしい。会話を盗聴できるものもあるかもしれない。自分のところの日雇い労働者がサンアントニオの刑事とこっそり話をしているところを見つけたら、ロドリゴはあやしむだろう。

週末、作業員のほとんどは近くにあるトレーラーハウスの自宅に戻る。だが土曜日の午後、グローリーとコンスエロは農場で開かれるちょっとしたパーティの準備にかり出され、ランタンや飾りをつけるのを手伝った。メキシコの音楽を演奏するマリアッチバンドが雇われ、男たちはダンス用の広い木製のステージを組み立てた。

グローリーは、どんなものであれパーティに出るのは久しぶりで、とても楽しみだった。高校のときのダンスパーティにも行きたくてしかたなかったが、男の子の前では輪をかけて引っ込み思案になってしまった。どちらにしても結果は同じだったかもしれない。なぜなら、例のネット上のいやがらせの書き込みのせいで、高校にいる間、男の子に声をかけられたことは一度もなかったからだ。

大学では事情はちがった。グローリーは友達を作って社交的な性格になろうと必死にがんばった。でも最初のデートで、テキサス州ジェイコブズビルから一歩出ればそこには別世界が広がっていることを思い知らされた。デート相手は彼女を感じのいいレストランに連れていき、そのあとモーテルの部屋に連れ込もうとした。甘い言葉も嘲笑《ちょうしょう》も通用しないとわかると、その男は腕力に訴えた。そのころグローリーはもうペンドルトン家に住んでいた。彼女はなんとか車から逃げ出すと、携帯電話でジェイソン・ペンドルトンに電話した。通話が終わると、デート相手は砂利を蹴《け》散《ち》らして逃げてしまっていた。それから間もなく彼は別の学校に転校した。ジェイソンはその男に何をしたかグローリーには言わなかったし、グローリーも訊かなかった。

あたりが暗くなってきたとき、ロドリゴが家から出てきた。白いコットンのシャツと黒いズボンを身につけている。その姿はエレガントで危険なほど官能的だ。手刺繍《てししゅう》をほどこした素朴な白いワンピースを着たグローリーは、長い金髪を解き放ち、少し化粧もしていた。外見でほかの女性と張り合うのはとても無理だけれど、せめてパーティを台無しにしない程度には感じよくしたかった。

グローリーとコンスエロ、そして作業員の妻たちが手伝って用意した軽食のテーブルにいると、ロドリゴが近づいてきた。彼は清潔で刺激的な香りがした。パーティで浮き立った気分そのままにほほえむと、グローリーの顔はぱっと明るくなった。ロドリゴは一瞬、彼女の顔に見入った。髪をおろしているとサリーナにそっくりだ。サリーナほど美人ではないが、グローリーならではの魅力がある。

「作業員を全員招待したんだ」ロドリゴはグローリーに言った。「今シーズンよく働いてくれた感謝の気持ちを表すパーティだからね。きみたち二人はとくによくやってくれた。もっともまだ作業は終わっていないが」

「安定した仕事があるのはありがたいわ」グローリーがコンスエロに言うと、コンスエロはにやっとしてうなずいた。

「それはよかった」ロドリゴは笑った。「来週は桃の収穫が増える予定なんだ」

二人はうめき声をあげた。

「安定してるほうがいいんだろう？」

二人の返事は、マリアッチバンドが演奏を始めたせいでかき消された。深く脈打つようなギターの音とトランペットに、まわりの者はみな引き寄せられた。それはメキシコの伝統的な曲で、一同はまるで合図があったかのように歌いはじめた。

グローリーは生まれてこのかた、これほど一体感を感じたことはなかった。ここで過ごすうちに彼女は作業員たちに好意を抱くようになった。謙虚でしあわせそうで情け深く、金儲《かねもう》けよりも家族の健康やしあわせを大事にする。ジェイソンが作業員にそれなりの額を支払っているのは知っているが、彼らは給料のことで血眼になったりはしなかった。

「みんながしあわせそうな顔をしているのを見るとうれしくなるわ」歌が終わるとグローリーは言った。

ロドリゴはグローリーを見下ろした。「そうだな。いいものだ」

また音楽が始まり、グローリーは恥ずかしそうに彼にほほえんだ。今度はゆっくりしたダンス曲だ。カップルが木製のステージに集まり、ひんやりした夜気の中で体を寄せ合った。

杖《つえ》をついてはいるけれど、グローリーはロドリゴがダンスに誘ってくれないだろうかと思った。少しの間なら踊れないことはない。グローリーは踊るのが好きだった。

ところが私道にSUVが入ってきて、ロドリゴの視線はその車に釘《くぎ》づけになった。彼はすぐさま車に駆け寄った。運転席のドアが開き、ふわりとした白いスカートと赤いブラウスをまとった長い金髪の美人が飛び出してきてロドリゴに抱きついた。その抱擁はナイフのようにグローリーの胸に突き刺さった。グローリーが農場に来た数日後にロドリゴに会いに来たあの金髪女性だ。

ロドリゴはバンドのほうを指さし、女性の手をとって笑いながらダンスフロアのほうに引っ張っていった。

派手な装いのカップルたちにまじって互いに身を寄せる二人を見守りながら、グローリーは自分の中の敵意と嫉妬《しっと》を憎んだ。義兄の農場を監督する男のために嫉妬するなんて、ありえない。理想のタイプじゃない。ロドリゴが何カ国語も話せる知的な男だという事実をグローリーは思い出すまいとした。そして胸の痛みを追い払おうとした。

金髪の女性は踊りながら楽しげに笑っている。ロドリゴは天国にいるような顔だ。やがてバンドがスローな曲をやめ、サルサを演奏しはじめた。ロドリゴは片手を金髪の女性のウエストに当て、もう片方の手で彼女の手を握り、うまいのは人の使い方だけではないことを見せつけた。ダンスフロアであんなふうに動く男は見たことがない。ロドリゴはエレガントだ。流れるようなステップ、バンドのリズムにぴったり合った身のこなし。彼は自然なリズムのステップで音楽を解釈し、女性のほうは楽々とそのリードについていく。二人は踊り慣れているように見えた。

ほかのカップルたちは一歩下がって、手をたたき、笑いながら、音楽に合わせて踊る二人に見入った。

あまりにもあっけなく音楽は終わった。二人は人ごみの中で息を切らして笑い、抱き合った。

「ひどい顔」コンスエロはグローリーの隣で足を止めてそうつぶやいた。「何をそんなに落ち込んでるの？」

グローリーは思わずロドリゴとその客のほうに目をやった。

「ああ、あれのせいね」

「そうよ」ロドリゴがほほえみ、笑っているのを見るのはつらかった。農場にいるときの彼はさびしげで、グローリーはそんな彼を気の毒に思っていたのに。でもよく見ると、相手に惚《ほ》れ込んでいるのは女性ではなくロドリゴのほうなのがわかった。女性のほうは、ただの友達として接している。でも、もし結婚してしあわせなのなら、あの人は何しにここへ来たのだろう？

その質問に答えるかのように、女性はふいに腕時計に目をやり、背を向けて車に駆け戻った。ロドリゴもすぐそのあとを追った。二人は短く言葉を交わし、女性はもう一度ロドリゴを抱きしめ、車に乗り込んで去っていった。

ロドリゴは両手をポケットに入れたまま、車を見送っていた。

「気の毒に」コンスエロは沈んだ声で言った。「ロドリゴは過去に生きようとしてるの。あの女の人生には入り込む隙《すき》がないから」

「あの人、きれいだわ」

コンスエロは目を丸くした。「で、自分のことは雑草だとでも思ってるの？　あなたは悪いところなんか一つもない」

コンスエロの同情に満ちたまなざしに、沈んでいたグローリーの顔が少し明るくなった。

彼女はにっこりした。「ありがとう」

グローリーはパンチのコップをとりにテーブルに戻った。バンドはとても上手だ。ダンスに誘ってくれる人はいないけれど、音楽は夢のようだ。さっきの高揚感は薄れつつあった。ふいにグローリーはここから逃げ出したくなった。コップを口元にもっていきながら、彼女は木製のステージをものほしそうに眺めた。

バンドを見ていたら、日に焼けた手が肩の後ろから伸びてきて、グローリーの手からコップをとってテーブルに置いた。

グローリーは驚いて振り返った。ロドリゴは杖もとってテーブルに立てかけた。その顔にほほえみはなく、こわばっていた。彼はグローリーの小さな手をたくましい手で握った。「踊ってくれ」なめらかな深い声で彼は言った。

夢遊病者のようにグローリーはゆっくりとステージに連れていかれた。ロドリゴは彼女のウエストに手をまわしてステージに上がらせ、引きしまったたくましい体にぴったり引き寄せた。片方の腕が彼女の体を支え、もう片方の手がぎゅっと手をとらえて握りしめる。ロドリゴは音楽のけだるいリズムに合わせてゆるやかに動きはじめ、グローリーは彼の息のぬくもりをこめかみに感じた。

心臓が胸から逃げ出しそうだ。こんなふうに彼に抱かれるのはたまらない。年月が消え去り、学生のころに戻ったみたいだ。彼女は初めての本物のデートに舞い上がり、甘くやさしいひとときを待ちこがれている。ロドリゴが求めている金髪女性のことも、その人が立ち去ったときに彼の目に浮かんでいたあこがれの色も、グローリーは思い出すまいとした。考えられるのは、ロドリゴと触れ合っていること、彼女の体を支え、誘うように引き寄せる彼の体のたくましさだけだ。

脚と脚が触れ合うのがわかる。こんなに近くにいると、これまでにない気持ち、これまでにない欲望に体が震えてしまう。指が薄いシャツの生地越しに彼の背中に食い込む。自分でも止められない動きに、彼の筋肉が反応するのを感じ、その体が引きしまるのが肌でわかる。

ロドリゴは顔を上げてグローリーの目を、そして顔を見下ろし、そこに表れている感情のすべてを読みとった。彼女の背中に当てた手を広げ、さらに引き寄せる。グローリーは震えた。

ロドリゴの黒い目には不思議な炎が浮かんでいた。彼は身をかがめ、グローリーの頬に頬を寄せた。「そうだ、きみはこれが気に入っている」かすれたささやき声。「きみには隠せない」

グローリーは言葉が出せなかった。爪が彼の肌に食い込んだ。

ロドリゴにゆっくりと腰を引き寄せられ、グローリーはふたたび身を震わせた。「この甘さを忘れていた。きみの体は、まるでぼくのために作られたようにぴったりとからみついてくる。喉にはきみの息を感じるし、背中には手を感じる。いとしい人《ミ・ビーダ》、もし二人きりならきみの唇を奪って放さない。ぼくといっしょでなければ息もできなくなるほど強く」

男性にこんなことを言われるのは生まれて初めてだ。とても自分を抑えることができず、グローリーはなすすべもなく身を震わせた。彼に抱かれたまま両腕を背中にまわし、たくましい筋肉をぎゅっと抱きしめる。全身の細胞が情熱でふくれ上がり、脈打っているような気がした。高まっていく緊張の強さに苦しささえ感じ、グローリーはこれが早く終わってくれることを願った。

ロドリゴはグローリーの体に手をまわし、彼女の肩にかかるやわらかな髪の中に顔を埋《うず》めた。「力を抜いて」ロドリゴはそっと言った。「ドラムみたいに震えてるじゃないか。きみを傷つけたりしないよ」

「ええ……わかってるわ」その声はとても自分の声とは思えなかった。

「腰が悪いせいで男が寄ってこないと思ってるんだろう」ロドリゴは耳元でささやいた。「その腰がセクシーなんだ。寄りかかられるのがいい。腰を悪くした理由は気の毒に思うけどね」

グローリーは彼のにおいを愛した。そして、シャツの襟元からのぞく胸毛でざらついた、たくましい胸に頬を寄せた。これを素肌に感じたらどんな気分だろう。そんなことを考えている自分にはっと気づいて、グローリーは息をのんだ。

「そんな声を出すなんて、どんないけないことを考えてたんだ？」ロドリゴが耳元でささやいた。そしていっそう強く彼女を引き寄せ、そっと笑った。「そんなに硬くならないでくれ。人生は楽しむものだ。これはお通夜じゃなくてパーティなんだぞ」

「華やかなものにはあまり縁がなかったの」グローリーは苦しげに言った。

ロドリゴは顔を上げ、やわらかな緑色の目を見下ろした。「そろそろなじんでもいいころだ」ささやきながら、ロドリゴの目はほんのりピンク色を帯びた形のいいやわらかな唇に落ちた。「それ以上のことにもね」そう言うと彼は顔を寄せた。

グローリーは震えながら待った。心をさらけ出して、あの官能的な唇が自分の唇に重なることだけを求めた。彼女は半分目を閉じた。最初からロドリゴに惹《ひ》かれていた。彼も同じように思ってくれているようだ。やわらかな唇に硬い彼の唇がそっと重なったとき、そのすばらしい感触にグローリーの心は喜びではじけそうになった。

ロドリゴの唇はほとんど彼女の唇を味わうこともなく上唇をついばみ、次に歯で噛《か》んだ。グローリーが身を引いたのを感じて彼は笑った。

「噛まれるのはいやなんだな？　わかった。じゃあきみの好きなようにしよう」ロドリゴは彼女を人けのない暗がりへと連れていった。「愛する人《ケリーダ》、こんなふうに……」

そのキスはやさしく、グローリーが彼のリードについていくまで唇はほとんど触れなかった。やがて、一息ごとにロドリゴは情熱を増してキスを強めていき、グローリーは低くうめき声をあげた。次の瞬間ロドリゴの唇が激しく重なり、たくましい長身の体にグローリーを抱き寄せた。そのキスの衝撃に、グローリーは世界が崩れていくような気がした。彼女はうめき声をあげながらロドリゴにしがみついた。

そのとき音楽がテンポを落とした。突然ロドリゴは、誰にも気づかれないうちにグローリーから離れた。彼女の腫れた唇と紅潮した頰を見下ろすロドリゴは、別のことを考えているように見えた。その黒い目が細くなった。彼はグローリーのウエストに手をやってそっと引き離した。

「いったい何をしてるんだ、ぼくは」ロドリゴは荒々しくつぶやいた。

そのときグローリーは知った。一時の衝動だったのだ。永遠の愛でもなければ、むき出しの欲望でさえない。おそらく、ロドリゴが求めながらも手に入らないあの女性の存在が火をつけた、ただの衝動だ。今のロドリゴは申し訳なさそうな、きまりの悪そうな顔をしている。彼に逃げ道を作ってあげないといけない、とグローリーは思った。そして自分自身のむき出しの欲望を隠し、突然の拒絶で傷ついたプライドを守らないといけない。

「どういうこと？」グローリーは目を見開いた。

ロドリゴはまばたきした。「なんだって？」

グローリーは笑ってみせた。「ごめんなさい、予想していた反応じゃなかったみたいね」

そして真顔に戻り、両手を腰に当ててロドリゴをにらみつけた。「よくも私を行きずりの女扱いしたわね！」

ロドリゴは本当にまごついているようだ。

グローリーは眉を上げた。「この返事もだめ？　わかったわ、じゃあこれはどう？」そして髪をかき上げた。「まったく、男ってみんな同じなんだから！」

いつもならロドリゴはこれほどのみ込みが悪いわけではない。さっきのキスのせいで頭がぼうっとしていた。グローリーは絶世の美女ではないが、キスしたくなる唇の持ち主だし、あんなふうに反応してくれたのもよかった。「みんな同じじゃない」彼の目に輝きが戻った。

「いいえ、同じよ。セクシーな格好をして、コロンをつけて、女を骨抜きにしてダンスしながら抱き寄せるのよ」

「それは認める」ロドリゴは笑った。「だがそれを言うならきみも同じだ」

グローリーは言い返そうとした。しかしその前に、高校を卒業したばかりの作業員の娘の一人がやってきて、大胆にもロドリゴに踊りを申し込んだ。

「悪いな」彼はグローリーに言った。「だがどうやらぼくは人気者らしい」

「ええ、そうよ」女の子は笑って彼の手を引っ張った。「行きましょうよ、ロドリゴ！」

彼は名残惜しげにグローリーに目をやると、ダンスフロアのほうに引っ張られていった。

バンドはあっけないほどそそくさと荷物をまとめて帰っていった。作業員たちは帰宅した。グローリーはみんなより少し早くパーティから去った。ダンスはすてきだったけれど、腰が死ぬほど痛かった。グローリーは夜の薬をのみ、ノースリーブの長い白のコットンガウンを着て、早く薬が効きはじめることを祈りながらベッドに座った。絶え間ない痛みは、グローリーが十代のころからつき合っている古い敵だった。

だが、ロドリゴの唇が重なったときの感触や、耳元でささやいてくれたすてきな言葉を思い出すと、グローリーの顔にほほえみが浮かんだ。踊っていたとき、ロドリゴはしらふだった。息にはアルコールなどいっさい感じられなかった。ハンサムでセクシーなロドリゴはどんな女でもよりどりみどりなのに、平凡なグローリーと踊るのを選んだのだ。ロドリゴは、グローリーのことを過去の世界に住む、あのきれいな金髪美人だと思い込もうとしたのかもしれないが、それは考えまいとした。

目覚まし時計のアラームをセットしたとき、寝室のドアに軽いノックの音がした。

こんな遅くに誰だろうと思いながら、グローリーはカーペットの上をそろそろと歩いていって少しだけドアを開けた。

ロドリゴはそっとドアを押し返し、ほほえみかけた。「きみが忘れてるものがある」

「忘れてるものって？」息もできないような喜びに満たされてグローリーは訊いた。

「ぼくだ」

ロドリゴは後ろ手にドアを閉め、グローリーをやさしく抱き上げると唇を近づけた。癖になるようなキスだ。彼が見せるやさしい、驚かせまいとする慎重な愛撫《あいぶ》、さらなる欲望を引き出す手をグローリーは愛した。

ロドリゴの息にはアルコールのにおいはなかったが、彼が突然寝室に姿を現した驚きで、グローリーはそんなことは気にしていられなかった。気がつくと、ロドリゴが半分上に重なるようにしてベッドの上に横たわっていた。彼の腕の中で愛されるのがとても自然に思えた。

「まるでおばあさんみたいなガウンだな」ロドリゴはそう口元でつぶやきながら、手を彼女の体へとすべらせた。

里子に出された女の子は挑発的なナイトウェアなど着るわけがないと答えてもよかった。だが、もう唇が重なっていた。ロドリゴはガウンをまくり上げてやわらかな丸みを見つけ、愛撫した。

ロドリゴは顔を上げた。その目には炎が燃え、頬骨の高い顔はかすかに赤らんでいる。

「かわいい胸だ」彼はささやいた。「黒い茎のついた、まだ硬いりんごみたいだ」

グローリーが恥ずかしいと思う間もなく、ロドリゴの唇が丸みの一つをとらえた。これまでに感じたことのない快感に、グローリーは驚きのあまりベッドから体を浮かせた。

グローリーの小さな叫びはロドリゴも驚かせた。硬くなった先端をすらりとした手でやさしく愛撫しながら、彼は不思議そうに見開いたグローリーの目を見た。「きみの反応を見ていると、これが初めてなんじゃないかと思える」

グローリーは息をのんだ。「そのとおりよ」

ロドリゴは動かず、何も言わなかった。彼は頭を少し動かして、グローリーをまじまじと見下ろした。「グローリー、きみはまだバージンなのか?」彼はそっと訊いた。

グローリーは下唇を噛んだ。それを認めるのはどうしようもなく恥ずかしかった。彼女はためらった。

ロドリゴの親指が荒っぽく先端をかすめ、グローリーは体を震わせた。「本当のことを言ってくれ」

グローリーはぐっと息を吸い込んだ。それを認めたらどうなるかはわかっている。ロドリゴはさっさと行ってしまうだろう。いまどき未経験の女を好む男などいない。

「私、一度も……つまり、そんな気持ちに……どうしても、ちょっと……」グローリーは口ごもり、顔を真っ赤にした。

ところが予想に反してロドリゴはいやな顔をしなかった。グローリーを見つめる目に、畏敬《いけい》に似た何かが浮かんだ。その変化で彼の顔がやわらぎ、目がいっそう黒くなった。

「まさか今も?」むき出しの胸に目をやりながら、ロドリゴはささやいた。

グローリーは顔をしかめ、うなずいた。

「どうして？」

グローリーは一から話す気にはなれなかった。今はだめだ。ロドリゴも本当に知りたいわけじゃない。ただ説明がほしいだけだ。「そういう関係に向いている性格じゃないの」ようやく彼女はそう口にした。「私……母みたいになりたくなかったのよ。昔からずっと人に思われていたの。私も大きくなったら母みたいになるだろうって」

ロドリゴはグローリーの顔に手をはわせ、長い人さし指で頬とあごをたどった。「男にだらしないっていう意味？」

グローリーはうなずいた。「母は、何か買ってくれさえすれば誰とでも寝たわ」それを思い出すのは苦しかった。町じゅうで悪意に満ちた母の噂《うわさ》が流れ、父は無言で苦しんでいた。父のプライドはずたずただった。

ロドリゴはほほえんだ。「男に体を許したからってだらしないことにはならない。男と女がいれば、それは自然で美しいことだ」

「母はひどかったわ」

「今はきみの祖父母のころとは時代がちがう」

グローリーはまじめな目つきでロドリゴを見つめた。「誘われれば誰とでもベッドへ行く女は好き？」彼女は静かに訊いた。

ロドリゴは息を吸い込んだ。「いや」しばらくして彼は答えた。「ぼくは信心深い家庭で育ったから」

「私もよ。少なくとも父は信心深かったわ」

ロドリゴはにっこりした。「結婚するまで子どもはほしくないタイプだな」

その口調を聞いてグローリーの全身が震えた。その反応がロドリゴの目に留まった。

ロドリゴは笑い、体を動かして片肘で体重を支え、シャツのボタンをはずして押し開いた。「でもそこまで考えなくていい。少なくとも今はね」

ロドリゴは唇を寄せた。そのとき彼が体を低くしたので、胸毛でざらついた胸板が官能を刺激するようにむき出しの丸みをかすめた。彼がもくろんだとおり、それは誘惑の言葉よりずっと雄弁だった。グローリーはわななき、うめき声をあげ、ロドリゴにしがみついた。彼がキスしたとき、二人の体がとけ合ったように思えた。

ロドリゴは自分を抑えておくつもりだったが、肌と肌が触れ合ったときの衝撃で理性が吹き飛んでしまった。女性とベッドをともにするのは久しぶりだ。今夜サリーナと会って、彼女を失った苦しみがよみがえり、欲求不満のあまり自制心を失ってしまった。サリーナとダンスフロアにいたときは体が燃え上がりそうだった。でもそのときでさえ、グローリーにそそられる自分を意識していた。そしてグローリーの体を腕に抱きたいという思いが頭から追い払えなかった。

気持ちを落ち着け、よけいな欲望を抑えつけようとしてロドリゴはビールを二、三杯飲んだ。しかし効果はなかった。そしてとうとう自分を止められなくなり、グローリーのところへ行った。ダンスフロアでは彼女も自分を求めていると確信した。実際そのとおりだった。ロドリゴはグローリーがこれほど無垢《むく》だとは思わなかった。この無垢さは大事にしたい。これまで、女性のいない暮らしがあまりにも長かった。長すぎた。そして今夜、情けないことに、あまりにも欲求が強すぎてロドリゴはそれを満たすこと以外に何も考えられなかった。

ロドリゴは片脚でグローリーの脚を開き、官能的な位置に体をおさめた。高まった体の力強さを感じながら、彼はゆっくりと動き、隠しようのないグローリーの反応を感じとった。

「グローリー?」かすれた声で彼は訊いた。

「何?」

「本当にバージンなのか?」

グローリーはどうしていいかわからなかった。ロドリゴにやめてほしくない。死ぬまでこの一度しかなくても、じゅうぶんだ。「関係ないわ」グローリーは彼の口元でささやいた。「あなたがほしいの」

「その気持ちはきみには負けないよ、ケリーダ」

ロドリゴは彼女の腿に手をまわし、高まりのほうへと腰を引き寄せた。二人の間に快感がはじけ、彼の血管を駆けめぐった。ロドリゴは何も考えずに体を動かし、グローリーの唇をむさぼった。

「これだけじゃ足りない」

「ええ」

ロドリゴはグローリーの下に手を入れて下着をおろしはじめた。「やさしくするよ。痛みを感じないぐらい、いや、痛みを覚えていられないぐらい欲望でいっぱいにする。この腕の中で天国を味わわせるよ」

グローリーは答えられなかった。熱い肌に空気が冷たい。ロドリゴが、これまで誰も触れたことのない場所に触れるのがわかった。彼はグローリーの目を見つめながら手を動かし、官能的なリズムにグローリーが思わず息を止め、反応してしまう様子を見守った。

「そう、それでいい」リズムを速めながらロドリゴはつぶやいた。「きみを粉々に砕け散らせたい。そしてそんなきみを見つめていたい。きみが耐えられないほど燃え上がったら中に入って、これまで夢に見たこともない甘い快感を味わわせるつもりだ」

ロドリゴのリズムに体がどんどん浮かんでいき、グローリーは叫び声をあげた。

グローリーの体はみずから進んでロドリゴを迎え入れた。頭を振り上げているので頭上の天井しか目に入らない。スプリングがリズミカルにきしむ音が聞こえる。そのときグローリーは彼を感じた。押し開き、貫く感触とともに快楽が熱くふくれ上がり、彼女はむせぶような長い叫び声をあげた。グローリーは荒々しいほどの力で突き進んでくるロドリゴの体を迎え入れた。

グローリーの爪が彼の背中に食い込んだ。とぎれとぎれの声が喉からもれた。

「こっちを見てくれ」ロドリゴが言った。

グローリーは目を開けた。大きく開いたその目は何も見ていないように見えた。彼女の上でロドリゴの顔はこわばり、赤らんでいる。ゴールをめざしてひた走る彼の目は燃えていた。

「ああ、グローリー」ロドリゴは目を閉じた。

快感が二人をわしづかみにし、熱い渦の中に放《ほう》り込んだ。体を何度も震わせたグローリーは、圧倒されるほど強い快感に死んでしまうかと思った。

高い悲鳴はロドリゴの唇に封じられた。その唇は、ロドリゴの体から最後の最後まで快楽を搾りとろうとする彼女の腰と同じ動きを繰り返した。

満たされて仰向けに横たわった全裸のグローリーは、情熱の名残に体が脈打つのを感じた。その体は、どんな小さな快楽も味わいつくそうとするかのように、動きを止めなかった。

隣ではロドリゴが不自然に黙りこくっていた。

「血が出ている」

グローリーは息をのんだ。なんてよそよそしい声だろう。「本当に？」

情熱が薄れていくと現実が真正面から押し寄せてきた。彼はたった今、雇い人を誘惑した。それもバージンを。彼女を求める気持ちがあまりに強くて、自分を抑えることができなかった。今こうして冷静になってみると、罪悪感でいたたまれなかった。二人は住む世界がちがう。グローリーは低賃金の労働者で、自分はスペインとデンマークの貴族の血を引いている。年齢はこちらが十歳年上だ。彼女はろくな教育を受けていないが、自分は学位を持っている。もっと悪いのは、彼は金持ちなのにグローリーはまともな服も買えないことだ。それなのに彼はグローリーにつけ込んだ。そんな自分が恥ずかしかった。

「バージンであっても関係ないときみは言っていたね」ロドリゴは冷たく言った。

その声にグローリーは寒々とした気持ちになった。ハッピーエンドを期待していたのに、相手の男はすることだけしたあげく、誘惑したことを責めるなと言う。初めてだったのに、彼が求めたのはひとときのやすらぎでしかなかった。

グローリーだって子どもではないのだから、話を合わせることはできる。少なくともロドリゴは、十代初めに受けた悪夢のような暴行のことを忘れさせてくれた。彼はそれを知らない。彼にはグローリーが男性を恐れる気持ちなどわからないだろう。その恐れは、今夜彼がガウンの下に手を伸ばした瞬間に消えてしまった。それは天の啓示だった。

「そうね」グローリーはまじめな声で言った。「もし誘惑したかどで私を訴えようと思っているなら、私は法廷でこう言うつもりよ。あなたが自分から体を投げ出してきたから抵抗できなかったって」

6

ロドリゴは暗闇《くらやみ》の中で起き上がり、グローリーがおかしくなってしまったのかと言わんばかりにまじまじと見つめた。「なんだって?」

「逆にあなたを訴えるわ」グローリーはそう言って上掛けを体の上に引き上げた。「あなたが耳元でささやいた甘い言葉、これ見よがしの胸板……服を脱いでベッドに連れていけと言わんばかりの男に抵抗できる女なんている?」

ロドリゴは思わずふき出した。「大変なことになったな」彼は立ち上がって服を着はじめた。

「そう、大変よ。あなたのせいなんだから、私はあやまるつもりはないわ」

「あやまってほしいなんて思ってない」

「それに、あなたと結婚する気もないから。もしあなたが妊娠したら、私の子じゃないって証明するためにDNA検査を受けるつもり」

ロドリゴは腹を抱えて大笑いした。涙や非難を覚悟していたが、これは予想外だ。

ロドリゴは服を着終わってベッドに戻り、グローリーの隣に腰をおろした。そして薄暗い部屋の中で片腕を彼女の肩にまわし、じっと目を見つめた。「だがぼくのほうはあやまるよ。きみにはキスするだけのつもりだった。ずいぶん長い間つき合いを控えていたから、自分を止められなかったんだ」

「あの人を自分のものにできなかったからでしょう」

ロドリゴは思わずはっとした。

グローリーの推測は彼のこの反応で裏づけられた。ロドリゴは失った女性をまだ追っている。グローリーはあの女性にどこか似ているし、暗闇の中なら彼女だと思い込むのも簡単だっただろう。

「私はあの人の代わりにすぎないのね」グローリーは悲しげに訊《き》いた。

ロドリゴの手が彼女の頭を撫《な》で、ふいに髪をつかんだ。「ちがう」彼は熱っぽく言った。「きみを彼女だなんて思ってない。ぼくにはそんな冷たいことはできない！」

グローリーは少し気持ちが楽になった。

「どうしてもきみがほしかった。きみにはどんな女性にもないような思いやりの心がある。そしてきみの体はすばらしかった。きみもぼくをたっぷり楽しんでくれたのならいいんだが。だがこんなことはこれきりにしよう」

「どうして？」

「ぼくらは住む世界がちがう。きみにとってもぼくにとっても、これは今日だけの出来事だ。このまま続けたら、互いに傷つけ合うかもしれない」

「そうね」

「もう一つある。避妊はしたかい？」

グローリーは胸がどきりとした。「いいえ。今までそんな必要がなかったから」

「ぼくのほうは、とてもそんなことを考える余裕がなかった」

グローリーは身じろぎもしなかった。話が複雑になってきた。「子どもはほしくないわ。うっかりできた子どもならなおさらよ」それは嘘《うそ》だったが、グローリーは残っているわずかばかりのプライドを救わなければと思った。ロドリゴは、体以外は何もほしくないとはっきり言った。彼女は本当は子どもがほしかったけれど、自分の健康状態では無理かもしれないと思っていた。それにロドリゴは結婚を考えていない。それはグローリーももう知っていた。

「それじゃあ、病院に行くつもりなのか？」その口調にはどこかとても冷たいものがあった。

グローリーがいざ自分の価値観に向き合ってみると、今はその件を考えることすらできず、愕然《がくぜん》とした。

「私……」グローリーはためらい、顔をしかめた。「たぶん……無理だわ」

グローリーの髪を握っていた彼の手がゆるみ、離れた。「どれぐらいの確率だろう?」

「そう高くないと思うけれど」

ロドリゴは心の中でさまざまな可能性を考えた。妻と子どもがいればサリーナのことを忘れられるかもしれないし、苦しみもやわらぐだろう。サリーナとバーナデットを失ったせいで彼は死ぬほど苦しんだ。

「ぼくは今年、三十六になる」彼は静かに語った。「これまでの人生で誇れるものは、二、三の小さな成功をのぞけばとくにない」その成功がなんなのか――それをグローリーに言うわけにはいかなかった。「最近まで家族を持つことを考えたこともなかった。だが考え出すと魅力的に思えるんだ」ロドリゴは焦がれるような目つきでグローリーを見た。「父親になったら楽しいだろうな」

「私は子どもはほしくないわ」ぶっきらぼうにそう言いながらも、グローリーは自分の言葉を憎んだ。ロドリゴのプライドが傷つくのがわかったからだ。

グローリーの攻撃的な態度にロドリゴはむっとした。「子どもはほしいと言ったが、きみとの間にほしいと言ったわけじゃない!」彼は冷たく言い放った。

グローリーは頬が熱くなるのを感じた。「ごめんなさい。てっきり……」

「きみの勘ちがいだ」ロドリゴはベッドから立ち上がって離れた。「これで意見が一致したな。今度のことは不幸な事故で、もう二度と繰り返さない」

「もちろんよ」

ロドリゴはドアの前で立ち止まった。「どうして子どもがほしくないんだ？」

この体のせいだ、と言えばよかったのかもしれない。妊娠したら命の危険がある。仕事も障害の一つだ。子どもを育てながらきちんと仕事をこなせるだろうか？　けれどもロドリゴは彼女の仕事のことは知らない。それに、体のことも――腰だけは別だけれど。グローリーはあいまいな言い方をした。「もう知ってるでしょうけど、私……健康に問題があるの」彼女は静かに言った。「それに、まだ家族のことを考える年齢じゃないわ」

その言葉がロドリゴにもたらした痛みと罪悪感は驚くほど大きかった。彼は声に出してののしりたかった。グローリーの腰のことを忘れていたとは。彼女を自分のものにする喜びにかまけて、ほかのすべてを忘れてしまった。

「許してくれ。そのことを考えてなかった」

グローリーは目をつぶった。「私もよ」

「あやまってすむことじゃないが、すまない」彼の言葉はいつもよりアクセントが強かった。

「私のほうが後悔の気持ちは強いわ」淡々とした口調だったが、そこには皮肉がにじみ出ていた。

部屋の中に葉巻の煙にも似た緊張感が立ちこめた。ロドリゴはゆっくりとドアを開けると、後ろ手にばたんと閉めた。

グローリーは詰めていた息を吐き出した。心の傷になるほど苦しいのに、これほど不愉快とはほど遠い経験をしたのは大人になって初めてだ。彼女は身分をいつわっている。ロドリゴは本当のグローリーを知らないし、もし知ったら求める気持ちにはならないだろう。そうなったら二人の間の溝はいっきに深くなるはずだ。彼は肉体労働者で、彼女は学のある専門家だ。文化もちがえば信仰もちがう。世界の端と端ほどの距離がある。あんなにがんばってきた仕事を、貧しい移民との暮らしのためにあきらめることはできない。ロドリゴが犯罪者として追われる身でないとも言いきれない。

グローリーは警戒心を捨て、みずから誘惑に身を投げ出した。その結果、今こうして妊娠の恐怖に直面している。もし妊娠していたら、いったいどうすればいいのだろう？　ロドリゴは子どもをほしいと思っているが、私はちがう。相手との間に秘密があるからだ。彼の子どもをほしいと思わないと言ったら、ロドリゴは怒った。でも本当の理由を言うわけにはいかない。命を守るためにいつわりの人生を送っているのだから。そして、そのことも言ってはいけない。

グローリーの頬に大粒の涙がこぼれ落ちた。彼はいいタイミングで出ていってくれた、とグローリーはみじめな思いで考えた。ロドリゴの前で泣くなんて醜態はさらしたくない。

グローリーは、自分があんなに簡単にロドリゴに身を投げ出したことが不思議だった。過去のことを思えば、経験豊かな男性に近寄りたいと思うはずがない。見ず知らずと言ってもいい相手に体を預けてしまうとは。人生がいっそう複雑になってしまった。マルケスのいいなりになってこんな茶番劇に参加しなければよかった。

ロドリゴをちらりとも見かけないまま日曜はさびしく静かに過ぎていき、月曜になった。

グローリーはコンスエロと二人で車で町に買い出しに行った。農場のピックアップトラックからおりると、トラックに乗った私服のマルケスが近づいてきて、二人のそばで止まった。車からおりてキーをポケットに入れ、目当ての店に向かって歩き出したところで彼はグローリーに気がついたそぶりをし、驚いた顔を装った。なかなかの芝居だった。なぜならマルケスはグローリーと二人きりで話すチャンスを狙《ねら》って二人の車を尾《つ》けてきたからだ。

「誰かと思ったらグローリーじゃないか！　元気かい？」マルケスは笑顔で話しかけた。

「会えてうれしいよ！　久しぶりだね」

グローリーは赤くなった顔をコンスエロから隠した。「ええ、そうね。高校でいっしょだったとき以来じゃない？」そして覚悟を決めてコンスエロのほうを向いた。「あとで会いましょう」グローリーはにっこりした。「リックの話をゆっくり聞きたいの」

「いいわよ、どうぞ」そう言うと、コンスエロは妙な目つきでマルケスを見た。そしてグローリーがあやしむ間もなく、店のほうに行ってしまった。

二人の顔からたちまち笑顔が消えた。ブーツとジーンズ、チェックの青いシャツという姿のマルケスはグローリーに近寄った。その顔は真剣だった。

「フエンテスは部下にきみのことを探らせているらしい」だしぬけに彼は言い出した。

「誰がどこで調べているのかはわからない。サンアントニオからここへ来ることは誰にも言ってないね？」

「もちろんよ」緑色の目が黒い目と出会った。「ここにいることがあいつにわかるはずがないわ。話した相手といえばロドリゴだけだし、彼は違法なことに手を染めるような人じゃない」

マルケスは唇を引き結んだ。「グリヤ署長が、ラミレスはメキシコにつながりがあると言っていたんだ。死んだ大麻薬王のマニュエル・ロペスの下で働いていたこともいるらしい」

グローリーは動揺を表に出すまいとした。「署長はほかに何か言っていた？」

「ぼくに言ったわけじゃない。法廷で部下に話しているのが聞こえたんだ」

グローリーは下唇を噛《か》んだ。「そういうことだったの」

「あとで署長のところに行ってみる。きみがここにいる理由をグリヤ署長が承知してるってことは知ってるね？」

「ええ。それとなく目配りしておくって言っていたわ」

「農場を訪ねてくる人を見張っておくようきみに言った、とも言ってた」

グローリーはうなずいた。「でも署長と安全に連絡をとる方法がないの。ロドリゴが家の中に盗聴装置を持っているかもしれないのよ」このことは言いたくなかった。まるでロドリゴのことを悪人だと疑ってかかっているように聞こえる。でも、どんなに苦しくても、法律を守ると誓った身だというのを忘れてはいけない。「コンスエロの話では、彼はありとあらゆる電子機器を部屋に備えているらしいの」グローリーは顔を寄せた。「新しく雇われた中であやしい人が二人いるわ。一人はカスティーリョといって、女性にいやらしいことを言う男。もう一人はコンスエロの息子のマルコよ。セルピエンテスというギャング団のいれずみとシンボルカラーを身につけているの」

「くそっ！」マルケスはつぶやいた。「このあたりにああいうやつらが入り込まないようにがんばっていたのに」

「彼らはどんな場所にもつながりを持っているわ。刑務所にも、世界じゅうのあらゆる町にも。企業と同じでネットワークがあるのよ」

マルケスはトラックの助手席のドアにもたれかかり、腕組みをした。「最初はいいアイデアだと思ったんだが、あやしくなってきたな。きみを殺させるためにここに移れって説得したわけじゃない。もしマルコが、きみの正体を知ってる仲間を連れてきたらどうする？　ぼくが覚えてるかぎりでは、きみはあのギャング団のサンアントニオのメンバー二人をカージャックで起訴していたはずだ」

「起訴して有罪にしてやったわ」グローリーはため息をついた。「まさかギャング団のメンバーがジェイコブズビルにまで顔を出すとは思わなかった。どうやら私も武装するときが来たみたいね」

「だめだ」

「銃なら撃てるわ。四〇口径のグロック銃をよく射撃場に持ち込んで練習していたんだから」

「そうだな」マルケスは疑わしげに目を細くした。「覚えてるよ。おかげでパトカーのウインドーを交換するはめになった」彼は意味ありげに言った。

グローリーは顔を赤くした。「私のせいじゃないわ！　撃とうとした瞬間に鳥が飛んできて、気が散ったのよ」

「なるほど。じゃあ、警察署のいちばん新しい車のテールランプを吹き飛ばしたときは、なんで気が散ったんだ？」

グローリーは金色のほつれ髪をかき上げた。「あれは、射撃練習場のすぐそばに車を止める保安官代理が悪いのよ！」

マルケスはだまされなかった。「あんなに大勢の警官が地面に伏せるのを見たのは初めてだよ。みんな、きみの名前を聞いたら真っ先に防弾ベストを着込むだろうな」

グローリーは思わず笑ってしまった。「わかったわ、私に銃を持たせたら危険というわけね。それは認めるわ。それなら私はどうすればいいの？」

「農場に護衛を送り込まないといけない」マルケスは考え込んだ。「ここからヒューストンまでのどこかで、連邦捜査官が一人極秘任務に当たってるんだが、その捜査官がどこにいてどんな仮面をかぶっているのか誰も教えてくれないんだ。その捜査官と連絡をとることができれば、きみのことを気にかけてくれるかもしれない」

「あまり期待できそうにないわね」

マルケスは顔をしかめた。「まあ、いざとなったらジョン・ブラックホークがいる。あいつには貸しがあるし、あいつもＦＢＩの捜査官だ」

「ジョン・ブラックホークは勘弁して」グローリーはにべもなく言った。「あの人がアシスタントをセクシャル・ハラスメントで訴えたことをどんなに後悔していようと、私には関係ない話だわ」

「マルコに運び屋の仕事の話を持ちかければ、都会に追い返せるかもしれないぞ。そうすれば少なくとも一人ギャングが減る」

「それもいいわね。マルコはお金をほしがっていたから」グローリーはキッチンでの一幕を思い出した。「あの人、コンスエロがお金はないって言っているのに出せって迫って泣かせたのよ」

「売るだけじゃなく自分でも使ってるのかもしれないな。誘惑に勝てない麻薬ディーラーはたくさんいる」

「気分にむらがあるのも、それで説明がつくわ」

「ヒューストンに麻薬捜査官の知り合いが二人いる。連絡をとれば、マルコやカスティーリョの情報が得られるかもしれない」

「マルコが刑務所に入れられるようなまねをしないことを祈るわ。コンスエロが気の毒で」

「彼女はいい人らしいね。夫と息子があんなろくでなしなのが残念だ」

「ご主人のこと、知ってるの？」

「一度逮捕したことがある」マルケスは唇を引き結んだ。「彼女もいずれ思い出すだろう。ぼくのことを何か訊かれたら、高校のとき恋人同士だったと言ってくれ。いいね？」

グローリーは眉を上げげた。「恋人同士？　ひどい記憶喪失にでもかかったのかしら、私。そんな覚えはないけれど」

マルケスはグローリーをにらんだ。「光栄だと思ってほしいな。高校ではぼくはもてたからね。女の子が離れてくれなくて大変だった」

「お母さんのバーバラはそうは言っていなかったけれど」

「母はなんて言ってたんだ？」

「女の子が近づいてくるといつも鉢植えの陰に隠れてたって」

「それは小学校のときの話だよ！」

グローリーは笑った。「そうなの？」

マルケスはもぞもぞと体を動かした。「ちょっと引っ込み思案だったかもしれないけど、鉢植えの後ろに隠れたりはしなかった」

「そう？」

「鉢植えの中に落ちそうになったことならあるけどね。クラス代表の選挙で、チアリーダーのキャプテンが自分に投票してほしいって頼みに来たときのことだ。彼女、とんでもないおしゃべりで」

グローリーは笑いが止まらなかった。

「笑う話じゃない」

「でもおかしいわ」

マルケスはトラックから離れた。「法曹関係者に口げんかで負けるのは癪《しゃく》にさわるな。もう仕事に戻るよ」

「月曜日なのにこんなところで何をしていたの？」

「忘れてた」マルケスは笑った。「きみのボスからラブレターだ」マルケスは封筒を手渡した。

「これ、ボスの字じゃないわ。それに私の名前のスペルがまちがってる！」

「麻薬組織には警察のスパイがいる。今の組織の体制や新リーダーが気に入らない男だ。その男からきみのボスを経由してきみあてにこれが来た。だがその男はフエンテスの情報しか送ってこない。かなりの情報を手に入れられる立場にいることを示す証拠はこれが初めてだ。男の正体については何もわからない」

「あなたは読んだ?」封はしてあったが、かろうじてくっついている状態だ。

「読んでない。ぼくが他人の手紙をのぞき見るような男だと思ってるとしたら心外だな」マルケスはポケットに両手を突っ込んだ。「どっちにしても、封を開けようにも手近に蒸気の出るものがなかったんだ」

グローリーは笑った。「とんでもない刑事ね!」

「優秀な刑事さ。読んで中身を教えてくれ。読み終わったら返してほしい。スペルはまちがってるかもしれないが、このあたりの誰かにきみの正体がばれるとまずいからね」

グローリーは封の下に親指をすべり込ませ、罫線《けいせん》の入った紙切れをとり出した。リングノートから破りとったように見える。「住所だわ」グローリーはマルケスを見上げた。「それと、日付と時間。それだけよ」グローリーは内容を読み上げた。

「麻薬の受け渡しだ」マルケスは即座に言った。

グローリーは彼に紙を渡した。「あなたが開けてもよかったのに」

マルケスは肩をすくめ、紙切れをポケットに入れた。「きみの様子を見たかったんだ」

グローリーはにっこりした。「親切なのね」

「ぼくのせいできみの正体がばれると困る」マルケスは不安げに言った。「きみが農場のトラックに乗って町へ向かうのを見た人がいてね。それでぼくはあとを追ったんだ。トラックからおりてくるまで、コンスエロもいっしょだとはわからなかった」

「彼女、あなたが誰だかわからないかもしれないわ」

「だといいんだが」マルケスはグローリーの目の下のくまをしげしげと見つめた。「ラミレスにこき使われてるのかい？」

グローリーはどきりとした。「いいえ。どうして？」

「ラミレスの友人の話では、あいつはあそこの仕事を始めてからずいぶんつき合いにくい男になったらしい」

「親切にしてくれるわ」

「誰だってきみには親切にするさ」マルケスはからかった。「きみはやさしくていい人だから」

「私が法廷でフエンテスを締め上げているのを見ても同じことが言えるかしら」

「そのときが楽しみだ」

「私もよ。私と連絡をとりたいときは、水曜ならいつでも来ていいってグリヤ署長に言って。ロドリゴは水曜はたいてい出かけるの」

マルケスは背筋を伸ばした。その顔は心配そうに曇っている。

「どうしたの？　何かおかしなことを言った？」

マルケスの顔からさっきの表情がかき消えた。「何も。考えごとをしてたんだ。くれぐれも気をつけて。何かあったらいつでも電話してほしい。仕事の呼び出しがないときは、週末はたいてい母のところに来てるんだ」

「覚えておくわ。ありがとう、リック」

「友達じゃないか」マルケスは笑った。

グローリーが食料品店のコンスエロのところに戻ると、彼女は妙な目つきでこちらを見た。

「あの人、学校でいっしょだったの？」

「ええ。同じクラスよ。つき合っていたの」グローリーはまじめな顔で言った。

コンスエロは保存用のスパイスの棚に目を向けた。「あの人、警官よ」

「ええ、知ってるわ。サンアントニオで働いてるのよ」

「うちの人を刑務所に入れた警官よ」

「そうだったの？」

コンスエロはグローリーの驚いた顔を真に受けた。目の冷たさがやわらいだ。「私がどんな気持ちだったか、あなたにはわからないでしょうよ。マルコは学校で厄介ごとを起こすし、夫は刑務所だし。家賃も払えなかった。食べ物を買うのが精いっぱいで……」コンスエロは顔をそむけた。「もう昔のことよ」ふいに彼女はそう言った。「気にしないで」

「私にできることならなんでもするわ。本当よ」

コンスエロはグローリーに背を向けた。「わかってる」その声はやさしかった。「マルケスのこと、まだ好きなの？」

グローリーはためらった。「そういうわけじゃないわ。もうずいぶん会っていなかったし」

「そう、よかった。ごみ袋を探してきてくれる？」

「ええ」

グローリーは杖《つえ》をついて歩いていった。危なかった。状況がどんどん複雑になっていく。ロドリゴとあんなふうになってしまったのも、気持ちが沈む大きな原因の一つだった。

リック・マルケスとつき合っていたという作り話をコンスエロは信じてくれたが、そのせいでよけいな興味を引いてしまったようだ。コンスエロは、どれぐらい長くつき合っていたのかとか、サンアントニオのマルケスの同僚を知ってるかとか、さりげない質問をするようになった。

グローリーはサンアントニオで働いていたことをうっかり言ってしまわないよう気をつけた。実際よりばかなふりをして教養を隠すのはむずかしかった。

ロドリゴは礼儀正しかったが冷たかった。あの情熱のひととき以来、グローリーに興味を失ったようだ。実際彼は、パーティのときにじゃれ合っていた若い娘に目がいっているらしい。

フエンテスの殺しの脅しが農場まで追いかけてきたせいで、グローリーは自信をなくしてしまった。自分から仕事をとってしまえば、ただの平凡な女でしかない。できることといえば果物を処理して缶詰を作ることぐらいだ。いちおう料理はできるけれどコンスエロみたいにうまいわけではない。腰のことがあるせいで家事もうまくこなせない。モップや箒《ほうき》や掃除機を使うと体がつらくなり、それが何日も続くことがある。血圧はなんとか正常値におさまっているが、薬をのみ忘れるとぼんやりしたり頭痛が起きたりする。グローリーは家にいると自分が役立たずのような気がした。

ロドリゴはファンクラブの少女テレサをときどき食事に連れてくるようになった。ロドリゴが彼女とたわむれる様子を見るとグローリーはいたたまれなかった。彼がわざとやっているのはわかっている。なぜなら居心地悪そうなグローリーの反応に気づいているし、楽しんでもいるからだ。

フエンテスに狙われていることがわかって、グローリーのストレスは増えた。ロドリゴとの一件では自己嫌悪が残った。私は母と同じ道をたどるのだろうか。もちろん、母は金のある男とだけつき合った。自分は金が目当てではない。自分では孤独な人生を送るつもりだった。ところが正しい道を踏みはずしてしまい、その結果に苦しめられている。生理はいつも規則正しかったのに、もう一週間も遅れている。

ストレスのせいかもしれない。そうであってほしいとグローリーは思った。グローリーの父のせいで妊娠した若い母は、近所の目に耐えきれなくなった。そして父と結婚したが、その恨みを父とグローリーにぶつけた。スキャンダルを恐れてグローリーの両親を無理やり結婚させた祖父母は、皮肉なことにほんの数週間後に飛行機事故で亡くなったのだった。

グローリーは不安げに平らな腹部を触った。子どもを持つなんて考えたこともなかった。そもそもこんな体ではそれができるかどうかもあやしい。それに、これまで子どもと関《かか》わったことはほとんどなく、ちゃんとした母親になれるかどうか心もとなかった。いちばん怖いのは遺伝だ。自分も結局、母みたいに恨みがましくて子どもを傷つけるだけの女になるかもしれない。そう思うとグローリーは苦しかった。結婚も家族を持つことも考えたことがないのはそれがいちばんの理由だ。こればかりは確かめようがない。自尊心などないも同然だった。

もし妊娠していたら、どうすればいいの？　決断を下す前に病院に行かなければいけない。ロドリゴが知ったらどうするだろう？　彼は別れた恋人とその子どもに心を残している。そして失ったものの代わりとなる自分自身の子どもをほしがっている。でもそれは愛ゆえではなく、悲しみゆえだ。実際に子どもができれば後悔するかもしれない。たとえば、その恋人が夫と離婚してロドリゴの元に戻ることになったとしたら？　あの金髪美人とい るときにロドリゴの顔からにじみ出ていた愛情を考えれば、グローリーには勝ち目はない。本当に愛している女性と大事に思う子どもが自分のものになれば、ロドリゴはあっという間にグローリーの人生から出ていくだろう。

日を追うにつれグローリーはふさぎ込むようになり、ロドリゴの無視は続いた。そんなある日、一度に多くのことが重なってグローリーの立場がいっきに危うくなってしまった。最初に、水曜の朝グリヤ署長がまじめな顔で玄関先に現れ、二人きりで話したいとグローリーに言った。

署長の顔つきから何かを察したグローリーは、いっしょに玄関ポーチに出た。

「どうしたの？」立ち聞きされるのが怖くて、グローリーは声を落とした。

署長は階段をおりてパトカーのほうに行くように手招きし、杖にもたれたグローリーがついてこられるようゆっくりと歩き出した。そして、唇の動きを読みとられないようにグローリーと向かい合って足を止めた。

「経験豊かな狙撃手《そげきしゅ》は唇が読める」署長は静かに言った。「万が一誰かが見ていても、ぼくらがしゃべっている内容はわからない。マルケスが友人の麻薬捜査官と連絡をとったんだ。その捜査官は極秘の情報源を持っているらしいんだが、その情報源によるとフエンテスがきみに殺し屋を差し向けたらしい」

感心なことに、グローリーは気を失わなかった。「殺し屋って?」彼女は落ち着いて訊いた。

「プロの殺し屋だ」

それがどういう意味か、グローリーにはわかった。仕事上、彼女はたくさんの暗殺を目にしてきた。麻薬王はそのたぐいの仕事に最適の人材をどこで探せばいいか、よく知っている。彼らは狙いをはずさない。一人のプロの前では地元警察の警官などとるに足りない。けれど明るい面もある。グリヤ署長の暗い顔つきを見つめながらグローリーは思った。地球上で殺し屋を迎え撃つのにこれほどぴったりな町はないかもしれない。この署長は政府の下で働いていた元狙撃手だ。エブ・スコットやサイ・パークス、もちろんマイカ・スティールも、引退しているとはいえプロの傭兵《ようへい》だった。エブが経営している対テロ工作の訓練所は全国に名が知れていて、そこで訓練を受けている者の中にはフエンテスの捨て駒《ごま》の暗殺者と互角に勝負できる者がいるにちがいない。

グローリーは頭を傾けて署長を見上げ、ほほえんだ。「ようやくいいニュースが聞けたわ」

署長はまじまじと彼女の顔を見た。「いいニュース?」

「ここは暗殺者にとってはアメリカで最悪の町よ。ここに乗り込んだただ一人の暗殺者は、あなたの奥さんがやっつけたそうじゃない」グローリーは目を輝かせて言った。

署長は笑った。「鉄のフライパンでね」そしてため息をついた。「きみには根性がある。こんな話を聞かせたら、暗い顔をするぐらいじゃすまないと思ってたよ」

グローリーは肩をすくめた。「この町は、危険な男たちを独占しているようなものだわ。ロペスはここに牧場は持っていなかったけれど、あの麻薬王がどうなったかはあなたも知ってのとおりよ」

「その後釜《あとがま》のカーラ・ドミンゲスもね。麻薬ディーラーたちはこの町の住人の底力を知らない」署長は笑った。「あいつらにとって不幸なことだよ。よし、きみはびくついていない。いいことだ。だが、証言台に立つまできみの命を守る方法を考えないとな」

「防弾ベストは？」

署長はしばらくじっとグローリーを見つめていた。そして目を細くして頭の中で計算した。

「ぼくはきみが知らないジェイコブズビルを知っている。自分で考えているよりきみはずっと安全だ。ぼくらのために一つだけ気をつけてほしい。外出は控えて、とくに夜は一人で出歩かないこと」

「もしかして」グローリーはくすくす笑った。「ペカンの木に狙撃手を配置したの？」

署長も笑った。「それほどあからさまなことはしない。ぼくを信じてくれ」

グローリーはうなずいた。警察内でのグリヤ署長の評判は上々だ。彼がだいじょうぶだと言うならだいじょうぶにちがいない。でも実際どんな手を打つつもりなのだろう。

「訊いても答えてはくれないわね？」

署長はにやりとした。「絶対にね。秘密厳守がこの仕事の基本なんだ」

グローリーはため息をついた。「わかったわ。なるべく家の中にいて、窓辺に立たないようにする」

「やつを刑務所にぶち込む手はずが整うまでは、そうしてもらえると助かるよ」

「それが誰なのか、教えてくれないのね？」

「ああ、もし知っていたとしても教えない。そのほうがきみも安全だ。また連絡するよ」

「わかったわ。ありがとう」

「どういたしまして」

署長が車で帰ってしまうと、グローリーは唇を引き結んだ。また気になることが一つ増えた。警察は彼女をサンアントニオに残して監視下に置き、殺し屋がミスをおかすのを待ったほうがよかったのではないだろうか。だが彼女は今こうしてアメリカの田舎町に閉じ込められ、殺し屋の足音が迫るのを感じている。それなのに警察は安全だと言う。

グローリーはうんざりしたように両手を上げ、作業に戻った。今聞いたことはコンスエロにもロドリゴにも言えない。彼女の人生がどんな危険にさらされているか、二人には想像もつかないだろう。グローリーはこれからも気づかれたくないと思った。

7

手も足も出ないと思い知らされるのがグローリーは悔しかった。射撃の腕がよくてピストルがあれば、自分を守れるかもしれない。でもグローリーには撃てなかった。体は健康とは言えないし、脅しを実行に移されるのも初めてだ。法執行機関に所属する者や法曹関係者にとって、殺すと脅されるのは仕事の一部でもある。グローリーは、法服の下にピストルを隠して法廷に出る判事も、襲撃されて生き延びた判事も知っている。検事ともなれば、ときおり脅されることは覚悟していた。だが、この脅しは深刻だ。フエンテスは刑務所で一生を終えるのをいやがっている。だからグローリーが証言できないようにするつもりなのだ。

グリヤ署長は、自分自身で思う以上に私は安全だと言っていた。もしかして、私の監視のために誰かを農場にもぐり込ませたのだろうか。もしそうなら、少しは気が楽になるというものだ。でも作業員たちをそっとうかがってみても、それらしい人物は見当たらなかった。

コンスエロとロドリゴと三人で夕食のテーブルについたグローリーは、ロドリゴの視線を感じた。彼は農場を経営する男として必要とされる以上に鋭い。人を管理するのは本当にうまいのに、教育を受けていないのは惜しい話だ。グローリーはロドリゴの最終学歴を訊《き》いたことはなかった。たぶん知りたくないからだろう。

そのとき彼女ははっとした。ロドリゴが麻薬取引に手を染めているだけでなく、彼こそが暗殺者だとしたら？　グローリーの手からフォークがすべり落ち、大きな音をたてて皿に当たった。

「どうしたんだ？」ロドリゴは顔をしかめた。

グローリーは恐怖にとらわれて彼を見つめた。ちがう、まさかそんなはずがない！　でも私はロドリゴの何を知っているだろう？　彼がみずから見せた顔しか知らない。魅力的でダンスがうまく、勤勉で、数カ国語を話せる。でもそんな犯罪者はいくらでもいる。毎週水曜日にはカスティーリョといっしょに姿を消してしまう。グリヤ署長にそのことを話すと、署長の顔から表情が消えた。署長の話では、フエンテスは殺し屋を差し向けたということだけれど、それは殺し屋がまだ配置についていないという意味ではない。フエンテスは数週間前にすでに彼女の居場所を突き止め、ジェイコブズビルまで追ってきたのかもしれない。ロドリゴのようにすぐそばにいれば、命令がありしだい私を殺すことができる。

グローリーの胸は沈んだ。

「だいじょうぶかい？」グローリーを見つめるロドリゴの口調は、いつもよりアクセントが強かった。

「うまく手が動かなくて」グローリーはそう言い訳してフォークを手にとり、弱々しく笑ってみせた。「桃をあんなにむいたからだわ。指がいうことをきかないの」

コンスエロは笑った。「その気持ち、わかるわ！　毎日こんなことを繰り返してたら、二人ともウエイトリフティングの選手より力持ちになりそう」

「桃はほとんどとりつくしたんだ」ロドリゴは言った。「あと数日で終わるよ」

「助かったわ！」グローリーは大きな声をあげた。

ロドリゴはじっと彼女を見つめた。「もちろん、それまでにはりんごが収穫期を迎えるけどね」

女性たちがうめき声をあげた。ロドリゴはただ笑った。

グローリーがキッチンで立ち働いていると、ロドリゴがコンスエロの息子マルコといっしょに入ってきた。コンスエロはためらっていたが、マルコはにやりとして母親を抱き上げ、くるりとまわした。

「この前は癇癪《かんしゃく》を起こしてごめんよ。いろいろ悩んでたんだけど、もう全部解決した。ロドリゴが、母さんさえかまわなければ戻ってきていいって言ってくれたんだ」

コンスエロは涙を浮かべて息子を抱きしめた。「もちろん戻ってきてかまわないよ」

マルコは母にキスした。「おれにはもったいない母さんだ」

「ええ、そうよ」そう言いながらもコンスエロは笑っていた。

ロドリゴはグローリーを見つめていた。ロドリゴは、どうしてそんな目でこちらを見るのかグローリーに問いただしたかったが、早朝とあって外で片づけなければいけないことがたくさんある。いずれ二人で話し合うことにしよう、とロドリゴは自分に言い聞かせた。妊娠させたのなら知っておきたい。選択肢を話し合わなくてはいけない。妊娠していなければいいんだがとロドリゴは思った。グローリーははっきり、子どもはほしくないと言っていた。本当はほしいのかもしれないが、肉体労働で生計を立てる男の子どもはほしくないのだろう。ロドリゴは体が冷たくなるのを感じた。グローリーに自分の正体を打ち明けるわけにはいかない。もし打ち明ければ、二人の間に溝ができるだろう。グローリーが農場労働者の外国人を夫にしたくないのと同様、彼も家政婦のような女を妻にしたくはない。それでも、グローリーが彼の子どもをほしがらないと考えるのは屈辱的だった。グローリーは体が悪いからだと言っていたし、腰のことが大変なのはわかるが、子どもを産めない理由にはならない。平凡な肉体労働者の子どもはほしくないというのが本音だろう。グローリーは認めないだろうが、彼にはわかった。そのことがロドリゴのプライドを傷つけた。

　そのころグローリーは前にも増して体の悩みを抱えていたが、うまく隠していた。さいわい吐き気を感じるのは朝より夜のほうが多かった。どうして急に体調が悪くなってしまったのか、わかりすぎるほどわかっていた。それが彼女を苦しめた。子どもを産むのは無理だ。今はいつわりの人生を送っている。ロドリゴとは住む世界がちがうし、彼は犯罪者かもしれない。フエンテスがグローリーを始末するために送り込んだ殺し屋という可能性もある。グローリーは以前主治医が彼女の高血圧のことで言っていた言葉を思い出した。妊娠すれば血圧が下がる幸運な女性もいる。だがグローリーの場合、高血圧が妊娠のリスクを高めてしまう。医師の話では、妊娠しなくても仕事だけですでに危険らしい。子どもは絶対にほしがらないから、とグローリーは医師に言った。

　ところが今、事情は変わった。体の中で子どもが育っているという現実に、グローリーは魅了されてしまった。これまで彼女はほとんどいつも一人だった。ペンドルトン家の人たちは親切だけれど、家族ではない。この子は自分の血を分けた唯一の存在だ。

　同時に、それが何より不安でもあった。母が精神を病んでいたのはまちがいない。この子も同じ道を歩んでしまったらどうしよう？

「何を悩んでるの？」ある朝、グローリーが寝不足で目の下にくまを作ったままキッチンに入っていくと、コンスエロが訊いた。

「悩んでる？」グローリーは頭を働かせた。「悩んでいるわけじゃないんだけれど……」

彼女はコーヒーはいれたが朝食は断った。「最近ロドリゴがろくに口をきいてくれないの」

「ああ、そういうこと」コンスエロがにっこりした。

「最初は気に入ってくれたと思ったんだけど、最近は私を避けるのよ」

「たしかにそうね。で、あなたはあの人が好きなのね」

グローリーは思わず顔が赤くなり、眼鏡の丸いフレームの奥の目が輝くのを抑えられなかった。

「だと思ったわ」コンスエロはつぶやいた。「パーティのときにあなたがあの人と踊ってるのを見ればわかるってものよ。あの人はあなたが気に入ってるけど、あの金髪美人を愛してると思い込んでる。心が揺れてるのよ」

それを聞いてグローリーは我に返った。「私、あの女の人に似てると思わない?」その言葉は自分の胸にナイフを突き刺したも同然だった。

コンスエロは顔をしかめた。

グローリーはうなずいた。「私もそう思ったの。ロドリゴは私を見てあの女の人を思い出すんだわ。でも私は誰かと結婚してるわけじゃない」

「そうかもしれないけど」コンスエロはグローリーをしげしげと見つめた。「その半面、ロドリゴはあなたに何か感じはじめていて、それが自分でも気に入らないのかもね」

グローリーはため息をついた。「たぶんそうね」

そのあとグローリーが桃をとりに倉庫に行くと、カスティーリョが裏口のドアに寄りかかっていた。グローリーは黄色いひまわりの刺繍《ししゅう》があるかわいらしい白のサンドレスを着ていた。袖《そで》はパフスリーブで、スカート部分はたっぷりしている。髪はいつものように三つ編みにしていた。その姿ははつらつとしてさわやかだった。キッチンの中は耐えられないほど暑く、エアコンもこの暑さには追いつかなかった。グローリーは女らしい服はめったに着ない。このサンドレスはコンスエロが貸してくれたものだ。あの暑いキッチンでは分厚いジーンズは耐えられなかった。

「なあ、あんた、結構かわいいよな」カスティーリョの少し寄った小さな目はいやらしく光っている。「つき合ってやってもいいんだぜ」

グローリーはカスティーリョなど怖くなかった。少なくとも、ロドリゴが近くにいるとわかっているときは。彼女は振り返り、まばたきもせずにじっと男を見つめた。「私、恋人は募集していないのよ、ミスター・カスティーリョ」グローリーはにべもなく言った。

「ハニー、男をほしがらない女なんかいねえよ」カスティーリョはそう言ってゆっくりと近づいてきた。「本人が気がついてないだけだ」

グローリーは一歩下がった。

男はただ笑った。「いいねえ。おれは興味のないふりをする女が好きなんだ。もっと歯向かってくれよ。そのほうがずっと興奮するぜ」

男は手を伸ばしてグローリーのサンドレスの前を人さし指でひっかけ、胸のふくらみが見えるまで引きおろした。グローリーは気分が悪くなった。

その手を引き離す間もなく、男の顔つきがにわかに変わったかと思うと、その体が仰向けに吹っ飛んだ。

グローリーの脇《わき》をすり抜けて前に出たロドリゴが、怒りに目をらんらんと輝かせてカスティーリョを見下ろした。そしてスペイン語で悪態をつき、男なら立ってかかってこいと挑発した。いつもは穏やかで冷静なのに、今のロドリゴは信じられないほど危険だ。その長身の体がこわばるのを目にして、グローリーでさえ一歩あとずさった。

カスティーリョはなぐられたあごをさすった。隠そうとしているが、この男はロドリゴを怖がっている。ロドリゴの動きはまるで稲妻だった。けんか慣れしたカスティーリョの目にさえ留まらなかった。のろのろと立ち上がりながら、彼は顔を赤くした。「すまない。あんたの女だとは知らなかったんだ」

「これでわかったな」ロドリゴは吐き捨てるように言った。その声は低かったが、背筋がぞっとするような口調だった。「彼女に手を出すな」

「わかった、わかったよ！」

カスティーリョはグローリーのほうを見もせずに出ていった。

グローリーは息を整えようとしたが、うまくいかなかった。彼女は尋ねるようにロドリゴを見上げた。彼の目にはまだ怒りがあふれている。振り向いたときも手は握りしめたままだった。

「ありがとう」

「変なやつに近寄られたくないなら、ばら園を散歩する初めて社交界に出る娘《デビュタント》みたいな格好はやめて作業員らしい服を着ろ」ロドリゴはそっけなく言った。その口調には怒りがあふれている。

グローリーは息をのんだ。「これはサンドレスよ！　挑発的なところなんか全然——」

「ブラウスとズボンかジーンズがここの作業着だ」ロドリゴは覆いかぶせるように言った。

「ぼくにはきみをほかの男から守るよりももっと大事な仕事がある！」

「よく言うわ。もし私の手元に人をなぐれるようなものがあれば、身を守るのはあなたのほうよ！」グローリーは言い返した。「今日はキッチンが暑いうえにエアコンがきかないの。修理業者を呼んだのにまだ来ないのよ。だからコンスエロがサンドレスを貸してくれたの——私は持っていないから。とにかく、あなたの部下が性欲をコントロールできないからって、キッチンでぶかぶかのズボンだの上着だのを着るのはお断りよ！」

ロドリゴが一歩近寄った。彼の体のぬくもりやたくましさがすぐそばに感じとれる。

「ぼくが避けてるから、その仕返しなんだな」

グローリーは眉を上げた。「避けてる？　そうなの？　悪いけれど、気がつかなかったわ！」

ロドリゴの頬がどす黒く染まった。その目は怒りで真っ黒だ。グローリーの言葉で傷ついた彼はやり返そうとした。「自分のことを、一度寝たら忘れられない女だとでも思ってるのか？」グローリーにだけ聞こえるよう、ロドリゴは声をひそめた。その目は氷のように冷たい。「男の情熱にどう応《こた》えていいかも知らない、なんの経験もないおびえた小娘のくせに」

その侮辱の言葉に痛いところを突かれ、グローリーはショックを隠しきれなかった。

彼女の様子を見てロドリゴはいっそう腹を立てた。「だいたい、ここで何をしてるんだ？」

「今度の分を作るのに桃がたくさん必要だったのよ」

「アンヘルに持っていかせる。ほかには？」

「いいえ、結構よ」グローリーの口調は心の中に劣らず冷たかった。彼女はそれ以上何も言わず、背を向けて家に戻った。

夕食の席でロドリゴはグローリーを見た。彼女はサラダを少し食べてアイスティーを飲むと、デザートを断って部屋から出ていった。その間も一度も彼のほうを見ようとしなかった。

「彼女、どうしたのかしら？」グローリーが出ていくとコンスエロがそっと訊いた。「あなたたち、けんかでもしたの？」

「ぼくは作業員とけんかはしない。彼女はぼくに惹《ひ》かれてるのに、ぼくのほうは興味がないのが気に入らないんだ。あんな感傷的な目つきでじろじろ見られるのはうんざりだよ。好みのタイプとは大ちがいだ」ロドリゴは冷たく言った。「教養はないし、経験豊かな男の目を引くようなものは何も持ってない。世間知らずで子どもっぽい。気の毒に思ってよくしてやったら、同情を愛だと勘ちがいしたらしい」ロドリゴはコーヒーを飲み干した。「はっきり言って、男があこがれるアメリカ美人とは大ちがいだ。昔話に出てきそうな髪型も趣味の悪い眼鏡も、ひどいもんだ。最低限の服のセンスもない平凡な女を誘惑したがる男などいない」

「グローリーのこと、そんなふうに言わないで。あなたがそんなふうに言ってるのを聞いたら、どんなに傷つくか」

「わかりゃしないさ。誰かが告げ口でもしないかぎり」

「まるで私があの子を傷つけたがってるみたいじゃないの。あの子はいい子よ」

「いい子は退屈だ」ロドリゴは笑った。「ぼくは刺激的な小悪魔のほうがいい」

「まあ、よくもそんな！」

グローリーは半分開いたドアに背を向け、青白い頬を涙で濡《ぬ》らしながら廊下を歩いていった。

ベッドであれほど長く甘く愛し合ったのに、なぜあんな言い方ができるのかグローリーにはわからなかった。あのとき彼女は抵抗もせずにロドリゴを受け入れた。心から情熱に応えた。しかし彼女は未熟者で、ロドリゴは経験豊かな女のほうが好きだと言う。グローリーは自分が安っぽく利用されて捨てられた気がした。命を守るためにここへ来たのに、心が殺されてしまった。フエンテスの脅しも、平凡すぎて興味がわかないとロドリゴに言われることに比べれば半分も怖くなかった。ロドリゴは私には教養がないと思っている。ロースクールを優等で卒業した私を！

妊娠がほぼ確実だということを考えれば、彼の言葉はよけいにひどかった。あんなことを立ち聞きしてしまった今、ロドリゴに本当のことは言えない。仮面をかぶらずに生きていくために、フエンテスを法廷に連れ戻し、有罪にしなければいけない。グローリーは昔の生活に戻りたかった。生きているかぎり二度とロドリゴには会いたくない！

でも殺し屋のことはどうなるの？　フエンテスは誰を差し向けたのだろう？　カスティーリョかマルコだろうか？　それともまさかロドリゴ？

いつもの不安がまた頭をもたげ、グローリーは顔をしかめた。ロドリゴがフエンテスの関係者で、殺し屋だということがありえるだろうか？　彼はジェイコブズビルに来てから日が浅いし、彼のことをくわしく知る人はいない。それに、あのちんぴらのカスティーリョを雇った。ロドリゴとカスティーリョは毎週水曜に姿を消す。彼はメキシコとつながりを持っている。麻薬密売に手を染めているいとこがいる。そしてさっき倉庫でカスティーリョとぶつかり合ったロドリゴは、グローリーの知らない男だった。問題を暴力で解決することに慣れている危険な男。その気になれば凶暴にちがいない。カスティーリョはロドリゴを怖がっている。ロドリゴは殺し屋かもしれないし、あるいは麻薬密売に関《かか》わるボスの一人かもしれない。

グローリーはうめき声をあげそうになった。サンアントニオでギャングや麻薬ディーラーを刑務所に送り込む手助けをしているときは、人生はもっと単純だった。どうしてマルケスは安全でいられる町に置いておいてくれなかったんだろう？　サンアントニオならマルケスが守ってくれるという安心感があった。ここでは、グリヤ署長のことを信じるしかない。

自分の無謀さに気づいてグローリーは恐怖に襲われた。もし彼女の勤める地方検事局がロドリゴを起訴することになったら？　いったいどう対処すればいい？　彼は強力な武器を手にしている。法廷で、彼女とどんなに深い仲だったかを語ればいいのだ。そうなればグローリーの信用は地に落ち、フエンテスは無罪になるだろう。人生は思いどおりにいかないことばかりだとグローリーは思った。

水曜ごとにロドリゴとカスティーリョがどこに出かけているのか気になり、グローリーはアンヘル・マルチネスの車に乗せてもらって町に行った。バーバラのカフェの前に自分の車を止めているのを見られたくなかったからだ。広場でアンヘルにおろしてもらうと、グローリーはすぐさまカフェに向かった。そしてマルケスに電話して事態の進展を話した。

「グリヤ署長に話さないと」マルケスは言った。

「話したわ。で、今こうして私はマッシュルームになっているわけ」

マルケスは笑った。「つまり、暗いところに放置されて、上から肥――」

「お気遣いありがとう」グローリーは丁寧にさえぎった。「ここまで車で来てもらえないかしら。そうすればロドリゴとカスティーリョのあとを尾《つ》けて、行き先を突き止められるわ」

「どうしてきみを連れていかなきゃいけないんだ?」

「この件を起訴するのは私になりそうだからよ」

「そう言うと思ってたよ。二人はいつも何時に出るんだ?」

「夕方の五時ごろね」

「ぼくと出かける間、コンスエロをごまかしておけるかい?」

「コンスエロは毎週水曜日の五時少し前に教会に出かけるの」グローリーは満足げに言っ

た。「息子といっしょにね」

　意味ありげな沈黙が続いた。「マルコが？」

「ええ。棺桶《かんおけ》の中じゃなくて自分の足で教会に行こうっていうんだから、おもしろいわよね？」グローリーは冗談めかして言った。

「正面の入り口から入って裏口から抜け出してるのかもしれないよ」

「そうね。で、行く気になった？」

「五時に迎えに行く。誰かに訊かれたら、ホットなデートだって言えばいい」

「デートなら目立つ格好で行かなきゃ」

「人目につかない服装のほうがいいよ。人を尾行するのに派手な格好は論外だ」

「ホットなデートなのに」グローリーはつぶやいた。

　マルケスは笑った。「そんな場合じゃない」

「みんなそう言うのね」

「それじゃ」

「ええ」

　マルケスの母バーバラが顔をしかめて近づいてきた。「なんの話？」

　バーバラを知っているグローリーは、ただほほえんだだけだった。「うちに来て、いっしょにいけないことをしないかってあなたの息子を誘っていたの」

「おやまあ！」バーバラは大声を出した。「背中を押してやらなきゃいけない男がいるとしたら、うちの堅物の息子こそそうだわ！」

「もっとも、いけないことといってもいろいろあるんだけれど」グローリーはそっとささやいた。「私たち、追跡に行くの」

「鹿《しか》の？」バーバラは驚いた。

「鹿じゃなくて麻薬ディーラーよ」

バーバラの顔からいたずらっぽい表情がかき消えた。「なんて危ない話なの。そういうことは息子一人にやらせなさい」

「それは無理。私自身、もうこの件の当事者なの」

「誰かがフエンテスを森の散歩に連れ出して、古井戸にでも突き落としてやればいいのに！」

グローリーは目を見張った。「ずいぶん血なまぐさいことを言うのね」

「当然よ！　麻薬ディーラーなんて大きらい」

「私もよ。とくにフエンテスはね。あいつはマニュエル・ロペスやカーラ・ドミンゲスよりずっとたちが悪いの。仮釈放なしで死ぬまで刑務所にいてもらわなきゃ」

「そうすればやつらの組織を一網打尽にして、全員刑務所にぶち込める」

「そのとおりよ。でもまずは法廷で通用する証拠を押さえないと」

「水を差すようなことを言うじゃないの」バーバラがからかった。

「そうね、私は法曹界の人間だから。どんなにきらいなやつが相手でも、ルールに従わなきゃいけないのよ」

「証拠集めはうちの息子が手伝うわ」

グローリーはにっこりした。「そうね。マルケスは優秀な警官よ。でも私がほめていたことは内緒にして」

「もちろん内緒よ」

「ありがとう」

「助けが必要になったときは、あの家から直接誰かに電話するわけにはいかないだろうから、うちに電話してスイートポテトパイを注文しなさい。そしたら私がすぐグリヤ署長に電話するから。リックがここにいたらすぐそっちに行くように言うわ」

「潜入捜査官になろうと思ったことはない？」グローリーは訊いた。

「思うのはしょっちゅうよ。でも実際になるより考えているだけのほうが楽しいってものよ。少なくとも私はそう思ってるの」

「きっとあなたの言うとおりね」グローリーはドアからジェイコブズビルの町の創立者ジョン・ジェイコブズ老の像のほうをうかがった。運転席にアンヘルが座った農場のピックアップトラックが止まっている。「私の車だわ。もう行かなきゃ」

「自分の車はどうしたの？」

「家で乗っていたのと同じ車に乗ってるんだけれど」グローリーは小声で言った。「農場の納屋にしまってあるの。誰かに見られると困ると思って」

「ぬかりないのね」

「これが解決したら、私立探偵でも開業しようかしら」グローリーはまんざら冗談でもない口調で言った。「また連絡するわね」

「待って！」バーバラはカウンターのほうに行ってスイートポテトパイをとり出し、袋に入れてグローリーに手渡した。「アリバイ代わりに持っていきなさい。どうしてうちに入ったのかあやしまれても、これでだいじょうぶ」

「あなたにトレンチコートを買ってあげなきゃ」グローリーは笑い、バーバラを抱きしめた。「ありがとう」

「情けは人のためならず、よ。あなたには、うちの息子と結婚して山ほど赤ちゃんを産んでほしいの」バーバラは笑った。

〝赤ちゃん〟という言葉を聞いてグローリーは固まってしまった。

バーバラは顔をしかめた。「ごめんなさい、私ったらよけいなことを……」

「いいえ、怒ってるわけじゃないの。リックはとっても魅力的よ。でも私は血圧が高くて、赤ちゃんが産めるかどうかわからないの。ほら、子どものことを医師に訊くような必要もなかったし」

バーバラはグローリーが気がついていないことを見抜いていた。町のカフェを経営しているると、ボディランゲージを読みとる眼力が増すというものだ。「ルー・コルトレーンはとてもいい先生よ。小学校のころの秘密もまだ守ってるぐらい口の堅い人。信用できる医師と話をしたいなら、ルーに会いに行きなさい」

グローリーは顔をしかめた。「どうして私に医師を勧めるの?」

「ここは小さい町だから」バーバラはやさしく言った。「あなた、あの農場監督のハンサムさんと踊ったそうじゃないの。聞いた話じゃ、見ている人が扇がほしくなるぐらい熱かったって」

グローリーの顔が真っ赤になった。「そんな」

「ここがどんな場所か忘れちゃいけないわ」バーバラは小声で続けた。「誰もが互いのことを知ってる。でもそれは心配だからこそよ。あなたは子どものころつらい思いをしたけど、責任感のあるすてきな女性になった。お父さんが生きていたらどんなに自慢に思うことか」

グローリーは涙で目が痛くなった。人に親切にされることなどめったにない。とくにこんな親切には慣れていなかった。

バーバラはグローリーをドアのほうへと押しやった。「こっちまで泣きたくならないうちに早くお帰りなさい。もしリックを誘惑したくなったら、セクシーな赤いネグリジェを貸してあげる」

グローリーは眉を上げた。「どうしてそんなものを持っているの？」

「いつか着るチャンスが来るんじゃないかと思ってね」バーバラは笑った。

グローリーも笑い出した。この人は本当に親切だ。

「気をつけて」ランチ時間のオープンの札を出しに行きながら、バーバラはやさしく言った。「あいつらは本気だからね」

「そうね。ありがとう」

「いいのよ」

ランチの席でグローリーはわざとロドリゴを無視して、コンスエロとアップルバターのレシピの話をした。

ロドリゴはグローリーに言ったことを後悔していたが、ああ言わせたのは彼女だ。グローリーは言葉がきついし折れない。あんな態度で、よくサンアントニオの派遣会社をくびにならなかったものだ。ハンディキャップがある分、攻撃的にならなければいけないとでも思い込んでいるのだろうか。グローリーはたしかに腰が悪いが、仕事ではひけをとらない。コンスエロに負けずによく働くし、文句も言わない。あんなにまじめな作業員はこれまで見たこともないほどだ。過去につらい目にあって体に傷を負ったが、男の脅しにも毅《き》然《ぜん》として立ち向かう。カスティーリョはやりすぎた。

「おまえを雇った理由を忘れるな」ロドリゴはカスティーリョに言い聞かせた。「波風を立てるのは困る」

「あんな美人が目の前にいるんじゃ、男なら誰だってちょっかいを出したくなるってもんだ」カスティーリョはそっけなく言った。

この台詞《せりふ》を聞いてロドリゴの目が燃え上がった。「グローリーにちょっかいを出したら、ろくなことにならないぞ」

その言い方を聞いてカスティーリョの背筋に寒けが走った。彼は両手を上げた。「わかってるさ。あの娘《こ》はあんたの女だ。もう二度と縄張りを荒らしたりしない。仕事が始まるまでちょっとひまつぶしをしただけだ」

ロドリゴはうなずいた。「フエンテスが騒ぎを起こしたやつをどうするか忘れるな」

カスティーリョはごくりと息をのんだ。「ああ」

「仕事に戻れ。五時に倉庫に行くからな」

「わかった」

ロドリゴは、キッチンから出るときにちらっとグローリーのほうを見た。まぶたが震えていたが、彼女はこちらを見ようとはしなかった。そのほうがいい、とロドリゴは自分に言い聞かせた。彼はまだ失ったものを悼んでいる。勘ちがいした料理人との関係に突き進む気は毛頭ない。見た目はなかなかだしベッドでは楽しめた。だがセックスだけが人生じゃない。彼の人生には、料理の腕だけが自慢の田舎女が入り込む隙《すき》はない。ロドリゴは知性と勇気のあるサリーナのような女性を求めていた。コルビー・レインが現れさえしなければ！

ロドリゴは携帯電話をとり出して、ある番号を押した。深い声が答えた。

「これから向かう」

「待ってるぞ」

通話を切り、次の番号を押す。今度は近くだ。二度呼び出し音が鳴り、相手が出た。

「クレブラ」彼はスペイン語で言った。「蛇だ」

「了解」

ロドリゴは携帯電話をポケットに戻しながら笑みを浮かべたが、カスティーリョには見えなかった。

8

ロドリゴが待っていたものは計画どおりに到着しなかった。日が沈むと彼はひどい剣幕で悪態をついた。二人はコマンチ・ウェルズの倉庫跡にいた。コマンチ・ウェルズはジェイコブズビルから西に十六キロのところにある小さな町だ。人口はたったの六百人。警官も消防士もいないため、公共サービスは郡に頼っている。アパレルメーカーがこの町に進出しようとしたが、あえなく失敗した。しかし廃墟《はいきょ》となった建物は麻薬ディーラーたちには天の恵みだった。安全で身を守りやすく、人目のないこの建物は取り引きに最適だ。

コマンチ・ウェルズはジェイコブズ郡の牧畜産業の中心地でもある。裕福な牧場主が何人かこの周辺に土地を持っていて、町へは飼料を買うときにしか足を踏み入れない。酒場が一軒あり、ビクトリア・ハイウェイの〈シーズ・バー〉ほど有名ではなかったが、商売にはなった。パソコンの集積回路を作っている小さな会社もある。レストランと言えるのは一軒のメキシコ料理店だけで、医師は一人、ドラッグストアも一軒きりだ。非常の場合は救急車がコマンチ・ウェルズの市民をジェイコブズビル総合病院に運んでいく。夕暮れどき、ロドリゴとカスティーリョは歩道に車を寄せた。

暗くなってしまうと、荒れ果てた倉庫跡の横を走る道路からは車も人もいなくなった。カスティーリョはいらいらと歩きまわった。「あいつらはどこだ?」

ロドリゴの声は張りつめていた。「スケジュールどおりにここへ来るという約束だ」

カスティーリョはロドリゴのほうを向いた。「へえ? もしかしたら、おれたちを裏切ってFBI野郎に売ったのかもしれないぜ」

「こいつはちがう。あいつはFBIをきらってる」

「仲間もいるんだろう」

「おまえの言いたいことはわかる」

カスティーリョは腕時計を見た。「十五分も遅れてるんだぞ!」

「遠くから来るんだからしかたない」ロドリゴは落ち着いて言った。そしてポケットに両手を突っ込み、相棒のほうを見た。「少しは辛抱するってことを覚えろ」

「この前辛抱したときは、警官二人にパトカーに押し込まれて刑務所に連れてかれたよ」

カスティーリョはそっけなく言ってロドリゴをにらんだ。「あいつらがおれたちをはめないって、なんでわかるんだ? あれがありゃあ――」カスティーリョは空のドラム缶の上に置いてあるブリーフケースを指さした。「けちな泥棒が一生食っていけるんだぜ」

「ああいう手合いをはめようとしたら、こっちの命が危ない。あいつらをごまかそうとしたディーラーがいたが、そいつの遺体はいろんな郡で発見されたよ」

背筋も凍るとはこのことだ。カスティーリョはそわそわしてまた腕時計を見た。「早いとこ来てくれないなら、さっさとずらからないとな。ほんとにサツじゃないんだろうな？」

「もちろん」ロドリゴは答えた。「一人はいとこだ。最初はロペスの下で、今はドミンゲスのところで働いてる。人をだますようなやつなら今ごろこの世界にはいられない。そうだろう？」

「ああいうボスの下で働くんじゃ、そうだろうな。けど、フエンテスはちょっとちがう。すぐかっとなる男で、国境の向こうにもこっちにも、死体がたくさん並んでるって話だ」

「金がいいから命をかける気にもなるんだろう」

カスティーリョはまたロドリゴを見て顔をしかめた。「ああ。だろうな。けど、やっぱり――」

近づいてくる車の音が建物の壁に響き、彼は口をつぐんだ。ロドリゴは四五口径のオートマチックをベルトから抜き、そばの窓辺に近寄った。そっと外をうかがった彼は体から力を抜いた。

「来たぞ」ロドリゴは拳銃《けんじゅう》を上げて言った。

農場までグローリーを迎えに来たリック・マルケスは自分のピックアップトラックを運転していた。ジーンズとブーツ姿、つばの広い帽子をかぶった彼はカウボーイのようだ。

グローリーは隣の席に乗り込み、一人ほほえんだ。「その格好、ずいぶんまわりにとけ込んでいるわね」

「尾行するんだから当然だ」マルケスはグローリーの姿を見てほほえんだ。長い髪をベレーの下にまとめている以外は彼と同じようなスタイルだ。「きみもなかなかよくとけ込んでいるよ」

「ありがとう」グローリーはそう言ってシートベルトを締めた。「派手なものはだめとあなたが言ったから」

「そのとおりだ」

マルケスはハイウェイに続く農場の道を走り出した。グローリーがふと見ると、彼はポータブルの警察無線を持ってきている。「役に立つかと思ってね」二人の間にある無線機をグローリーが見つめているのを目にしてマルケスは言った。「仕事熱心な警官が違法取引の現場を見つけて割り込んでくるかもしれないからね」

「まさか逮捕するつもりじゃないわよね?」ロドリゴのことを考えるとグローリーは怖くなった。「あの二人がフエンテスとつながっているかどうかさえわからないのよ。まだ早いわ」

マルケスはグローリーを見た。「ぼくはこの町の警官じゃない。管轄外だ」

「そう」グローリーはおとなしく答えた。

「だが、まちがいなく麻薬取引だとわかれば、ヘイズ・カーソンに通報しよう」マルケスはジェイコブズビルの保安官の名前を持ち出した。「逃がしはしない」

「手は出せないかもしれないわ。私たちが追ってるのはフエンテスなんだから」グローリーはなんとかマルケスを説得しようとした。

「フエンテスはこっちのものだ。きみさえ生きていればね」

「フエンテスの容疑は殺人の謀略の一件だけよ。私の証言があったって、それだけでは有罪にできないかもしれない。一度麻薬取引の容疑も逃れているけれど、あいつをこのあたりの麻薬ネットワークと結びつけることができれば、規制薬物の流通をはかった容疑で告発できるわ。連邦政府の起訴となれば、刑務所行きは確実よ」

マルケスはグローリーを見やった。「きみだってここは管轄外だ。きみは殺すと脅されてるんだぞ。取り引きの邪魔をしてフエンテスをびびらせることができれば、きみから手を引くかもしれない」

「そうなればうれしいけれど、あいつは手を引くようなタイプじゃないわ。殺し屋が来たってだいじょうぶ。キャッシュ・グリヤが、ある男に私を見張らせていると言っていたから」

マルケスの顔が曇った。

「どうかしたの？」

「グリヤは、けちな窃盗犯をラミレスの下で働かせている。刑期を短縮する約束でね。地方検事と話し合ったんだ」

「それで？」

「その男は昨日、高飛びした」

グローリーは心臓が飛び出しそうになった。今私を見張っている人は誰もいない。これまでになく危険な状況だ。

「まだ潜入捜査中の捜査官がいる」マルケスはグローリーを安心させようとした。「ただ、それが誰なのか、どこにいるのか誰も知らないんだ」

グローリーはそのことを考えてみた。「その捜査官が女性だという可能性はあるかしら」

マルケスはグローリーを見やった。「コンスエロが捜査官だって言いたいのかい？」

グローリーはうなずいた。

「ありえない」マルケスの返事はそっけなかった。

その口調に不安になり、グローリーは訊《き》いた。「ありえないってどういうこと？」

マルケスが口を開きかけたとき、二人の間の無線が音をたてた。

決められた暗号のテン・コードが立て続けに二度聞こえた。この地域の警官の周波数もコールサインも全部知っているマルケスは無線機をとり上げ、光る画面を見つめた。

「くそっ！」

「どうしたの？」

「麻薬取締局だ」

「どうしてここに麻薬取締局がいるの？　農場を見張ってるのかしら？」

「ああ、それもありうる」マルケスは顔をしかめた。「以前ここで捜査官が一人殺されている。リサ・パークスの前の夫のウォルト・モンローだ。ヒューストンで大がかりな手入れがあったとき、もう一人捜査官が撃たれたが命はとりとめた。ジェイコブズビルでカーラ・ドミンゲスとその手下との間で銃撃戦があったのもそう前のことじゃない。麻薬取締局としては、フエンテスを始末する側に加わりたい理由がちゃんとあるというわけだ」

グローリーは顔をしかめた。「左手が何をしているか右手は何も知らないということね。手の内を隠しすぎるのも考えものだわ」

「そうせざるをえなかったんだ。もぐらがもぐり込んでいたから」グローリーが驚いた顔をしたのがわかった。「もぐらがいたのが上層部だったから、ヒューストンの潜入捜査には州外の捜査官を投入せざるをえなかった。子どもを一人誘拐したドミンゲスは、銃撃戦のあとここで逮捕された。でもああいう世界じゃ、麻薬王の後釜《あとがま》におさまるやつはいくらでもいる」

「フエンテスみたいにね」グローリーは黙ったままの無線を見つめた。「何をしようとしているんだと思う？　監視しているのか、それとも一網打尽にしようとしているのか」

マルケスはしばらく考えた。「相当の量が押収できないかぎり、現場を押さえるとは思えない。フエンテスがじきじきにやってくるとも思えないしね」

「来ればいいのに」グローリーはため息をついた。

無線が音をたてた。「手を引け」聞き慣れない低い声がした。「すべて予定どおりだ。繰り返す、手を引け」

「冗談じゃない！」ゆっくりした深い声が短く答えた。

マルケスとグローリーは目を見交わした。

無線の音はとだえた。

倉庫から見えない、建物の裏の小高い場所に二人は車を止めた。トラックが一台と黒っぽい長い車が建物に沿って走る脇道《わきみち》に止まっている。二人が見ていると、スーツを着た二人の男が黒っぽい車に乗って走り去った。一人はブリーフケースを持っていた。しばらくして、ブリーフケースを持った別の二人がピックアップトラックに飛び乗った。

二台の車がけたたましい音をたてて走り去ったそのとき、三台目の車が倉庫の前の道に走り出た。青いライトをつけた覆面パトカーだ。

間もなく三台とも姿を消した。青いライトをつけた車は必死に前の二台を追いかけていった。

「一目瞭然《いちもくりょうぜん》だな」マルケスが考え込むように言った。

「取り引きが完了したんだわ。あれが無線で話していた捜査官なら、見逃したのね。ところが命令に従わない者がいて、追いかけたのよ」

「ということはつまり、内部に誰か潜入させているということだ。でもあの警察の車はどういうことだろう。いつの間にか現れて、無線でも一言しか話していない」

「私も気づいたわ」

「地元警察か、州警察か、それとも連邦捜査官か」マルケスは息を吸い込んだ。「とにかく、これ以上ここにいてもどうしようもない。家まで送っていくよ」

「ありがとう」グローリーは何げない顔で言ったが、それは見せかけでしかなかった。彼女はピックアップトラックに乗り込んだ二人の男のうち一人の顔を見てしまった。それはロドリゴだった。

マルケスは、杖《つえ》で歩くグローリーに歩調を合わせて、ゆっくりとポーチまで送っていった。コンスエロが早めに帰宅していたときに備えて、二人はしばらくそのあたりを車で走っていた。デートに見せかけるためだ。あまり早く帰るとそれらしく見えない。

「コンスエロの車がないわ」

「まだ教会かもしれないな」マルケスはそう言ったが、そこには何か含みがあるように思えた。

グローリーはポーチでマルケスのほうに向き直った。「コンスエロのことで、私が知らないことを知っているのね？」

マルケスは肩をすくめた。「たいしたことじゃない。コンスエロはサンアントニオに運送業を営むいとこがいるんだが、ときどき違法な麻薬運びに手を染めているんだ。だから警察の監視下に置いてる」

「まさかコンスエロもそういうことに関《かか》わっていると思ってるの？」コンスエロに好意を持っているグローリーは心配そうに訊いた。

「そんなことはない」マルケスは即座に言った。彼は目を合わせなかった。

「よかった。私、コンスエロのことは好きなの。いつもよくしてくれるから」グローリーはにっこりした。

マルケスもほほえんだ。そして思った。グローリーに目を見られなくてよかった。「とにかく、ここでは気をつけてほしい。きみを農場で働かせるのが本当にいいことかどうかあやしくなってきたよ。蛇の巣に送り込んでしまったね」

「蛇といっても一匹か二匹よ。心配してくれてありがとう。いつもなら自分の身は自分で守れるけれど、今は状況がちがうから」グローリーはため息をついた。「仕事が恋しいわ」

「だろうね。向こうに戻ればまたできるよ。生きたまま戻れば」マルケスはそこを強く言った。

グローリーは顔をしかめた。「そうね。やるべきことをやらなきゃね」そして目を上げた。「まさか自分がここまで果物ぎらいになるとは思っていなかったわ。これから一生桃を目にするたびに〝うっ〟となりそう」

マルケスはふき出した。「ぼくもよくそう思うんだ。母の缶詰作りを手伝わされると」

「あなたのお母さんは好きよ」

「ぼくもだ。それじゃ、気をつけて」

「ええ。あなたも」

マルケスはほほえんだだけだった。グローリーは、トラックに乗り込み、片手を上げて私道から出ていく彼を見送った。

グローリーは玄関のドアを開けて中に入った。玄関ホールは暗かったが、間取りは知りつくしているので不安はなかった。ベッドに持っていく小さなグラス一杯のミルクをとりにキッチンへ行こうとしたとき、筋肉質の長身とぶつかった。

グローリーは恐怖のあまり叫んだ。何も見えず、聞こえなかった。

「落ち着いてくれ」ロドリゴが言った。彼は明かりのスイッチを入れ、じっとグローリーを見下ろした。「どこに行ってたんだ？」

グローリーはまだ息を整えられなかった。まずいと思ったけれど、それを彼にさとられてはいけない。彼女は気をしっかり保とうとした。「リックとドライブに行っていたの」

ロドリゴは顔をしかめた。「リック？」

「マルケスよ」グローリーは彼の目を見られなかった。「高校のときつき合っていたの。コンスエロと二人で町の食料品店に行ったとき、偶然出会ったのよ」

長く張りつめた沈黙が続いた。ロドリゴは黒い目を細くしてじっと彼女を見つめている。

「別に外出禁止ってわけじゃないんでしょう？」グローリーは不安を隠そうとして皮肉な言い方をした。フエンテスの麻薬密売にロドリゴが関係しているのが確実だとわかり、彼女は苦しかった。彼の子どもを妊娠しているかもしれないことを考えると、なおさらだ。

「ああ」ロドリゴの答えはそっけなかった。「外出を禁止してるわけじゃない。真剣なのか？」

グローリーは顔をしかめた。「真剣なのかって、何が？」

「きみとマルケスだ」

グローリーは言葉が見つからずまばたきした。リックが標的になるような事態は避けたかった。その一方で、法執行機関が後ろ盾にいることをロドリゴに見せつけるのも悪くないと思った。

「友達よ」ようやくグローリーはそう言った。

「どこへ行ったんだ……そのドライブとやらは」ロドリゴはゆっくりと訊いた。そしてほほえんだ。彼女がこれまで見たこともないような危険なほほえみだった。

グローリーは芝居がへただった。彼女は目をそらした。「町へ行っただけよ」

ロドリゴは彼女が嘘《うそ》をついているのを知っていた。受け渡し場所のそばにマルケスの車が止まっていて、中に二人が乗っているのを見たからだ。彼の動向を探るためにグローリーとデートしているのでなければ、マルケスは何をたくらんでいるのだろう？　どうもしっくりこない。危険な状況だ。

「おもしろいものでもあったかい？」

グローリーは目を上げた。「別に」

ロドリゴの目は冷たく静かだった。「理解できない世界に首を突っ込むのはやめたほうがいい」

「なんですって？」

「マルケスには敵がいる。敵は日ごとに増えていく。あいつのそばにいるだけできみは危険に身をさらしているんだ」

グローリーの目が大きくなった。「嫉妬《しっと》してるのね」ロドリゴの追及をかわそうとして彼女は高飛車な言い方をした。リックと二人で目撃した倉庫のこと、麻薬取引のことを打ち明けるわけにはいかない。

ロドリゴはまばたきして顔をしかめた。「警官に嫉妬だと？」

「プライドが傷ついたんでしょう？　私があなたから彼に走ったから。恋人としてあなたと彼がどうちがうか教えてあげましょうか――やめて！」

あの短い夜も、ロドリゴはこんなふうにキスしなかった。彼はたくましい長身に彼女をぎゅっと引き寄せた。彼女のやわらかい体のすべてで自分の体を味わわせるために。ロドリゴはグローリーの唇をむさぼり、執拗《しつよう》に反応を追い求めた。グローリーは抑えようもなくそれに応《こた》えてしまった。これまでにほしいと思った男は彼だけだ。

グローリーの腕が彼の体にまわされた。キスがこれまで経験したことのない官能の世界に入り込むのを感じ、彼女はかすれた声でうめいた。

ロドリゴはグローリーを壁に押しつけ、ふくらむ欲望のしるしを見せつけるように体を寄せた。

グローリーのやわらかな手が彼のシャツを引っ張ってその奥へとすべり込み、たくましくあたたかい背中の筋肉に触れた。手の下でその筋肉が波打つのがわかった。ロドリゴは唇を重ねたままその手を前へ、豊かな胸毛におおわれた胸板へと導きながら、グローリーの服のボタンに手をかけた。次の瞬間、グローリーは自分の胸の丸みが胸毛の中に埋もれるのを感じ、素肌同士が触れ合う感触を味わった。荒い息遣いと低いうめき声だけが静かな家の中に響いた。

グローリーの耳には杖が倒れる音は聞こえなかった。気がつくとロドリゴの腕に抱き上げられ、廊下を抜けて自分の部屋へと運ばれていた。

ロドリゴは後ろ手にドアをロックすると、グローリーとともにベッドに倒れ込んだ。手と足と服のかたまりにすぎなかったものが、やがてすぐに激しいリズムを刻みはじめた。

自分の中に彼がいると思うと、グローリーは不思議な気持ちだった。ロドリゴは最初のときよりずっと高まっている。彼はすぐに自制心を失ってしまった。こんなはずではなかったのに。ロドリゴは快感を求めてひた走り、かすれた声でうめいた。グローリーの体が彼を迎え入れるように突き上がるのがわかる。もっと、もっとと言わんばかりに。

こんなに高まっている彼女をはたして満足させられるだろうか。そう思ったのを最後に、ロドリゴの理性は消え失《う》せてしまった。

グローリーは体のわななきが止まらなかった。彼女の中にわき上がった怖いほどの快感をロドリゴは止めようとしなかった。やがてロドリゴが絶頂に達するのがわかった。グローリーは満たされない欲求に身を震わせ、声をあげた。

「しーっ」耳元でロドリゴがささやいた。彼は急《せ》き立てるように動くグローリーの上でリズムを遅くした。

「私はまだ……」グローリーは言葉に詰まった。

「わかってる。落ち着いてくれ、愛する人《ケリーダ》」ロドリゴは深い声でささやいた。「ぼくに合わせるんだ。あせらずに。満足させるまではやめない。約束する。だから言うとおりにしてくれ」

グローリーはやっとの思いで動きをゆるめた。そうして彼女は理解した。驚いたことに快感が増している。ロドリゴの腰の動きの一つ一つが甘い拷問のようだ。やわらかな丸みにキスされるたびに快感の波が走る。動く彼の体にグローリーの長い脚が巻きつき、重心を移す彼の体のたくましさと力を感じとった。

「前はこうじゃなかったわ」グローリーは我を忘れてささやいた。

「わかってる」ロドリゴの声は荒々しく、喜んでいるようには聞こえなかった。その動きは激しく容赦なかった。「しゃべるんじゃない。もっと近くに来てくれ。もっと激しく！」

腰の痛みも、また彼を近づけてしまった愚かしさも忘れさせるほど熱い霧の中で、グローリーはその言葉に従った。

「それでいい」ロドリゴは彼女の肩に歯を立てた。その間も二人のたてるひそやかな音は速く大きくなっていく。「そうだ」彼はグローリーの腿をつかんで引き上げた。怖くなるほどの感覚。ロドリゴは彼女が震え、驚きの声をあげるのを感じた。快感がいっそう高まった。

「ああ！」グローリーは身をよじって叫んだ。「ああ、もう……これ以上……」

二人のリズムは狂乱の域に達し、もう先を見通すことも抑えることもできない。ロドリゴの動きはさらに激しくなり、快楽の赤い波が彼をのみ込みはじめた。

グローリーはロドリゴの肌に爪を食い込ませた。目を開けた彼女は、こわばり、凍りついた顔が目の前にあるのを見て愕然《がくぜん》とした。

「そうだ、見ていてくれ」ロドリゴは荒々しくささやいた。

グローリーは目を閉じることができなかった。快楽が二人を揺さぶり、とけ合う二人を一つの形へ、一つの存在へと変えていく。

ロドリゴが引き出した快楽に耐えられずにグローリーがかすれた高い声で叫ぶと、彼の唇がその唇を荒っぽく封じた。グローリーは身をよじり、震えた。その間もロドリゴから目を離さず、その顔と体の美しさだけを視界にとらえた。ひた走るロドリゴの体がやがて震えはじめた。

「ああ……グローリー！」衝撃のあまり気を失いそうになりながらロドリゴは叫んだ。

グローリーはなすすべもなく彼の肩に歯を立てた。彼女もまた、いつ終わるともしれない快楽の巨大な海におぼれていった。喜びの波が次から次へと押し寄せ、むせび泣くような自分の声が聞こえた。

しかし終わりはおとずれた。ゆっくりと世界が戻ってきて、すべては終わった。短く美しい快楽の爆発は消え去った。二人は余韻に身を震わせながら、汗ばんだ体をからませてただ横たわっていた。グローリーは心拍が危険なほど高まっているのを感じとり、それを抑えるために意識してゆっくりと規則正しく息をした。こんな感覚は生まれて初めてだ。

ロドリゴは天井を見つめた。またこの快楽に屈してしまった自分がくやしかった。グローリーは自分とはちがう世界の女だ。彼の世界には決してなじめないだろう。警官とつながりを持つ彼女のせいで計画が危険にさらされた。ロドリゴは、自分では絶対に認めたくない嫉妬心のせいで、グローリーの妊娠の危険を倍増させてしまった。今度はグローリーも存分に彼を楽しんだことを考えても気分はよくならなかった。もちろん彼自身グローリーをたっぷり味わった。

「ぼくと比べてマルケスがどうなのか教えてくれ」ロドリゴは暗い声で言った。

グローリーは頭を働かせようとしたが、なかなか動かなかった。「教えられないわ。彼とは寝ていないから」

ロドリゴはその言葉をどう受け止めていいかわからなかった。喜びはたしかにある。傲《ごう》慢《まん》だろうか？　さっきまで酷使していた筋肉が痛むのを感じてロドリゴは手足を伸ばした。

ロドリゴはうつぶせになってグローリーを見た。ベッドに転がり込んだとき、グローリーの眼鏡をはずしてベッドサイドテーブルに置いた。赤らんだ顔をもつれた長い金髪が囲んでいる。大きな緑色の目は好奇心に見開かれている。

ロドリゴは乱れた髪をグローリーの頬と口元からかき上げた。「前よりよくなったな」

　グローリーは重いため息をついて彼を見上げた。その目は責めるようだ。

「わかってる。ぼくが悪いんだ」ロドリゴは頭を寄せてそっとキスした。「遊んだのはもう昔のことだ。いつもならこんなに簡単に高まったりしない」

　自分が抑えられなかったのは、パトカーとのカーチェイスのあとでアドレナリンがわき出したからではないかと思ったが、グローリーにはそれを言う勇気はなかった。

「いやならいやと言ってもよかったんだ」

「言えなかったわ」グローリーは落ち着いて言った。「あなたのキスのせいで言うひまがなかったの」

　ロドリゴは日に焼けたたくましい肩をすくめた。グローリーの片手を乗せたまま、筋肉が波打った。「癖になるな」

　たしかに癖になる。彼女はロドリゴを拒めなかった。これまでずっと男というものを恐れてきた彼女は、誰と知り合っても惹《ひ》かれる気持ちにはならなかった。ところがこの農場の監督役と出会ったとたん、服を脱ぎたくてたまらなくなった。それを思うとグローリーは不安だった。どこか屈辱的な気もした。

「自分をしかりつける声が聞こえるような気がするよ」

　グローリーは笑うまいとしたが笑ってしまった。「あなたにあんなふうに反応してしまうなんて、ほめられたものじゃないわね。あなたと出会うまでは自分の人生に満足していたのに、すべてがひっくり返ってしまったみたい」

ロドリゴは人さし指でグローリーの細い眉をたどった。「きみが自制心を捨てたのはわかったよ」ロドリゴはおもしろそうに言った。ぼんやりと明るい部屋の中で二人の目が合った。「また妊娠の危険が高まったな」

「ええ、それは私もわかってる」

「どうすればいいと思う?」

グローリーはその問いに答えたくなかった。どう答えていいかわからないのだ。心のどこかでは子どもをほしいと思っていた。その半面、怖くもあった。子どもを持つことだけでなく、いつか刑務所に入れられるかもしれない麻薬ディーラーという顔を持つロドリゴのことが。それだけではない。グローリー自身が彼の刑務所送りに手を貸す可能性もあるのだ。彼女はロドリゴがカスティーリョといっしょにあの倉庫から出ていき、パトカーに追いかけられるのを目撃した。彼女には証言する義務がある。

グローリーが答えを考えあぐねていると、ワールドカップ・サッカーのテーマ曲が床のほうから鳴り響いた。

「くそっ」ロドリゴが小声で毒づいた。

彼はベッドから出てズボンを拾い上げ、ポケットに手を入れて電話に出た。「なんだ?」

長い間があった。

「わかってる」

また沈黙が続いた。

「国境までどっちが先につくか、覚悟しておいたほうがいい。そう言っていたと伝えてくれ。ああ。またあとで話す」

ロドリゴは携帯電話をしまった。いらいらした様子であわてて服を着ると、グローリーの服を拾い上げ、彼女の体を覆っている上掛けの上に放り投げた。

ロドリゴはベッドの枕元《まくら》で立ち止まり、グローリーを見つめた。「仕事が片づいたらゆっくり話そう」

「話すって、何を？」

「ぼくにもよくわからない。だが子どもができたなら、いろいろ決めなきゃいけないことがある」

「その心配はまずないわ」グローリーは嘘をついた。「そういうきざしは全然ないから」

ロドリゴはなぜか落胆を感じたが、それに越したことはないと思った。まちがいなく自分の子だとわかったら、一生この女性に縛りつけられてしまうが、それは困る。子どもがほしいのはやまやまだが、正直に言ってグローリーは子どもの母親になってほしいタイプじゃない。サリーナのことを思い出すとロドリゴは気分が悪くなった。まるで浮気をしたみたいだ。ロドリゴは後ろめたさを感じた。

「よかった」しばらくして彼は言い、ためらった。「こうなるつもりはなかったんだ」

「わかってる。それは私も同じよ」

ロドリゴは顔を寄せてグローリーの汗ばんだ額にそっとキスした。「一つだけきみは正しかった」

「何が?」

「ぼくは嫉妬したんだ」

ロドリゴはドアを開けて外へ出ると、後ろ手にすばやく閉めた。

グローリーはやわらかな暗がりの中でベッドに横たわったまま考えた。私は自分でしかけた罠《わな》にあっけなくはまってしまった、と。

9

翌日もグローリーはまだ昨日のことで自分を責めていた。彼女の隙《すき》を突いて近づこうとしたロドリゴを止めるべきだった。妊娠しているのはほぼまちがいない。早いうちに病院に行って、出産することにした場合にどんなリスクがあるのか教えてもらわなければいけない。妊娠の兆候を感じる時間が長いほど、体の中で育ちつつある小さな命に愛着が生まれてしまう。肉体的にも職業的にも出産は大きな問題をはらんでいるけれど、グローリーは心からこの子を産みたいと思った。

グローリーはコンスエロが妙に落ち着かないのに気づいた。携帯電話を何度も引っ張り出しては、つながっているかどうか確かめている。作業中もそわそわするばかりで、缶詰にする果物に砂糖を入れ忘れたりした。

「どうしたの？」グローリーはやさしく訊《き》いた。「何かあるなら力になるわ」

コンスエロは妙な顔つきでグローリーを見て、眉根を寄せた。「ずっと前にあなたみたいな人と知り合っていればよかった」彼女は謎《なぞ》めいたことを言った。「前はどっちを向いても敵だらけで、手を差し伸べてくれる人なんか一人もいなかったわ」

グローリーはやさしくほほえんだ。「私はできることがあればなんでもするつもりよ」

その言葉を聞いてコンスエロはなぜかさっきより落ち着かなげな顔をした。彼女は唇を引き結んだ。「ありがとう」その声は張りつめていた。「でも、もう手遅れだわ」

グローリーが聞き返そうとしたとき、コンスエロの携帯電話が鳴った。あわてて応答しようとしたコンスエロは、もう少しで煮立った果物の鍋《なべ》に携帯電話を落としそうになった。「もしもし？」彼女は耳をすませ、顔をしかめ、グローリーのほうを見てまた顔をしかめた。「どうしても必要なの？　危なくないのね？」コンスエロはスペイン語でそう言うと、しばらく耳をすませ、最後にわかったと言って電話を切った。

「悪いことが起きたのね？」グローリーは静かに訊いた。

「ええ」コンスエロは手を拭《ふ》いてエプロンをはずした。彼女はグローリーの目を見ようとしなかった。「町まで買い物に行ってくるわ。ちょっと……瓶がなかったから。一人でだいじょうぶ？」

「もちろん」グローリーはコンスエロに代わってこんろの前に立ち、鍋をかきまぜた。そして本心を隠して笑顔を見せた。よくないことが起きる、それも私の身に。グローリーはそう確信した。「ゆっくり行ってきて。こっちはだいじょうぶ」

コンスエロの顔に一瞬恐怖が浮かんだ。「あの……気をつけて。すぐに戻るから」

「わかったわ」

コンスエロは振り返りもせずにドアから出ていった。車のエンジンがかかる音がして、走り去っていくのがわかった。

グローリーは胸をどきどきさせながらすぐさま火を消した。なぜかはわからないが、危険が迫っているのを感じとったからだ。仕事柄、とくに今は、危険に対して敏感になっている。コンスエロのちぐはぐな行動が気になって頭から離れない。グローリーは急ぎ足で自分の部屋に戻り、ドアをロックして携帯電話でキャッシュ・グリヤの署に連絡した。呼び出し音が鳴り出さないうちに、裏口のドアがばたんと開く音が聞こえた。

「あの女はどこだ？」若い男の声がした。

「知るわけないだろう？」もう一人がそっけなく答えた。「捜せ！」

グローリーは電話を切り、緊急番号にかけた。

「ジェイコブズ郡通信指令室です。どうしましたか？」

グローリーは手短に自分のことを説明した。「今一人で武器もないんですが、家の中に男が何人かいるんです。私に危害を加えるつもりだわ」

「二分で行きます。電話を切らないでください」

電話の向こうで、地元警察に警報を送る音が聞こえた。無線の音が聞こえ、指令室の担当のてきぱきした声、そしてはっきりと〝一〇‐七六〟と答える深い声が聞こえた。警察無線のコードで〝現場に向かう〟という意味だ。そのあとサイレンが電話の向こうから、そして家の外から聞こえてきた。二分で行くという言葉が本当なら、家のそばにパトカーがいるにちがいない。

警官が間に合ってくれれば！

重い足音がして、寝室のドアを開けようと毒づく声が聞こえた。グローリーは裸足《はだし》のままドアに近づき、杖《つえ》を振り上げた。この古く重いドアから誰かが入ってきたら、一撃をお見舞いするつもりだった。フエンテスなんて怖くない！　汚れ仕事を人にやらせるなんて、最低だ。

ブーツらしきものがドアを蹴《け》る音が廊下に響いたが、ドアは開かなかった。次に肩からドアにぶつかる音がしたが、まだ開かない。スペイン語で毒づく声がしたと思ったら、突然銃弾がドアを撃ち抜いた。押し入ってくる男を待ち伏せしようと思わなかったらグローリーが立っていただろう場所だ。一発の弾がドアノブのまわりの木材を吹き飛ばし、次の一発が鍵穴《かぎあな》をぶち抜いた。

「今行くからな、金髪さんよ！」あざけるような声が言った。

ドアが開きそうになったとき、サイレンの音が大きくなり、ポーチに車が走り込んでくるのが聞こえた。グローリーの心臓は早鐘を打っている。昔からよく知っている痛みがこみ上げ、左腕を走りおりた。それでもグローリーはひるまなかった。

「どういうことだ?」男の声がした。

「サツだ！　女が通報しやがった！」

「撃つなら警官を撃ったらどう?」

「今度こそしとめてやるからな！」スペイン語のアクセントのある怒りに満ちた冷たい声がドアの向こうから聞こえた。「待ってろよ！」

「やれるものならやってみろ」深くゆっくりした別の男の声がした。

もみ合う音、逃げる足音。廊下の向こうで銃声が響き、どさっと何かが倒れる大きな音が聞こえた。それっきり何の音もしない。

「聞こえますか?」携帯電話から通信指令室の担当の心配そうな声がした。

「ええ。廊下でもみ合いがあって、銃声が聞こえたわ。私は寝室に閉じこもっているの」

「そこにいてください」

「もちろんよ！」

また叫び声があがり、倒れる音がした。そして静寂がおとずれる。

ドアにノックの音があった。侵入者に言い返したのと同じ深い声が聞こえた。「警察です。だいじょうぶですか?」

グローリーは黙っているか答えるか迷った。

ドアの向こうで無線の雑音が聞こえ、電話口の通信指令室の担当と同じ声がした。

「本物の警官です」担当はそう言った。「ドアを開けてもだいじょうぶですよ」

「ありがとう」グローリーはかすれ声で言った。「本当にありがとう」

「いいんですよ」

グローリーは電話を切って、おそるおそるドアを開けた。黒髪と輝く薄い灰色の目を持つ、見るからに強そうな背の高い警官が目の前に立ちはだかっていた。警官はグローリーが振り上げた杖に気づいた。

「あら、ごめんなさい」グローリーはそう言って杖を脇《わき》におろした。

警官はちょっとほほえんだ。「脳天に一発ぶちかますつもりだったんですか？　歯が立たなかったかもしれないなあ、こいつはひどい石頭だから」

廊下に足を踏み出したグローリーは、後ろ手に手錠をかけられた男が床にうつぶせになっているのを身震いしながら見やった。警官がその男を仰向けにして立ち上がらせるのを待つまでもなく、マルコだとわかった。

マルコは憎しみのこもった黒い目で彼女をにらんだ。「明日の朝にはもう自由の身だ」彼は吐き出すように言った。「夜になったらおまえはもうくたばってる！」

「さあ、それはどうかな」警官がゆっくりと言った。

「同感だ」制服を着た若い男性が言った。金髪で、笑顔は感じがいい。「だいじょうぶですか？」

「ええ。あなた方のおかげよ」

「この男を知ってますか？」

「ええ。うちの料理人の息子だわ」

「ドアに弾のあとがある。こいつはあなたを撃とうとしたんですね？」一人目の警官が訊いた。

グローリーはためらった。本当のことを話すわけにはいかない。それを見抜いたマルコの顔が皮肉っぽくゆがんだ。

「わかりません」グローリーは嘘《うそ》をついた。

マルコは笑った。「ものわかりがいいじゃないか」

警官は不審そうな顔をしている。グローリーがその後ろに目をやると、キャッシュ・グリヤが入ってきた。

「今連絡を受けたんだ」署長はグローリーに話しかけ、二人の巡査を見やった。「拘置所にぶち込め。加重暴行で起訴する。彼女の調書はぼくがとる」

「危害を加えるつもりなんかなかったんだ！」マルコが言った。「ただしゃべりたかっただけだ」

グリヤ署長はグローリーの寝室のドアを貫通した弾のあとをじっと見た。「それにしてはずいぶん思いつめたな」

「この女が勝手なことを言ってるんだ」マルコはすました顔で言った。「二十四時間以内に外に出るぞ。弁護士に電話させてくれ」

フエンテスなら金で買える最高の弁護士を抱えているだろう。グローリーはこれほどもどかしい思いをしたことがなかった。彼女はマルコをにらんだ。マルコの動機を暴露して殺人未遂で起訴できれば、マルコの上にいるにちがいないフエンテスも引きずり出せるだろう。それなら、身を守るためにかぶっている仮面をかなぐり捨てる価値もあるかもしれない。

「こいつを連れていってくれ」グリヤ署長が巡査に言った。「ぼくもあとで行く」

二人はマルコを連れていった。

グローリーはドア枠にもたれかかり、息を整えた。胸がどきどきし、腕が痛むのがわかった。

「座って」グリヤ署長は部屋のすぐ内側の椅子にそっと彼女を座らせた。「薬はあるかい？」

グローリーは首を振った。「今は持っていないわ」息をするのがつらかった。話すのはもっとつらい。

「救急車を呼んでもいい」

グローリーは息をのんだ。そんなことをしたらもっとことを荒立ててしまう。彼女は規則正しく息をすることだけに集中した。徐々に痛みが引いていった。彼女はグリヤ署長を見上げた。「すぐによくなるわ。こういうことは初めてじゃないの」

「狭心症だろう?」

グローリーはうなずいた。「ニトログリセリンの錠剤をもらってるわ」彼女はそこで言葉を止めて息を整えた。「でも……できるだけのまないようにしているの。のむと頭痛がするから」

グリヤ署長はドレッサーにもたれて顔をしかめた。「きみの病歴を知ってるだけに、あんな仕事をしているのは自殺願望があるせいじゃないかと思ってしまうよ」

「不思議ね。主治医も同じことを言っていたわ」

「医者の言うことはきいたほうがいい。とにかく今は、きみを安全な場所に連れていって警察の保護下に置くのがいちばんだと思う」

グローリーは首を振った。「そんなことをしたらフエンテスの勝ちよ。マルコがいずれ出てくることはわかってるでしょうから、なんとしてでも殺そうとするわ。あいつは失敗を決して許さないから」

「そうかな?　フエンテスみたいな物騒な男がドラッグ漬けのギャングの若造にプロの仕事をまかせるとは思えないんだが」

グローリーは顔から血の気が引くのがわかった。その可能性を考えなかった。すべて仕組まれたことなのだ。マルコが送り込まれたのは様子をうかがうためだ。地元警察の動き、グローリーの反応を見たのだ。

「最初からそのつもりだったのね」グローリーの目には恐怖があった。

「そう思う。いわばリハーサルだ」

「なるほどね」グローリーはなんとか普段の呼吸をとり戻した。「これからどうすればいいかしら」

グリヤ署長は一心に考えた。これといったアイデアは何一つ浮かばない。ジェイコブズ郡で麻薬捜査官が何をしているのか、それがわかればいいんだが。グローリーの通報で駆けつけた灰色の目の巡査は、最近入った新入りの一人で、コマンチ・ウェルズで麻薬取引があったときに手を引けという麻薬捜査官の命令を無視したのもこの男だ。この麻薬捜査官が誰なのか、なんの目的で動いているのか誰も知らなかった。政府機関の人間は、必要に迫られないかぎり地元警察に情報を明かそうとはしない。

「いったい何があったんだ?」かすかにアクセントのある聞き慣れた深い声がした。グローリーが目を上げると、ロドリゴが部屋に入ってくるのが見えた。彼はドアの弾痕《だんこん》とグリヤ署長に目をやると、心底心配そうな顔でグローリーを見た。「かわいい人《ニーニャ》!」やさしくそう言うと、彼はグローリーのそばに膝をついた。「だいじょうぶかい?《エスタス・ビエン》」

グローリーは心臓が飛び出しそうになった。スペイン語を話す人が恋人か子ども相手にしか使わない呼びかけの言葉をロドリゴが使ったからだ。彼の黒い目を見ると、もう安全だという気持ちがこみ上げた。グローリーが両腕を差し出すとロドリゴはそのまま彼女を抱き寄せ、髪を撫《な》でながらやさしく揺すった。涙がこぼれ落ちるのを感じて、グローリーはそんな弱みを見せた自分を恥ずかしいと思った。でも本当に怖かった。心臓はまだどきどきしている。よるべない子どもになった気がした。

「何があったんだ？」ロドリゴはグリヤ署長に訊いた。

「複雑でね。ぼくは自分の知ってることを明かす立場にはないんだ」

ロドリゴは疑わしそうに目を細くした。グリヤ署長のことも、署長の情報源のこともよく知っている。ロドリゴが麻薬王を追う一方、誰かがグローリーを狙《ねら》った。理由はわからないし、署長に尋ねても無駄だろう。からまり合った策略の網か、とロドリゴはいらだたしく考えた。しかし少なくとも彼は秘密には慣れている。

「誰がやったんだ？」

「マルコよ」グローリーはロドリゴの胸元でつぶやいた。「マルコがやったの。コンスエロもかわいそうに！」

「コンスエロはどこだ？」ロドリゴは訊いた。

「買い物に行ったわ。電話を受けたあと、切ったときの様子がおかしかった。そのあとすぐ出かけると言って家を出たのよ」いい香りのする清潔なロドリゴのシャンブレーシャツで、グローリーの声はくぐもって聞こえた。

ロドリゴはグリヤ署長の目を見つめた。その瞬間、署長は潜入捜査に当たっている麻薬捜査官が誰なのかさとった。最初はロドリゴが誰なのかわからなかった。数カ月前のカーラ・ドミンゲスとの銃撃戦のときは暗がりで見かけただけだったからだ。こういう顔をする男を見ることはめったにないが、この表情なら知りすぎるほどよく知っている。ロドリゴはグローリーと深く関《かか》わっているにちがいない。まるでマルコの喉笛を食い破ってやりたいような顔をしている。グローリーを守ろうとして必死になっているのだ。けれども彼がロドリゴの正体をばらすわけにはいかない。それに、グローリーの正体も。これほど危険をはらんだ状況でなければ、笑ってしまうところだ。二人とも深い秘密を抱えているが、明らかに相手に打ち明けるつもりはないらしい。

「しーっ」ロドリゴはグローリーの耳元でささやいた。「もうだいじょうぶだ。安全だよ。きみを傷つける者はいない。もう二度と誰にもそんなことはさせないと約束する」

「グローリーの監視のために、誰かをこの農場にもぐり込ませようと思ってたんだ」グリヤ署長が言った。

ロドリゴは署長を見た。「その計画はどうやらうまくいかなかったらしいな。これからはぼくが彼女を守る」

それは無言の警告だった。グリヤ署長が記憶を探ると、この捜査官の噂《うわさ》が浮かび上がってきた。この男は何年も傭兵《ようへい》として活躍していた。その腕のよさのせいで、ほとんど世界じゅうでこの男の首に懸賞金がかかっている。この三年間、彼はアリゾナで麻薬取締局の仕事をしてきた。マニュエル・ロペスの麻薬組織に潜入し、この麻薬王を倒すのに一役買った。最近ではカーラ・ドミンゲスの逮捕と有罪判決に力を貸した。そして今度はフエンテスを追っている。グリヤ署長はそれを知っていたが口に出すわけにはいかなかった。

グローリーの前ではだめだ。

「ドアの後ろに隠れていたら、マルコが押し入ろうとしたの」ロドリゴの安全な腕の中からそっと離れながらグローリーは涙をぬぐって言った。「入ってきたら杖でなぐってやるつもりだった。そしたら銃を撃ち出したのよ」

「ドアの前に立っていなくてよかった」ロドリゴが短く言った。

「マルコのことはどうするつもり？」グローリーは署長に訊いた。

「逮捕して閉じ込めたら、あとは判事が保釈金を百万ドルに設定してくれることを祈るだけだ」

グローリーはほほえんだ。「メアリー・スミスに頼んだらやってくれるわ。あの人は自分のやり方を通す人で、麻薬ディーラーが大きらいなの」

「判事と知り合いなのか？」ロドリゴが疑わしそうに目を細くして訊いた。

グローリーは胸がどきりとした。「ええ。いとこが困ったことになったときに、スミス判事が審理を担当してくれたから」彼女は冷静に嘘をついた。

「なるほどね」

「きみには証言してもらわないといけない」署長がグローリーに言った。「唯一の目撃者だからね」

私はいつもこうなる運命なんだわ、とグローリーは思った。「でも直接見たわけじゃないの」彼女は残念そうに言った。「声を聞いただけよ」

「それで有罪に持ち込むようにするしかないだろうな」弾痕をしげしげと眺めながらロドリゴが言った。「腕ききの弁護士なら、マルコはグローリーを助けようとして駆けつけただけで、起訴は不当だと主張するだろう」

「でも銃があるはずよ」

グリヤ署長は唇を引き結んだ。

「どうしたの？」

「銃は見つからなかった」

「それじゃあ話にならない」ロドリゴが冷たく言った。

「二人いたから、もう一人の逃げたほうがサイレンを聞いて銃を持っていったんだわ。マルコは、今度こそしとめるってしつこく私を脅していたの。だから捕まったのよ」

「マルコはできるだけこちらで引き留めておくよ。だが襲撃がこれで最後だとは思えない」グリヤ署長が言った。

「ここなら彼女は安全だ」ロドリゴはそう繰り返し、グローリーと署長の顔を見比べた。

「うちの料理人のアシスタントがどうしてプロの殺し屋に命を狙われるのか、その理由は教えてくれないのか？」

署長とグローリーは目を見合わせた。

「ここで三人でクイズを楽しんでいる間に、マルコのボスはグローリーを確実にしとめる計画を練っているぞ」ロドリゴはさらにそう言った。

「我々は、今回はリハーサルだと思ってる。警察がどれぐらいで駆けつけるか、グローリーが侵入者にどんな反応を見せるか、それを確かめたんだ」署長が答えた。

「今度はグローリーがぐっすり寝ている真夜中に襲ってくるだろう」ロドリゴの声は冷静だった。

「誰かが銃を貸してくれたら――」グローリーが口を開いた。

「だめだ！」署長は即座に拒否した。

「テールランプが一つ壊れただけじゃない」グローリーは身を乗り出して説明しようとした。

「それにフロントガラスもね。銃は渡せない」

この二人は自分に話せないことを話している、とロドリゴはさとった。まだ秘密があるのか。「そのことはこちらで何か考える」ロドリゴは署長に言った。そして目を細くして付け加えた。「帰る前に少し話がしたい」

きっと気に入らない話にちがいない、とグリヤ署長は思った。「外で待ってるよ」そしてグローリーに向かって言った。「救急車、本当に必要ないかい？」

グローリーはまだ息を整えようとしていた。「ええ。ありがとう」

ロドリゴは彼女の髪を撫でて立ち上がった。「すぐに戻る。寝ていたほうがいい。これ以上よけいな刺激を与えちゃいけない」

グローリーはうなずいた。そして弾痕を無視してゆっくりと部屋を突っ切り、清潔なベッドのカバーの上に崩れるように倒れ込んだ。

広い玄関ポーチでグリヤ署長とロドリゴは試合開始のゴングを待つ対戦者同士のように向き合った。

「どういうことなのか教えてほしい」立ち聞きされるのを警戒してロドリゴは小声で言った。

「情報をもらさないのはそっちも同じじゃないか」署長は冷たく言い返した。

ロドリゴの黒い目が細くなった。この男は頭が切れるようだが、こちらも嘘をうのみにするような間抜けじゃない。「ぼくの正体も、ここにいる理由も知っているらしいな」

「ああ」

「知っていてもいいのはそこまでだ。悪いが、ぼくが作戦を牛耳ってるわけじゃない。命令に従う立場なんだ」

「その作戦がフエンテスに関係あることなのかどうかだけ教えてくれないか?」

ロドリゴはうなずいた。「フエンテスの組織にスパイを送り込んでいて、そのスパイが情報を流してくれる。流通ネットワークの全貌《ぜんぼう》をつかむために、潜入捜査をしているんだが、これが厄介な仕事でね。数年前、いとこが一人マニュエル・ロペスの組織に潜入して殺された。今はフエンテスのもとに別のいとこが入り込んでいる」ロドリゴはポケットに手を入れた。「二週間ほどでペルーからコカインが送られてくる。どうやって国内に持ち込むのか、行き先はどこか、こちらで把握している」

「コマンチ・ウェルズに使ってない倉庫があるな」グリヤ署長がさりげなく言った。「あそこで何かあっても人目にはつかない」

ロドリゴはうなずいた。「昨夜《ゆうべ》あそこで落ち合ったんだ」その目が冷たくなった。「覆面パトカーに乗っていたやつが、手を引けと言ったのに飛び出してきたせいでこっちは危うく殺されるところだった」

グリヤ署長は顔をしかめた。「気の毒に。それはうちのところの新入りだな。海外勤務から戻ってきたばかりで、命令にどう従うべきなのか忘れたらしい。特殊部隊で極秘任務に当たっていたんだ」

ロドリゴはうなずいた。「うちもそういう連中と契約している。それなりの場所に置けば貴重な戦力になる。だが命令に従わないとなると、かえってお荷物だ」

「本人にそう言ったよ。もう二度とああいうことはしないだろう」

「さっきはグローリーが殺されかけた。そのことを話し合いたいんだが」

「そうだな」

「彼女は誰かが殺し屋を差し向けるほど重要な存在なのか？　それとも何か重要な秘密を握っているのか？」

グリヤ署長はあれこれ考え合わせたすえ、この男にはグローリーの秘密には触れずになるべく本当のことを言うしかない、と心を決めた。「グローリーは、フエンテスを殺人に結びつける情報を握っているんだ。有罪になれば組織が深刻なダメージを受ける。フエンテスにしてみればグローリーに証言されるのは困るんだ」

ロドリゴは口笛を吹いた。「偶然の一致とはこのことだな。で、グローリーは麻薬潜入捜査のまっただ中に巻き込まれてしまったわけだ」

「そのうえ殺されかけた」

「フエンテスはああいう仕事をマルコにはやらせない。マルコは殺しができるようなタイプじゃない。リハーサルのために送り込まれたんだ。次はフエンテスはプロの殺し屋を差し向けるだろうし、そうなればぼくらはグローリーの葬式を出すことになる」

「グローリーにもそう言ったよ」

ロドリゴは署長を見やった。「で、近々その裁判なんだな？」

「そうだ」署長は答えた。「関係者からペンドルトン家にグローリーを作業員として雇ってくれという話があった。この事件の担当検事は小さい町にいたほうが危険が少ないと判断したんだ。そうすればグローリーのことはぼくらが目配りできるし、検事は検事でフエンテスが取り引きを密告した情報源を殺そうとした証拠を固めることができる」

「グローリーを見守ろうと考えたのはマルケスとあんたなんだな？」

「きみのところに男をもぐり込ませてグローリーを見張らせるつもりだった。ところがそいつが逃げ出したんだ」

「ぼくはここにいる」ロドリゴは言った。「ぼくがいるかぎり、グローリーの身は安全だ」

「でも二十四時間監視するわけにはいかないだろう。こっちも手伝うよ」グリヤ署長は言った。

ロドリゴは顔をしかめた。ふいに自分が無防備に思えた。グローリーのことは一時のあいだ楽しむ相手だと思っていたが、彼女が撃ち殺されることを考えると顔面をなぐられたようなショックを覚えた。グローリーが殺されるかもしれないなんて耐えられない。彼女が倒れているのを想像するだけで、不思議なほど苦しかった。

「その判事はグローリーにボディガードをつければよかったんだ」

グリヤ署長は笑った。「おもしろいことを言うじゃないか。どこからそんな金が出るんだい？」

「うちからは無理だな」ロドリゴは認めた。「時間外手当までは出せない」

「そっちの予算が警察並みなら無理だろう」

「そのとおりだ。昨今ありあまるほど金を持っているところなんかない」ロドリゴは、給料がなくても仕事を続けられる経済的余裕があることは言わなかった。この三年、麻薬取締局で働いてきたのはただサリーナのパートナーでいたかったからだ。

「これからは、彼女が農場を離れるときは誰かにあとを追わせることにしよう。農場内ではきみに頼んでかまわないね？」

「ああ」ロドリゴは答えた。

「そうすればフエンテスの裁判までグローリーを死なせずにすむかもしれない」署長は唇をすぼめた。「マルコの母親もこのことに関わっている。知ってるだろう？」

「知ってる」ロドリゴは重い口調で言った。「夫は連邦刑務所だ。マルコは出所したばかりだが、銃を持っていたことが証明されれば保護観察中の違法行為で刑務所に逆戻りだ。コンスエロがこんなことに加担してしまったのが残念だよ」

「あの人は息子の頼みをなんでもきいてしまう。息子がすべてなんだ」署長が言った。

「気の毒に」

「ああ」

「コンスエロを起訴するのか？」

グリヤ署長は足を踏み替えた。「証拠がない。マルコにしても、法廷で通用するような証拠を固めるには一苦労だろう」

「あの裏切り者め」ロドリゴはつぶやいた。「顔の形が変わるほどなぐりつけてやりたいよ」

「それは許されない。我々は正義の味方だからな」

「なぐってやったらさぞすっきりするだろう」ロドリゴは愉快そうに言った。

「こっちの法廷でブレイク・ケンプと顔を合わせることになるぞ。地方検事をまかされたばかりなんだ。選出された検事が発作で亡くなってね。選挙まではケンプが検事だが、あいつは選挙にも出るつもりにちがいない。法廷では伝説的存在だからね」

ロドリゴは口笛を吹いた。「そりゃ大変だ」

「無法者どもはまさに今そう思ってるよ」署長は笑った。「あいつは被告には容赦ないからね」

「たしか、あいつもキャグ・ハートといっしょに特殊部隊にいたはずだが」

グリヤ署長はうなずいた。「このあたりは元軍人にはこと欠かない。助けが必要ならなんでもするから言ってくれ」

「すまないな」

「元のパートナーの噂、聞いたかい？」

「サリーナのことか？」

「そうだ」グリヤ署長はにやりとした。「妊娠したらしいぞ」

ロドリゴはその言葉になぐられたような気がした。サリーナは何も言っていなかった。

パーティのときに言うチャンスはあったのに。「二人とも大喜びだろう」

「そうなんだ。不動産業者のアンディ・ウェッブが教えてくれたんだが、こっちに引っ越してくるつもりでホブ・ダウニーの土地まで買ったらしい。ところがハンター一家が住んでいるヒューストンにとどまることになって、また土地を売りに出したんだ。すっかりヒューストンになじんだんだろうな。あんな体じゃサリーナも麻薬捜査官の仕事はむずかしいだろう」

ロドリゴはただうなずいた。体の中にぽっかり冷たい穴があいた気がした。

「それじゃ、そろそろ帰るよ。必要なときは連絡してほしい。こっち方面のパトロールを強化するつもりだ」グリヤ署長は言った。

「部下に言っておいてくれ。今度こちらの命令を無視したら、担架で緊急救命室に担ぎ込まれることになるぞってね」ロドリゴの顔にほほえみはなく、その目には抑えた怒りがくすぶっていた。

「ああ、それはもう言い聞かせた」署長はそう言ってにやりとした。「ぼくも命令無視には容赦ないんだ」

「だが今日急行してくれたことには感謝しないとな。リハーサルとはいえ、マルコは何をしたかわからない。あの警官が駆けつけなかったらグローリーは死んでいたかもしれない。彼のおかげだ」

「伝えておくよ」

「だがぼくがここで何をしているかはあくまで秘密だ」

「わかってる。気をつけて」

「そっちもな」

グリヤ署長は行ってしまい、ロドリゴは家に入った。気分が悪かった。サリーナが妊娠した。それなのに教えてくれなかった。電話も手紙もない。三年間も強い友情で結ばれていたのに、その程度にしか思ってくれてなかったのか。いいニュースを伝えようとも思わなかったのか。

ロドリゴは孤独を感じた。夢はすべて死んでしまった。サリーナの人生のただ一人の男になることはできない。そう思うとつらかった。

ロドリゴは廊下を抜けてグローリーの部屋に入り、ベッドの脇に立った。グローリーの頬は赤く、まだ動揺しているのがわかった。

ロドリゴはベッドの隣に腰をおろした。グローリーはどこかサリーナを思わせるところがある。でもあれほど知的でもなければ勇敢でもない。サリーナは銃が使えたし、彼と肩を並べて何年も悪いやつらと真正面からぶつかってきた。ところがグローリーはフエンテスの弱みを握ったばかりにこそこそ姿を隠した。サリーナなら、逃げ隠れする姿など想像できない。

だが二人を比べるのは酷というものだ。サリーナは健康になんの問題もない。一方グローリーは体のせいでよけい身を守るのがむずかしい状態だ。二人を不公平な目で見てしまうのは、自分が傷ついているからだ。

ロドリゴは手を伸ばしてグローリーのやわらかな髪をかき上げ、その髪が紅潮した顔に落ちかかるのを見守った。「気分はよくなったかい？」ロドリゴは静かに訊いた。

「ええ」グローリーはかすれた声で答えた。「すぐよくなるわ。あなた、悲しそうな顔をしているのね」

ロドリゴは目をそらした。「そうかもしれない」

「私にできることはある？」

ロドリゴは目を細くしてグローリーを見つめ、あることを考えた。それを彼女に頼めば、傷を癒《いや》すだけでなく、手の届かない女を思って一生泣き暮らすわけではないことをサリーナに見せつけられる。

「ああ、一つだけある」ロドリゴはさりげなく言った。「結婚してくれないか」

10

「結婚?」グローリーはまた息が苦しくなった。

「いいじゃないか。ベッドでは相性がいいし、好みも似ている。うまくやっていけるよ」

「でも私たちには愛情がないわ」ロドリゴへの想いはあったけれど、グローリーはそれを口に出すつもりはなかった。少なくとも彼があの金髪美人に心を残している間は。

「愛がなんだっていうんだ? 尊敬と友情だって愛に負けないぐらい大事だ」ロドリゴは疑わしげに目を細くした。「乗り気じゃないんだな。それはぼくが肉体労働者だからなのか?」

グローリーは目を丸くした。「そんな、まさか。あなたのことは立派だと思っているわ」

ロドリゴの顔に驚きが浮かんだ。「どうして?」

「人の扱い方がとてもうまいから。作業員を怒鳴ったり傷つけるようなことを言ったりするのを見たことがないわ。女性や子どもにはやさしいし、誠実だし、きつい仕事にもいやな顔をしない。何かを恐れてしり込みすることもない。それが理由よ」

ロドリゴはこんなふうに長所を並べられるとは思っていなかった。グローリーが自分のことをそんなふうに思っていたとは。表の顔と本当の顔は別なのに、グローリーはそんな差などないかのように彼を受け入れている。ずっと前から女たちは――といってもサリーナはもちろん別だが――彼が与えるものを目当てに近寄ってきた。それなのにグローリーは彼が貧しくても関係ないと思っている。ロドリゴは自分の小ささを思い知った。

「そんなにほめてもらうとうれしいよ」彼は目を細くしてグローリーを見つめた。「だが、きみはまだ何か隠している」

グローリーは目をそらした。

「言ってくれ」

「あなたがコンスエロに話していたのを聞いてしまったの。私はあなたの気を引くような女じゃない……平凡すぎるって」

ロドリゴは彼女を胸の中に抱き寄せた。「機嫌が悪かったんだ」彼はつぶやいた。「ときどき本心じゃないことを口に出してしまう。本当はそんなこと思っていないのに」そして顔を上げてグローリーを見つめた。「あれは本気で言ったんじゃない」

グローリーの肩から力が抜けた。

ロドリゴはそのまま彼女を寝かせ、耳の下に手を添えた。「きみは、ぼくの子どもはほしくないと言っていたね」ロドリゴは静かに言った。そうグローリーに言わせたことで、彼のプライドはまだ痛んでいた。

グローリーは顔をしかめた。「本気じゃなかったの、あれは」自分の体が妊娠に耐えられるのか、まだよくわからなかった。「よく考えてみたけれど、子どもを持つのもいいと思ってるのよ」

ロドリゴの眉が上がった。その顔のこわばりがほどけ、笑みが浮かんだ。「本当に？」

グローリーもほほえんだ。ロドリゴの顔つきを見ると胸がどきりとした。

ロドリゴは人さし指でやわらかな唇をたどった。「じゃあ、結婚してくれるかい？」

とんでもない話だ。結婚するわけにはいかない。仕事柄、自由になる時間はない。子どもだって無理だ――命を落としてしまうかもしれない。でも妊娠しているのはほぼ確実だった。細かく面倒を見てくれるいい医師が見つかれば、それほど危険ではないかもしれない。話に聞いたところでは、グレイス・カーバーは心臓弁が悪かったけれど、FBI捜査官のガロン・グリヤと結婚して子どもを産んでいる。グレイスにできるのなら自分にだってできないはずはない。それにグローリーは結婚もしていないのに子どもを産むのは抵抗があった。幼いころに身についた古い価値観は簡単には捨てられない。

「答えてくれ」

グローリーはロドリゴの顔を見上げてほほえんだ。彼女はこれまで危ないことを避けて生きてきた。ずっと保守的だった。でもこの黒い目には天国の約束が輝いている。グローリーは心臓が胸から飛び出そうな気がした。「いいわ」その言葉がどんな結果を生むか、グローリーは考えたくなかった。

「いいって、何が？」ロドリゴはからかうように言った。彼のやさしい情熱にグローリーが見せた心からの反応がいとしかった。

「あなたと結婚するわ」グローリーはささやいた。

ロドリゴの目が輝いた。次の瞬間、激しく燃えるように唇が重なった。グローリーは彼がほしかった。彼に財産がなくても、自分がこの先金銭的に苦しくなってもかまわない。

ロドリゴの胸は空高く舞い上がった。彼女は本当にサリーナに似ている……。

ロドリゴは体を離して座り直した。グローリーはうっとりと夢見心地だ。拒否された苦しみから逃れるために、ある意味で彼女を利用してしまったことにロドリゴは罪悪感を持った。だがグローリーは知る必要はない。しばらくいっしょにいて、互いを楽しもう。そのうちたぶん子どもが生まれるだろう。そう思うと、ふいにいたたまれないものを感じた。たとえ子どもがいたって、代用品でしあわせになれると思うなんて自分に嘘《うそ》をつくようなものだ。グローリーはサリーナではないし、子どもはバーナデットとはちがう。その苦しみはロープのようにロドリゴの心臓を締め上げた。

「いつ？」グローリーの声が彼の物思いを破った。

ロドリゴは立ち上がってためらい、顔をしかめた。「きみはいつがいい？」

　グローリーもためらった。ロドリゴの顔が突然変わった。きっと考え直したんだわ。私も考え直すべきだ。私の人生は危険だし、正体を隠して生きている。結婚している余裕なんかない……。

「今日だ」いきなりロドリゴが言い出した。「今すぐ行こう」

「今すぐ?」

「国境はすぐそこだ。メキシコで結婚しても法的な拘束力はあるんだ」

　グローリーは頭がぼうっとした。フエンテスは殺し屋を送り込んできた。マルコが寝室のドア越しに銃を撃ったのはほんの三十分前のことだ。真の殺し屋は今もどこかにいるというのに、彼女は結婚しようとしている。有罪判決を受けてはいないが、おそらくは麻薬ディーラーである男と。

「どうしたんだい?」ロドリゴがやさしく訊《き》いた。

　彼に何もかも打ち明けるわけにはいかない。今はまだだめだ。黒い目を見上げたグローリーは、でもそんなことは関係ないと思った。ロドリゴがどんな男だろうと、もう愛してしまった。考え直すには手遅れだ。いっしょに過ごした時間がたとえ短くても、愛の思い出が全然ないよりはましだ。

「どうもしないわ」グローリーは嘘をついた。そして立ち上がった。「あなたがそういうつもりなら、私もそれでかまわない」

ロドリゴはすらりとした手でグローリーのウエストを抱き寄せ、やわらかな緑色の目をのぞき込んだ。「ぼくのことを信じてくれ」彼は静かに言った。「ぼくに裏があるんじゃないかと疑ってるのは知ってる。二人ともその話はわざと避けてきたが、ぼくは昨夜《ゆうべ》きみがマルケスといっしょにいたことを知ってるんだ。どこにいたかも知ってる」

グローリーは体が麻痺《まひ》したような気がした。ロドリゴの暗い一面に目を向けるのはいやだった。彼と結婚したい。いっしょに暮らしたい。グローリーの顔には揺れる思いが表れていた。

「マルケスがどこへ行くのか知らなかったんだろう?」ロドリゴはゆっくりと訊いた。

グローリーは彼が差し出したわらにすがりついた。「ええ。あの人はドライブに行くとしか言わなかったから」

ロドリゴは唇をすぼめた。「なぜコマンチ・ウェルズの倉庫を見張っていたか、理由は聞いたのか?」

「ええ、もちろん」グローリーは真っ赤な嘘をついた。「違法入国者をジェイコブズ郡に連れてきて、安全な場所に移すまであの倉庫にかくまっておく者がいるっていう話だったわ」

ロドリゴは気持ちが軽くなるのを感じた。マルケスは彼を追っていたわけではなかったのだ。まったく別件の捜査に当たっていて、彼が移民の不法入国に関わっていると疑っていたのだろう。これで危険は遠のいたとロドリゴは思った。

「ロドリゴ」グローリーはやさしく言った。「法に背くようなことには手を染めていないわよね？」その声には不安があった。

ロドリゴはため息をついた。本当のことを言うわけにはいかない。「これからは法を無視するようなことは絶対にしないと誓ったら安心してくれるかい？」

グローリーの目は美しく輝き、未来への夢であふれていた。「本当に？」その声は緊張でかすれていた。

ロドリゴはにっこりした。「ああ」

「でも、たとえ違法なことに関わっていたとしても私はあなたと結婚するわ。もちろん私のためにそれをやめてくれればいいと思うけれど」

ロドリゴは初めてデートした少年のような気がした。ほほえみがこみ上げてきて止まらなかった。

「絶対にきみを傷つけないと約束する。それから、傷つけようとする者からきみを守る。結婚したら寝室は一つだ。夜は誰もきみに近づけない。ぼくが守るからね」

胸が舞い上がるような気がしてグローリーはほほえんだ。その顔がぱっと明るくなった。

「私もあなたを守るわ」彼女はいたずらっぽく言った。

ロドリゴは笑った。「きみが？　それはありがたいな」

思わずグローリーは彼を抱きしめた。たくましい胸に頬を寄せると、強い安心感に包まれた。「これまでの人生で、あなたといっしょにいるときほど安全だと感じたことはないわ」

それを聞いてロドリゴの罪悪感がいっそう強くなったが、顔には出さないようにした。彼はグローリーを抱き寄せた。「そう思ってくれるとうれしいよ」

体のぬくもりを感じながら、ロドリゴは思った。マルコの凶行のせいでもう少しで彼女を失うところだったこと、暴力で彼女を奪われる危険は去っていないことを。命まで狙《ねら》われるとは、いったい何を目撃したのだろう？　ロドリゴはそれを探り出すつもりだった。だが今日はだめだ。

しばらくしてロドリゴは腕をゆるめた。「もう出かけたほうがいい」

「コンスエロは？」グローリーはふいに心配になった。

ロドリゴの目が暗くなった。「今回のことには彼女は無関係だというふりをして様子を見よう」

「コンスエロは、息子が私を殺そうとしていたことをわかっていたと思う？」

ロドリゴは答えにくそうな顔をした。「どうかな」彼は正直に言った。「息子にああいうことをさせたいと思っていたとは思えない」

「私もよ。マルコはセルピエンテスのメンバーなの。ギャングは失敗を許さないわ」

ロドリゴは首をかしげてグローリーを見つめた。「そのとおりだ」もしかしてマルケスからそのことを聞いたのだろうか。グローリーはほかに都会のギャングの何を知っているのだろう？

「起訴されるころには殺されているかもしれない」

「そうだな」

「コンスエロも気の毒に」

ロドリゴはグローリーの金髪を一房引っ張った。「昨夜のことがまだ気になるんだろう？」

ロドリゴが言ったのは麻薬の受け渡しのことだ。グローリーは手を伸ばして彼の唇に触れた。「あなたが何者で、何をしていようと私は気にしないわ。大事なのは、あなたを大切に思って信頼しているということ。それ以外はどうでもいいの」

ロドリゴはぐっと息をのんだ。グローリーは彼が犯罪者でも気にしないという。何があっても彼を求めているという。ロドリゴは謙虚な気持ちになった。

「いつか気になるかもしれない」ロドリゴは正直に言った。

「その日が来たら、二人でいっしょに立ち向かいましょう」グローリーはきっぱりと言った。

ロドリゴはやさしくほほえんだ。「初めて見たときから特別な人だと思ってたんだ。カンカンのことできみが冗談を言ってぼくを怒らせた日からね」

「私のこと、あまり気に入っていなかったわね」

「いや、気に入っていた。それに感心した。腰が悪いからってそれを理由に仕事の手をゆるめようとはしない態度がいやでも目についた。きみは強い意志と心の持ち主だ」

グローリーは、ロドリゴが思っているあの金髪の女性のことを訊きたかった。もう破局したのかもしれない。でもグローリーには勇気がなかった。本当のことを知りたくなかったのだ。でも、きっとロドリゴを振り向かせてみせる。やればできるのはわかっている。赤ちゃんのこと、本当の仕事のことは秘密にして、一日ずつ進んでいこう。


二人は小さな教会で村の司祭の立ち会いのもと結婚した。司祭は英語を話さなかったが、ロドリゴは母語がスペイン語なので問題なかった。指輪については口にしていなかったのに、ロドリゴは式のとき一つとり出してグローリーの左手の薬指にはめた。結婚指輪は、複雑な浮き彫りのあるリングに白と金色の模様がほどこしてあるものだ。セットになっているもう一つの指輪も同じぐらい手がこんでいて大きなダイヤモンドがついている。相当高価なものにちがいない。グローリーは反対しようとしたが手遅れだった。はめてみると少しきつかった。ロドリゴはこのセットをほかの女性のために――あの金髪女性のために買ったのではないだろうか。グローリーはそんな疑問を持ってしまう自分がいやだった。

「すばらしいわ」国境を越えて家に戻りながらグローリーは言った。

「何が？」

「指輪よ」グローリーはロドリゴに目をやった。「よくこんなに早く準備できたわね」

「何カ月か前に買ってあったんだ」ロドリゴはさりげなく言った。

グローリーはその指輪が憎かった。指から引き抜いて窓の外に投げ捨てたい。でもそんなことをしてもだめだ。ロドリゴはあの親子を失ったことを今も悲しんでいる。辛抱強く待てば、彼を振り向かせられるかもしれない。そうしたら結婚指輪と婚約指輪のことを訊こう。妊娠しているにちがいない子どものことを打ち明けてもだいじょうぶだと思えるようになったら、ロドリゴは私だけの新しい指輪を買ってくれるかもしれない。

家に帰るとコンスエロがキッチンにいた。泣いていたらしく、病気になったような顔だ。裏口が開く音に彼女は飛び上がった。

「だいじょうぶだったのね」コンスエロはグローリーを見て言った。「心配したのよ！　戻ってきたらあなたはいないし、作業員に訊いてもサイレンが聞こえたって言うだけだし！　拘置所のマルコから電話があって、弁護士を呼んでくれって。なんのことかさっぱりわからなくて」

ロドリゴは笑わなかった。「マルコはグローリーを撃とうとして、寝室のドアに二発弾を撃ち込んだんだ」

コンスエロはすくみ上がった。「まさか、そんなばかなこと。あの子はあなたを傷つけたりなんかしない。何かの誤解よ」コンスエロはきっぱり言った。「逮捕されたのは知ってるけど、あの子はあなたの注意を引きたかっただけだって言ってたわ。銃を撃ったのはほかの男だって。警官はあの子を暴行の容疑で捕まえて、発砲したのは息子だってきめつけたけど、マルコは銃を持ってないのよ。保釈中だから、銃を持ってたら刑務所に逆戻りになるの」

いつまで夢を見ているつもりだろう、とグローリーは思った。かわいそうに。コンスエロは、たとえ現行犯で捕まっても息子をかばわずにいられないのだ。

「それに警察は銃を見つけられなかったわ」コンスエロはそう言った。そしてロドリゴとグローリーを見つめるうちに、ようやくグローリーの手の指輪に気がついた。コンスエロは目を丸くした。「結婚したのね！」

ロドリゴはにっこりした。「そうなんだ。メキシコで式を挙げた」

「言ってくれればよかったのに！　ケーキを作って、夕食にはごちそうを用意するわ」コンスエロは頑として現実を見ようとしなかった。彼女は乱れた髪をかき上げた。「卵が足りるか見てこなきゃ」

「コンスエロ、今夜はいい」ロドリゴが言った。「グローリーにとっては大変な一日だった。さっきの騒動でまだ気分がよくないんだ」

コンスエロがグローリーを見ると、頬は紅潮し目はうつろだ。彼女は顔をしかめた。

「かわいそうなグローリー。本当にごめんなさい！」

グローリーはコンスエロに近寄って抱きしめた。「あやまることなんかないのよ。いろいろ考えてくれるのはうれしいけれど、今はただ横になりたいの。疲れすぎて食べ物のことは考えられないわ」

「そりゃそうよね」コンスエロは体を離した。一瞬、その目に不思議な表情が浮かんだ。それがなんなのか、グローリーは言葉にできなかった。次の瞬間コンスエロがほほえんだので、その表情は消えてしまった。「何が食べたいか言ってくれれば、あとで持っていくから。ね？」

「わかったわ」グローリーはにっこりした。

ロドリゴはグローリーの腕をとって、彼女の部屋へと廊下を歩いていった。そしてドアの弾痕《だんこん》をじろりと見た。「きみをぼくの部屋に移さないとな」

「今はだめ」グローリーはそっと笑って言った。「ごめんなさい、本当に疲れてしまって。しばらく横になりたいの」

「それもいいだろう。ぼくは作業の様子を見てくる。昼の休憩のあとカスティーリョが作業を再開させることになってるんだが、確認しておきたい。きみはだいじょうぶだよ」ロドリゴはやさしくグローリーの唇にキスした。「携帯電話をポケットに入れておいて、何かあったら呼んでくれ」

「あなたの番号を知らないわ」

ロドリゴが片手を差し出したのでグローリーは携帯電話を渡した。彼はアドレスデータを呼び出し、そこに並ぶ名前を見て顔をしかめた。「サンアントニオの地方検事局?」

「フエンテスの件でね」グローリーは動揺を見せないようにさりげなく言った。

「そうか」ロドリゴは、不思議な偶然だと思った。二人ともフエンテスのせいで銃弾の脅威にさらされている。彼は自分の番号を登録し、グローリーに携帯電話を返した。「ずいぶんたくさんの人を登録してるんだな」

その理由をロドリゴに言うわけにはいかない。「料理をしていないときは派遣会社で働いているの」グローリーは控えめに言った。「決まった顧客がいるのよ」

ロドリゴはうなずいた。もう仕事のことで頭をいっぱいにしているようだ。「すぐに戻る」ロドリゴはグローリーがベッドに入るのを手伝い、最後にキスした。「とてもきれいだよ、セニョーラ・ラミレス」不思議なことに、その呼び名はとてもしっくりきた。

グローリーも同じことを思った。彼女は心からのほほえみを浮かべてロドリゴを見た。「セニョーラ・ラミレス」「セニョーラ・ラミレス」ため息とともにそう繰り返す。結婚するとは思っていなかった。それなのにこうして麻薬ディーラーかもしれない男と結婚した。でも今日はそのことを考えるのはやめよう。このセクシーですてきな男性と結婚したことを心の中でじっくり味わおう。

ロドリゴがドアのところからウインクした。

グローリーは目を閉じて眠りに落ちた。

その夜、彼女はロドリゴの腕の中で眠った。こんなにぐっすりと眠れたのは大人になってから初めてだ。今日はいろいろありすぎたから、とロドリゴはつぶやいて、抱きしめる以上のことはしなかった。快楽を求めるなら時間は死ぬまでたっぷりある、と彼は言った。

グローリーはいつものようにコンスエロとキッチンで働いていたが、コンスエロは見るからに心ここにあらずという様子だった。昼ごろ電話が鳴り、コンスエロはあわてて出た。「マルコ?」コンスエロは大きな声をあげた。「どこにいるの? 何? まさか、そんな! 警察はどうやって見つけたの? ああ、あのろくでなし。あれほど言ったのに!」コンスエロはグローリーのほうをちらりと見た。こちらはスペイン語で話していて、グローリーは離れたところで作業をしている。私の話には興味がないようだ。「弁護士を見つけてあげる。ああ、わかってる。そうするから。そうするって言ってるでしょ! 心配しないで、なんとかして出してあげる。とりあえず警官の言うことを聞きなさい。ええ、ええ、愛してるわ」

コンスエロは電話を切り、最後の収穫となる桃の鍋《なべ》をかきまぜているグローリーのところに戻った。

「悪い知らせ？」グローリーは訊いた。

「マルコがつき合ってたろくでなしが銃を持ってたのよ。あなたの寝室を撃ったのはそいつよ、酔ってたんだからまちがいない。ところがそいつは逃げ出して、保釈中に銃器を持ってたってことでマルコが起訴されたの。あのろくでなしを絞め殺してやりたいわ！」

何があってもマルコは悪くないと言い張るつもりなんだわ、とグローリーは思った。罪をおかしたのはほかの誰かで、マルコは濡《ぬ》れ衣《ぎぬ》を着せられたというわけだ。

「銃を撃ったのが誰だったか、見なかったのね？」

「もちろん。部屋の中にいたから」グローリーは答えた。

「マルコは絶対に自分じゃないって言ってる」

グローリーは、絶対にしとめてやるというマルコの脅しを覚えていた。コンスエロにはそのことは言いたくなかった。言ってしまえば仕事仲間としてうまくやってきた関係が崩れてしまう。けれども、自分を撃とうとした男をコンスエロがかばっているのはつらかった。

「マルコは拘置所に入れられてるの。お金を持っていってやらないと。あなたは一人でだいじょうぶ？」

「ええ」グローリーは答えた。「桃の缶詰作りはこれで終わりで、あとはりんごが来るまで仕事は休み。だから平気だと思うけど……」

「私ならだいじょうぶ。息子さんのところに行ってあげて」

コンスエロはエプロンをとってブラウスとズボンを撫《な》でつけた。そのズボンがシルクのように見えたのでグローリーは不思議に思った。ブラウスもシルクみたいだ。キッチンで着るにはずいぶん高級品だ。

「すぐ戻るから」コンスエロは笑顔で言った。

「わかったわ」

コンスエロとロドリゴが家にいない間にグローリーはドクター・ルー・コルトレーンのオフィスに電話し、その午後の予約をとった。コンスエロはまちがいなく外でお昼を食べてくるだろうし、ロドリゴは作りおきでも気にしない人だ。グローリーはロドリゴにメモを残したが行き先は伏せた。

クリニックはその日すいていたらしく、グローリーは早めにルーと会うことができた。長身の金髪の女医は、笑顔でカーテンの中に入ってきた。

「ミス・バーンズ？　私はルー・コルトレーンです」

「よろしくお願いします」グローリーはそう言ってため息をついた。「妊娠していないと言ってもらえるとうれしいんですけど」

ルーは眉根を寄せた。「どうして？」

「今はちょっと困るんです。それに」グローリーはしぶしぶ言い足した。「血圧も高いので」

ルーは真顔になった。「どれぐらい？」

グローリーは数字を挙げた。

「薬はのんでるの？」

「はい」グローリーはカプセルの投薬量を教えた。

「結婚は？」

グローリーは頬を染め、笑った。「しています。ちょうど昨日、メキシコで」

ルーはためらった。「結婚した翌日に血液検査をしても、ちゃんとした結果は出ないと思うけど」

「最後に生理があってから数週間たつんです。セクシーでハンサムな男性に隙《すき》を突かれてしまって。そのときも抵抗できなかったし、結婚してくれと言われたときも抵抗できなかった。あの人は心から子どもをほしがってるんです」

ルーはキャスター付きのスツールを引き出して座った。「あなたはどうしたいの？」

グローリーはためらった。「前は仕事が大事で、厄介な関係は困ると思っていました。でも今は仕事よりその厄介ごとのほうが楽しいんです。主治医と上司に言われて、ストレスと身の危険を避けるためにここに来たはずなのに」

「なるほどね」ルーはノートに書いた。「主治医の名前と電話番号は？」

グローリーはその二つをルーに伝えた。

「抗凝血剤と高血圧薬と利尿剤をのんでいるのね」

「はい」

「狭心症の発作は？」

「昨日ありました」

「何がきっかけで？」

「寝室のドアの外から男が私を銃で撃ったんです」

ルーは書いていた手を止め、患者に驚きの目を向けた。「そういうことだったのね！ サイレンの音が聞こえて、ペンドルトン農場で男が人を撃って逃げたって聞いたの。もう捕まった？」

「現行犯で」グローリーはにっこりした。「二人のうち一人だけですけど」

「どうして狙われたの？」

「ある麻薬ディーラーが殺人を共謀した証拠を持っているんです。法廷でそれを証言するまでは生きていないと」

「それに加えて赤ちゃんなんて……ミス・バーンズ、尊敬するわ！」

「セニョーラ・ラミレスです」グローリーはまだどこか不思議な気持ちでそう言った。

ルーはにっこりした。「私も初めてミセス・コルトレーンと呼ばれたときの気持ちを覚えてるわ。あのわくわくする気持ちはなくならないものね。それじゃあ、採血してあとで話しましょう」


三十分がたち、救急が一件入ったあと、ルーはグローリーのところに戻ってきて腰をおろし、ほほえんだ。

「いろいろ決めてもらわなきゃいけないことがあるの」

「妊娠しているのかしら？」グローリーはかすれ声で訊いた。

「ええ。これだけ初期だとまちがいということもあるけれど、あなたの症状からすると、まちがいだとは思えないの。中絶を考えているなら今がそのときよ。あなたの気持ちしだいだけど」

「考えていません」グローリーは即座に言った。そしてためらった。「妊娠はリスクが高いんですよね？」

「抗凝血剤は定期的に服用している？」

グローリーは息を殺して答えた。「ええ。まさかそれがいけないなんて！」

「主治医と話したほうがいいわ」ルーは内心の不安を表に出すまいとして言った。

「今はサンアントニオには戻れないんです。自分から罠《わな》に飛び込むようなものだわ」

「それなら、週に一度ヒューストンからここに来ている心臓専門医に紹介するわ。優秀な医師よ。明日来ることになっているの」

「助かります」

「診てもらって意見を聞きましょう。そしてみんなで話し合うの。ご主人もいっしょにね。ご主人も当事者の一人よ。こういうことは一人で決めちゃだめ」

「決めるしかないかもしれないわ」グローリーは悲しげに言った。「本当の仕事のことも、体がどこまで悪いかも話していないから」

「それでいいの？」

「よくはないけれど、まさか妊娠するとは思っていなくて……」

「そういうときこそきちんと考えなきゃ。あなたのようなリスクの高いケースはとくに」

「これまでいろんなことがあって」そう言いながらもグローリーの顔にはほほえみがあった。「家族というものをあまり知らないんです」ルーが親身になって聞いてくれるので、グローリーは心を開いて過去のこと、父の悲惨な運命のことを話した。

ルーは顔をしかめた。「あなたほどひどいトラウマがない人でも、自分の問題を子どものころの虐待経験のせいにすることが多いものよ。それなのにあなたはえらいのね」

「私はラッキーだったんでしょうね。少なくとも、ある面では」グローリーはルーを見つめた。「私はこの子がどうしてもほしいんです。チャンスはありますよね？」

「小さくてもチャンスは必ずあるわ」ルーはまじめな顔で言った。「でも決める前に心臓専門医と話をしないとね。子どもを産むために自分が命を落としてしまっては元も子もないから」

「グレイス・グリヤにそう言ったらなんて答えるかしら」グローリーは冗談ぽく言った。

ルーは笑った。「私の夫はそう言ったのよ。でももちろん無駄だった。グレイスの決意は固かったの」

「決意の固さなら負けないわ。私はロースクールを優等で卒業したんですよ」

「思ったとおりの人ね」

ルーはグローリーの予約を入れてくれた。誰にもあやしまれずに家を出られるような口実を何か考えなくては、とグローリーは思った。彼女は知らなかったが、その問題は解決することになった。

家の中に入ったとき、やけに静かなのに気がついた。時計の音もせず、キッチンの物音も聞こえない。水の流れる音もしない。何もかも静まり返っている。墓場に踏み込んでしまったようだ。杖《つえ》に寄りかかって耳をすませながら、どうしてそんな比喩《ひゆ》が浮かんでしまったのだろうとグローリーは顔をしかめた。

次の瞬間、後ろでばたんとドアの音がした。

「とうとうこの日が来たわね」よく知っている声が言った。「あんたはやっと一人になった。もう逃げられないわよ」

11

グローリーは杖《つえ》の持ち手をぐっと握りしめた。この数年の間、無駄に警察や保安官代理やテキサス州騎馬警官隊《テキサス・レンジャーズ》と関《かか》わってきたわけではない。基本的な護身術なら知っている。銃の撃鉄を起こす音を聞いたとき、グローリーはその知識が命を救ってくれることを祈った。

「こっちを向いて」その声がうなるように言った。「誰に殺されるのか、しっかり見てほしいからね」

胸が早鐘を打っていたが、戦わずに負けるつもりはなかった。この杖は、曾祖父《そうそふ》ががら蛇を殺すのに使った杖だ。油を塗り込んであり、武器としてじゅうぶんな重さがある。グローリーは振り向くのに手こずっているふりをして杖に寄りかかった。ゆっくり頭をめぐらせると、服の一部が視界に入った。その瞬間グローリーは杖を振り上げ、自由がきくほうの脚を軸にして渾身《こんしん》の力をこめて杖を振りまわした。ぎゃっという叫び声があがった。銃と杖もろともコンスエロの体がふっ飛んだ。グローリーはぐずぐずしていなかった。

床に落ちた銃に飛びついて拾い上げ、さっきまで料理人だった女に向けた。コンスエロはまだ倒れたままで、いったい何が起きたのかわからない様子だ。

グローリーは体を起こした。さっきより息が落ち着いてきた。バッグを落としたテーブルに近づき、床の上に引き寄せる。そして身動きしているコンスエロから目を離さずに携帯電話を探った。

開いている手で緊急番号にかける。通信指令室が出たので、グローリーは落ち着いて状況を伝え、助けを求めた。

「銃があるんですか？」

「ええ、あります」グローリーはこわばった声で言った。「それを、さっき私を殺そうとした人に向けています」

「パトカーを急行させます。電話は切らないでください」

床の上でコンスエロが顔を上げた。起き上がって、グローリーの杖で壁にたたきつけられたときにできた頭のこぶに触っている。彼女は自分の銃がこちらに向けられているのに気がついて息をのんだ。

グローリーはまばたきすらしなかった。「動いたら撃つ」

コンスエロは自分がどういう状況にいるか理解した。「ああ、あなただったのね！　よかった！　おまえを殺すってさっき誰かに脅されたのよ！」

「なかなか考えたわね」

「正直そうな顔をしたら警察だって信じるわ」コンスエロはそう言って立ち上がろうとした。

「私は信じない」グローリーは銃の撃鉄を起こした。この重い鉄のかたまりを発射まで手で支えられたとしても、コンスエロには当たらないだろう。それは百も承知でグローリーは自信たっぷりな顔を装った。

はったりがきいたのか、コンスエロはためらった。

どうか撃たずにすみますようにとグローリーは祈った。この腕では、部屋じゅう壊しまわってもコンスエロには当たらないだろう。二二口径でさえ持てあますのに、これは大きな四五口径のコルト・オートマチックだ。

銃を握っている手が震えた。それを見るコンスエロの目がみるみる輝くのがわかった。弱気を見抜かれ、襲いかかられるのではないかと思ったとき、サイレンが聞こえ、あっという間に玄関前まで近づいた。車のドアがばたんと閉まる音がした。

キャッシュ・グリヤが二人の部下を従えて裏口から駆け込んできた。

「万事休すね」グローリーはコンスエロに言った。

「全部誤解なのよ」コンスエロはあやふやなほほえみを見せた。「おまえを殺すっていう電話があって、そのあといきなりグローリーが入ってきたの」

グリヤ署長はグローリーに近づいた。「そうなのかい?」

グローリーは署長に銃を渡した。「とんでもない。私が家に入ったらこの人が後ろから近づいてきて、振り向いて誰に殺されるのかしっかり見ろって言ったの」

「そんなの嘘《うそ》だわ!」コンスエロが叫んだ。「電話があって――」

警官の一人に引き起こされ、手錠をかけられて、コンスエロは口をつぐんだ。

「そのとおり、あんたは電話を受けた」グリヤ署長が言った。「フエンテスから、任務を実行しろという電話をね」

コンスエロは息をのんだ。

「あんたの電話を盗聴してたこと、言ってなかったかな?」

コンスエロの黒い目が光った。彼女はようやく本性を現し、グローリーに冷たく笑ってみせた。「私は失敗しても、フエンテスはきっとまた別の誰かを送り込んでくるよ!」

「それはどうかな」グリヤ署長が言った。「あいつの電話も盗聴してるんだ」

「すごいわ」グローリーは言った。

グリヤ署長がグローリーを助け起こしているうちに、コンスエロは毒づきながらパトカーへと連れられていった。「電話については運がよかったよ。だが悪いニュースもある。マルケスはフエンテスの電話を盗聴する令状をとったが、保釈中のフエンテスは行方をくらました。行き先はまったくつかめない」

グローリーは膝から力が抜けるのを感じ、キッチンテーブルの椅子に座り込んだ。「コンスエロの言うとおりだわ。フエンテスはまた殺し屋を送り込んでくる」

「こちらで、ある取り引きの情報をつかんだんだ」グリヤ署長が言った。「細かいことは言えないが、ある違法な品が大量に取り引きされる。フエンテスは運び屋と問題を起こした。もしフエンテスがこの取り引きに失敗すれば、もう警察は動かなくてすむ。運び屋が代わりにあいつを始末してくれるからね」

「私も何か手伝いましょうか？」

「うん。銃を振りまわさないでくれるとうれしい」署長はそう言って銃から弾倉をとり出した。「きみが射撃の練習をしたときの話を聞いたんでね」

「そうね、もしそれで撃つはめになったら、とんでもないものを壊したと思うわ」グローリーは銃を指して言った。

「はったりだけですんでよかったよ。怪我《けが》はない？」

グローリーはうなずいた。「ここへ来たのはストレスから逃れるためだったのに」

「殺し屋は片づいた。フエンテスの組織のほうも片づきそうだ。うまくいけばすぐにサンアントニオに戻れるよ。戻りたければね」署長はにやりとして、付け足した。「結婚したそうじゃないか」

「どうして知っているの？　誰にも言っていないのに！」

署長はきまり悪そうに顔をしかめた。「おかしいな、ちょっと思い出せない」

これはあやしい。グローリーの知らないところで話が広まっているようだ。

「誰に聞いたの?」

グリヤ署長が観念しかけたとき、玄関にトラックが止まる音がしてドアがばたんと閉まった。次の瞬間ロドリゴが竜巻のように駆け込んできた。彼は一目で状況を見てとり、黒い目に恐怖が燃え上がった。シャンブレーのシャツは汗で濡《ぬ》れている。黒髪は額に張りついている。暑い日だった。

「外にいたらサイレンが聞こえたんだ。何があったんだ?」

「手伝いの人のことでトラブルがあって」ロドリゴの不安をぬぐい去りたいと思い、グローリーはそう言った。

「どういうことだ?」ロドリゴは彼女に近寄った。

グローリーは座ったまま身じろぎした。腰が痛くてたまらない。「家に帰ってきたら、コンスエロがあの銃を持って待ちかまえていたの」彼女は署長のベルトにさしてある銃を指さした。

「コンスエロが?」ロドリゴは呆然《ぼうぜん》とした。彼はグローリーの前に片膝をつくと、温かい手で彼女の腕を撫《な》でた。「撃たれたのか? 怪我は?」その声には不安があふれていた。

まるで天国のようだ。心配と、彼女をおびやかした者への怒りの入りまじったロドリゴの目を見ると、うれしかった。グローリーはこれでもう安全だと思った。

「さいわい奥さんは杖の扱いがうまかった」署長が口をはさんだ。杖を持って重さを確かめると、彼は顔をしかめた。「重いな」

「曾祖父の杖なの。当時は自分の杖に油を塗り込んで重くして、身を守るのに使ったそうよ。曾祖父はその杖でがらがら蛇を殺したの。丈夫な杖でよかったわ。たった一撃でコンスエロは壁までふっ飛んだのよ」

「なんて勇敢なんだ」ロドリゴの目はぬくもりに満ち、妻を得意に思う気持ちがあふれていた。

その思いやりが本物であってほしいとグローリーは心底願った。彼女はロドリゴの腕の中に飛び込んで、その腕のたくましさを味わいながらぎゅっとしがみついた。

「これで二度めだ」ロドリゴはまじめな声で言った。「たった数日の間に二度も自分の身を守るなんて。ぼくがもっときみをしっかり守らないといけないな、セニョーラ・ラミレス」

グリヤ署長はグローリーの指輪に気がついた。「その結婚指輪、きれいじゃないか」これでさっき自分が掘った墓穴から出られますように、と署長は思った。

「ああ、これを見たのね」グローリーはロドリゴのたくましい肩越しに言った。彼女の肩から、そしてグリヤ署長の肩からも力が抜けた。

「まさかコンスエロが殺し屋だとは思わなかった」グローリーをしっかり抱いたままロドリゴが吐き出すように言った。「どうしてわからなかったんだろう！　マルコが関わっているなら、コンスエロだって同じに決まってるのに」

「コンスエロには、ぼくの脚ぐらい長い逮捕記録があったよ」グリヤ署長が言った。「ここでは作業員の経歴をチェックしないらしいな」

「料理人まで？　それはありえない」

「あの人、シルクのズボンとブラウスを着ていたわ」グローリーが言った。「それを見てキッチンの作業着にしては変だなと思ったの」

「ぼくもそれに気がつけばよかったよ」ロドリゴは考え込んだ。

グローリーは黙ってほほえんだ。農場の労働者がシルクを見てもわからないのは当然だ、と口に出してロドリゴを傷つけたくなかったからだ。

ロドリゴはグローリーの顔にその言葉を読みとり、怒りを表に出すまいとした。グローリーは当然ながら彼の真実の姿を知る立場にはない。ロドリゴは署長のほうを見た。

「グローリーは調書をとられるんだな？」

「そうだ。コンスエロを起訴するつもりならね。マルコの分もある。グローリーが動揺していたから先延ばしにしていたんだ。まさか二つに増えるとは思っていなかったよ！」

「かまわないわ」グローリーは署長に言った。「どうすればいいか教えて」彼女はやり方を知らないふりをした。

　グリヤ署長は、笑いを押し殺して彼女に説明した。

「これからグローリーを判事のところに連れていって、宣誓してあの親子の逮捕令状を出してもらおうと思う」グリヤ署長はロドリゴに言った。「きみのほうは次の料理人を探すのに忙しくなるね」

「急がないとな」グローリーを立たせながらロドリゴは言った。「出荷が待ってるし、桃はこれで最後になる。コンスエロが今になって正体を現したのが残念だよ。あと二、三日待ってくれれば農場は助かったのに」

「あの人は農場の都合なんか考えていなかったでしょうね」グローリーはつぶやいた。

「マルコとコンスエロを留置所送りにするのを手伝って、それが終わったらすぐ作業を再開するわ」

「判事に訴えるといい」ロドリゴは署長にアドバイスした。「一人につき百万ドルの保釈金を設定してもらえるように」

「やってみるよ」

「本当にだいじょうぶかい？」グローリーの赤い顔を見てロドリゴは訊《き》いた。

「ええ。さっきのごたごたのせいでちょっと落ち着かないけれど、それだけよ」腰は痛むし、心臓の鼓動はどうしようもなく速い。失神なんて醜態をさらすはめにならなければいいけれど。

ロドリゴはうなずき、署長に訊いた。「帰りも送ってきてもらえるかな?」

「もちろん」

「それじゃあ、ぼくは電話で次の料理人を探すことにしよう」

「アンヘル・マルチネスの奥さんに訊いてみて。アンヘルの話だと、腕ききの料理人らしいわ」

ロドリゴはじっとグローリーを見つめた。「二人ともおそらく不法滞在だ」

「それについてあなたは何も知らない」グローリーはきっぱりと言った。

ロドリゴはグローリーを見つめていたが、やがて頬をゆるめた。「わかった。だが不法入国者をかくまったかどで連邦刑務所に入れられたら、きみが助け出してくれ」

「刑務所からの保釈が必要なのはコンスエロと息子だけだ。それだけははっきりしている」グリヤ署長はにやりとした。「アンヘルもその家族も厄介なことにはならないよ」さいわい、そう言ったときに署長はグローリーのほうを見ていなかった。二人は、アンヘル家の件を審理していい結果を出してもらえるよう、骨を折ったことがあった。アンヘルには三人の子どもがいて、妻は働いていなかった。

「子どもはどうするんだ?」ロドリゴは気になって質問した。「三人とも七歳にもなってない。ここで働いている間、家に置いておくわけにはいかないだろう」

「いっしょに連れてくればいいわ」グローリーはにっこりしてロドリゴに言った。「私たちが料理をしている間は、何かさせておくから」

ロドリゴはじっとグローリーを見つめただけで何も言わなかった。

グローリーとグリヤ署長は判事のオフィスに出向き、加重暴行でマルコの逮捕状を、殺人未遂でコンスエロの逮捕状をとった。署長は銃器の所持でも令状をとった。コンスエロには前科があり、銃の所持は認められていなかったからだ。グローリーは調書を記入し、話をした。判事はグローリーの話に、とりわけ殺人計画を自力でくじいたところにすっかり引き込まれた様子だった。

「ああいう麻薬王は権力を持ちすぎている。だが需要があれば供給がある。なんでもそうだが、麻薬はとくにその傾向が強い」判事は首を振った。「私が子どものころは」白髪の判事は眼鏡越しにグローリーを見てにやりとした。「学校に麻薬を持ち込んだりしなかったよ。正直言って、使ってるやつもいなかった。だがそれも一九五〇年代の話だ。あれから世間はがらりと変わった。ホパロン・キャシディだのロイ・ロジャーズだのを映画館で見て、そのあとは白黒テレビでスーパーマンだ。あのころは健全なヒーローにあこがれたもんだ。今は麻薬ディーラーをヒーロー扱いする少年が多すぎる。そういう子の目標ときたら、大きくなって刑務所に入ることだ」判事は首を振った。「まっとうな市民がなんと一世代ごっそりなくなってしまう。ほとんどが麻薬のせいと言っていい。手っとり早い金《かね》儲《もう》け、派手な車。まともな仕事に就こうと努力することもない。捕まれば長期間刑務所暮らしだ。そんなもののどこがいいんだ?」

「私に訊かないでください」グローリーは答えた。「私はそういう人たちを刑務所に送り込むために努力しているんですから」

「きみの武勇伝なら噂《うわさ》に聞いたことがある」判事は笑顔で言った。「たいした人だよ、ミス・バーンズ」判事はためらった。「お父さんのことも知ってる。あれはいい人だった。やってもいないことで不当な罰を受けるのを見るのはつらかったよ」

「ありがとうございます」グローリーは涙をこらえた。「何年もかかったけれど、父の汚名は晴らしました。父が有罪になったせいで私は法律を勉強しようと思ったんです」

「そうだろうと思ったよ。きみに会うことができてよかった。この郡の地方検事はブレイク・ケンプだ。こっちへ戻ってきて犯罪と闘うことを考えてはどうだね?」判事は眼鏡越しに言った。「私が口添えしてもかまわないが……」

グローリーは笑った。「私はローン・レンジャーみたいなヒーローにはなれません。身長が足りないから」

「まあそう言わずに」判事はあきらめきれないように言った。「よく考えてみてくれ」

「判事って堅苦しい人が多いのね」帰り道、グローリーはグリヤ署長に言った。

「ライオネルはちがう。あの人は町の顔だ。ちょっと風変わりなところがあるけどね」

「変な癖でもあるの？」

「それは見る人の考え方しだいだ」グリヤ署長は答えた。「家の中に狼《おおかみ》がいるのが落ち着かないっていう人もいるだろうけど、判事は独り者だ。なんでも自分の好きなようにしてるんだろう」

「狼？　本物の狼？」

グリヤ署長はうなずいた。「きれいな狼でね。判事はハイウェイで拾った狼を助けようと、お役所でたらいまわしにされながら奮闘したんだ。動物病院じゃ野生動物は診ないし、傷ついた動物を野生復帰させてくれるちゃんとしたリハビリテーターを探さなきゃいけない。リハビリテーターなんてそうそういるもんじゃない。電話の返事を待っているうちに怪我をした動物は死んでしまうってことも多いんだ」グリヤ署長はグローリーを見やった。「リハビリテーターは仕事が多すぎて、電話が鳴るたびに身をすくめるそうだよ。それはともかく、ライオネルは狼を自分で引きとって手当てしてやり、リハビリテーターの資格をとるために訓練を受けた。専門を狼にして、事故で脚を一本なくしたその狼の飼育の許可をとったんだ。その狼はもう二度と野生には戻れない。判事は狼を連れて小学校をまわって、狼の講義をしてるよ。とてもおとなしい狼でね。子どもたちは大好きだ。もちろんつないである。判事は風変わりだけど頭がおかしいわけじゃない。まあ、ボローニャソーセージのにおいをぷんぷんさせた男の子がうっかり近づいたら、いくらおとなしい狼でも……」

「やめて！」グローリーは笑った。「冗談にならないわ」

「ありえない話じゃない。でも判事はちゃんとした飼い主だ。狼許可証だって持ってる」

「狼許可証なんて持っている人がいるの？」

「警察署長と知り合いで、その署長が市の有力者とつながりがあれば、許可証をもらえるよ」グリヤ署長は神妙な顔つきで言った。

「そうね。でもそれは、市の有力者があなたのことを死ぬほど怖がっている場合だけでしょう。あなたみたいな危ない人の機嫌を損ねるようなことは怖くてできないのよ」

「それはどうも」グリヤ署長は素直に言った。

「そうよ、あなたはテキサスでは伝説の男だもの。州検事総長は人を脅すのにあなたを使っているにちがいないわ」

「捜査官の連中だけだ。それも、連中が州検事総長をひどく怒らせたときだけだよ。なんだかんだ言ってもいいとこだからね」

「そうなの？」グローリーは驚いた。

グリヤ署長はにっこりした。「ぼくは変わったところにコネがあるんだ。潜入捜査に当たってる捜査官もその一人さ。そいつはアメリカ以外のあらゆる国でお尋ね者になってる。麻薬カルテルのメンバーを捕まえるのに一役買ったし、中央アメリカでは子ども殺しの犯人を捜し出した。ジャングルを馬で走りまわったんだが、晴れてたって大変な仕事なのに、その日はどしゃぶりの雨だったそうだ」

「その超人の正体は？」グローリーは笑った。

グリヤ署長は不思議な顔をして咳払《せきばら》いした。「知らないんだ」彼は嘘をついた。「身分を隠して捜査に当たってるからね」

グローリーはにっこりした。「いざとなったらその人を頼ろうと思っている人がたくさんいるんでしょうね」

「そのとおりだよ」

「あなたがその人をここに連れてこられればいいのに。そうすればその人にフエンテスをジャングルに追い込んでもらって、好きなようにしてもらうのに」グローリーはつぶやいた。「フエンテスはまだ自由の身で、私を狙《ねら》ってる」

「その件についてはこっちでも手を打ってるよ。だからあせらないでほしい。そして気をつけてくれ」グリヤ署長は静かに言った。「あの農場ではきみは危ないやつらに囲まれている」

グローリーは心臓が喉元まで飛び上がりそうになった。「それっていったい……どういう意味?」

グリヤ署長はそっと毒づいた。グローリーに情報を与えたくはなかったが、真実を知らせておいたほうがいい。油断したら殺されてしまうかもしれない。「農場の作業員の中に一人二人、前科者がいる。前科はほとんどが暴行だ。一人はダラスで警官を殺しているんだが、立証できなかった。そいつは犯行を目撃した証人も殺したんだ」グリヤ署長は農場の庭に車を入れてエンジンを切り、グローリーのほうを向いた。グローリーの顔は青ざめていた。「その杖はいい武器になるが、きみがそれを使ったことは噂で広まるだろう。そうなれば二度目はむずかしい。だからきみをうちの射撃場に連れていって、正しい撃ち方を教えようと思うんだ」グローリーが口を開きかけたのを見て、グリヤ署長は片手を上げて止めた。「別にロケット工学を教えようってわけじゃない。土曜の朝の九時ごろ、誰かに迎えに行かせるよ。マルケスが自宅に帰ってくるだろうし、あいつはちょうどきみが使えそうな三二口径のリボルバーを持ってる。四五口径ほど反動がないし、きみの手にもなじむだろう」

「リックは一度私に教えようとして失敗したのよ」

「マルケスは自分の母親にも教えたらしいよ」グリヤ署長は苦い顔をした。「カラスの撃ち方をね」

「嘘でしょう?」グローリーは驚いた。リックの育ての親のバーバラはカラスが大好きだからだ。

「マルケスはバーバラに、銃を撃つと反動があるからそれを軽減するために補正器《コンペンセイター》があると説明したんだが、バーバラはよくわからなかったらしい。で、撃つときに銃口を高く上げすぎて、カラスを撃ってしまったんだ。さいわいしっぽを焦がしたぐらいですんで、カラスはそのまま飛んでいったけどね。ところがみんながバーバラのことを〝カラス撃ち〟呼ばわりしたものだから、頑として銃に触ろうとしないんだ」

グローリーは大笑いした。熱心なわりには教え方がうまいとは言えないのがリックらしい。

「というわけで、ぼくが教えるよ」

「わかったわ。損害賠償保険は払い込んであるからだいじょうぶ。でも射程内にパトカーを置くのはやめて」

グリヤ署長はにやりとした。「気をつけるよ。きみは身のまわりに気をつけろ。家から離れないようにして、携帯電話を肌身離さず、一人で出かけるのは控えること。夜はとくに外に出ないように」

グローリーは下唇を噛《か》んだ。しばらくの間、つらい現実を忘れていた。「私には言えない情報を握っているのね」

グリヤ署長はうなずいた。「きみに打ち明けるわけにはいかない。とにかく背中に気をつけるんだ。土曜の朝九時ごろにマルケスに迎えに行かせるよ。あいつじゃなくぼくが教えることになった理由をしゃべったことは、あいつには内緒だ。あいつは権力に対して反抗的なところがあるからね」

グローリーは笑った。「そうね。秘密は守るわ。ありがとう、署長」

「今回のことはみんなの問題だ。だからこそ互いに助け合わなきゃいけない」

「ええ、そうね」

家に帰ったグローリーは不安と緊張の面持ちでドアを閉めた。キャッシュ・グリヤはこの農場で働いているある人物のことを知っている。その人物には前科があり、警官を殺して逃走中だという。そんなことをやってのけるタフな男は一人しか知らない。それは彼女の夫だ。ロドリゴがコンスエロの経歴を調べようとせず、ジェイソン・ペンドルトンに調べさせもしなかったのは不思議だ。ロドリゴがフエンテスの手下だったらどうしよう。コンスエロのしくじりを受けて、グローリーを殺すよう命じられているとしたら？

グローリーは世界が崩れていくような気がした。二度命を狙われて、二度危ういところで助かった。マルコが壁ではなくドアに向かって発砲したのは運がよかった。コンスエロの銃を杖ではじき飛ばせたのも運がよかった。けれどももし三度目に夫に狙われたら、どうしたらいいのだろう？

グリヤ署長は、彼女の夫に頼れば守ってくれるとは言わなかった。理由があるから言わなかったのだろうか？　署長はロドリゴがコマンチ・ウェルズの取り引きに関わっていることを知っているの？　マルケスは署長に教えたかもしれない。

グローリーは疲労がのしかかるのを感じた。人生が信じられないほどややこしくなってしまった。そのうえ、高血圧薬と抗凝血剤をのむのを忘れてしまった。グローリーは唇を引き結んだ。妊娠しているというのに、病院に担ぎ込まれたくなければ胎児に危険な薬をのまなくてはいけない。サンアントニオに戻って主治医に診てもらうことができればいいのに！

グローリーは明日の心臓専門医の予約のことを思い出した。町へ行く口実が必要だ。カーラ・マルチネスにキッチンをまかせてよさそうなら、何か口実をひねり出さなければいけない。

グローリーは、どうか小さな命に影響ありませんようにと祈りながら薬をのみ、キッチンの作業に戻った。

一時間後、カーラ・マルチネスが三人の子どもを連れて裏口からやってきた。女の子二人と男の子一人だ。男の子のエルナンドが六歳でいちばん年上だった。

「入ってもいいですか《ボデモス・エントラール》？」カーラがおずおずと言った。

カーラは英語がまったく話せないようだ。グローリーはスペイン語を勉強しておいてよかったと思った。「どうぞ」彼女はにっこりして言った。「歓迎するわ。手伝いに来てくれて本当にありがとう」

「とんでもないですよ《デ・ナーダ》、セニョーラ」カーラは礼儀正しく言った。

グローリーはカーラに作業の手順を教えると、子どもたちをテーブルに座らせてピーナツバタークッキーとミルクを与えた。まだ三歳の下の女の子は別だ。女の子はグローリーに向かってにっこりした。澄んだ黒い目、整った小さな顔、長く豊かな黒髪。グローリーはがまんできずに女の子を抱き上げ、シンクに連れていった。そして女の子にやさしく話しかけながら、片手で皿をすすいだ。

グローリーの通訳をしようとして、ロドリゴが姿を見せた。彼は、ふいに戸口で足を止めて目の前の光景に見入った。グローリーは作業をこなしながら楽しそうに子どもをあやしている。いたいけな少女を前に、明るくしあわせそうに笑っている。ロドリゴは、子どもがいたらどんなにすばらしいだろうと思いをはせた。次の瞬間、突然腕に抱いたバーナデットのことを思い出した。彼を抱きしめ、いなくなったらいやだと言ったバーナデット。ロドリゴはあの子を心から愛した。バーナデットとサリーナ親子がコルビー・レインのもとに行ってしまったときは胸を引き裂かれたような気がした。ロドリゴの顔に、そのときの苦しみが浮かんだ。

グローリーは彼の存在を感じとり、振り向いた。部屋をへだててロドリゴのこわばった顔つきと傷ついた目が見えた。話さなくてもわかる。彼が何を感じているか、なぜそう感じているのか。その瞬間、グローリーはお腹《なか》の子どものことは絶対に話せないと思った。ロドリゴはコンスエロの任務を引き継ぎ、フエンテスの前に立ちはだかる彼女の存在を消し去るつもりだろうか？

ロドリゴはグローリーの顔に浮かんだ複雑な表情を見て顔をしかめた。「どうかしたのか？」

グローリーは気をとり直した。「別に。今作業を始めたところよ」

「通訳がいるんじゃないかと思ってね」

グローリーは笑った。「だいじょうぶよ、ありがとう。私、スペイン語は話せるの。仕事柄、話せないと困るのよ」うっかりそう言ってしまったグローリーは自分の舌を噛み切りたいと思った。

「仕事柄？」

「私、派遣会社で働いているでしょう？　バイリンガルの人材を希望するクライアントがたくさんいるの」

「なるほどね」ロドリゴはカーラに目をやってスペイン語で様子を尋ねた。

カーラは、セニョーラ・ラミレスも仕事もすばらしい、と答えた。ここでの仕事が好きになりそうだ、と。

ロドリゴはグローリーを見やりながら思った。グローリーの様子がこれまでとちがって見える。キャッシュ・グリヤが何か言ったのだろうか？　じっとグローリーを見つめた彼は思った。もし彼の秘密を知ったのなら、グローリーは警戒心をなくしているはずだ。コンスエロが保釈されるのを恐れているのだろう。あるいは、フエンテスが次の殺し屋を送り込んでくるのが怖いのだ。

フエンテスにそんなひまがあるとは思えない。土曜日、ロドリゴとカスティーリョともう一人で、ドラム缶を並べた橋を使って大事な荷物を国境越えさせなければいけない。これはフエンテスが扱った中でも屈指の量を誇る高純度のコカインだ。フエンテスは、新しいディーラーが手下を大勢連れてくることを知らない。フエンテスはこれでおしまいだ。やつは人間のくずだ。フエンテスに情報を流していた若いギャングの話では、この麻薬王は手荒い扱いに文句を言っただけで手下を殺してしまうという。周囲にいる者は誰もフエンテスを尊敬していない。卵を焦がしたというだけで、ギャングたちが見ている前で自分の母親をなぐりつけるような男だ。いくら金を積まれようとあんな怪物の下では誰も働きたがらない、とそのギャングは言っていた。

この作戦での彼の役割を知ったらグローリーはどんな顔をするだろう、とロドリゴは思った。グローリーは心やさしいが、教養がなく洗練されてもいない。彼の世界には絶対になじめないだろう。結婚したのは大きなまちがいだった。彼を捨てたサリーナに当てつけるために衝動的にあんなことを言ってしまった。その結果、自分のみじめさがよけいはっきりしただけだった。これから死ぬまで時代遅れの女に縛りつけられるのはごめんだ。離婚も考えていかなければいけないだろう。

だが、まずはフエンテスを倒すのが先だ。そうすればグローリーの命も救える。すべてが片づいたら、グローリーがどうして今回のことに巻き込まれたのかを知りたいとロドリゴは思った。フエンテスはそれなりの理由がなければ農場の作業員に殺し屋を差し向けたりはしない。グローリーは違法な現場を目撃したと言っていたが、ロドリゴはそれがなんなのか知りたかった。残念ながら今は問いつめている時間はない。彼にはやるべき仕事がある。

12

翌日グローリーはカーラに仕事をまかせて心臓専門医の診察を受けに行った。カーラが仕事に集中できるようにアンヘルに子どもの世話を頼んだら、ロドリゴがアンヘルに半日休みをくれた。彼には歯科医の予約があって町に行くと言っておいた。

グローリーの冷たい態度のせいでロドリゴは寝室を以前の部屋に戻してしまった。腰が痛むせいであなたがよく寝られないと困るから、とグローリーが言い出したとき、ロドリゴは冷静そのものだった。彼はその見えすいた言い訳をすぐに見抜いた。グローリーが目を合わせようとしないのにも気づいた。何かおかしい。あの麻薬取引の現場にいたのを見られたせいにちがいない。あのマルケスの野郎が彼を犯罪者呼ばわりしたのだ。マルケスからは何も聞いていないとグローリーは言うが、それが本当とは思えない。このかりそめの妻への気持ちを整理する時間があればいいんだが、とロドリゴは思った。今は仕事が最優先で、そんなひまはない。あとでグローリーと二人の関係についてゆっくり話す時間がとれるだろう。どちらにしてもロドリゴはこの結婚を終わらせたいと思っていた。

グローリーはロドリゴをだますことに後ろめたさを感じたが、心の底には夫がコンスエロの代役ではないかという恐怖があった。彼が麻薬取引に関《かか》わっているのはもうわかっている。ロドリゴが人殺しもできると思うのは自然なことだ。ロドリゴのことは頭から追い出して、違法行為はキャッシュ・グリヤにまかせればいいのに、どうしてそう思えないのかグローリーはわからなかった。言葉にすれば簡単なのに、実際には無理だ。心のどこかではロドリゴを求め、抱きしめたくてたまらなかった。お腹《なか》の中にいる小さな命のことを考えるたびに、グローリーは悲しみが石のように重くのしかかるのを感じた。どうすればいいんだろう。グリヤ署長から農場の作業員の前科の話を聞いてから、グローリーの人生はがらりと変わってしまった。あれはきっとロドリゴのことだ。グローリーは、ロドリゴが麻薬取引などよりもっと恐ろしいことに手を染めているような気がしてならなかった。

心臓専門医は小柄でエネルギッシュで頭の切れる女性だった。彼女はグローリーを診察し、スタッフに心電図をとらせ、さらに数分後には心エコーもとらせた。この検査でグローリーの心臓についてくわしくわかり、心臓の周辺に血管の閉塞《へいそく》がないか確認することができる。グローリーが食生活について話し、体重を落とす決意を見せると、女医は感心した。

女医が気にしたのは、グローリーが必要に迫られて服用している抗凝血剤と高血圧薬のことだった。胎児に問題が起きれば、出血を止められない体質が子どもの命を奪ってしまうかもしれない。実際グローリーの状態からすると、たとえ薬をのんでいなくても、早期の胎盤剥離《はくり》や自然流産につながる可能性がある。

「計画的な妊娠であれば」心臓専門医はやさしく言った。「赤ちゃんへの危険が少ない薬を処方できたでしょう。でも、あなたの高血圧の深刻さを考えると、あなたの危険も赤ちゃんの危険も大きくなるわ。たいていの医者ならすぐに中絶しろって言うでしょうね。妊娠を続けようとするだけで死んでしまうかもしれないのよ」

自分の体という現実がのしかかってきてグローリーは気分が落ち込んだ。彼女はうつむいてめまいと吐き気を抑えようとした。「いいえ、私にはできないわ。中絶なんかしません」グローリーは濡《ぬ》れた目で女医を見つめた。「あなたにはわからないんだわ。私には信念があって、そんなことなどとても……」

女医は同情するように肩に手を置いた。「あなたにそんな決断を強制する気はないのよ。ただ、慎重に見ていかないといけないと思うの。月に二度は来てもらわないと。薬を変えてみましょう」

「抗凝血剤をやめてもかまいません」グローリーは即座に言った。

女医は顔をしかめた。「あなたの医療記録を考えれば、それはお勧めできないわ。たしかに血管の閉塞はないけれど、主治医が軽い心臓発作のあとで凝血塊を不安視しているなら……」女医は言葉を止めた。「もし心臓カテーテル検査を受けていたら……」

「そのころはストレスが大きくて、そのうえスケジュールも合わなくて、検査できなかったんです。今さら言い訳してもしかたがないけれど」

「抗凝血剤をのんでいれば、小さな血栓ができて心臓発作を起こすのを防げるわ。その薬と、高血圧薬と利尿剤は続けたほうがいいと思うの。さっきも言ったように、赤ちゃんになるべく影響のない薬を処方しましょう。本当ならヒューストンに行って心臓カテーテル検査を受けてほしいの。そうすれば今日の検査ではわからない凝血塊の有無がわかるから。でも今はだめね。あなたはそれでなくてもストレスが多すぎる」女医は言葉を止めた。

「子どもはどうしてもほしいのね？」

「ええ」病院に来たときはそれほど確信がなかったけれど、グローリーは即答した。自分の子ども。母親になれるのだ。同じ家で暮らし、愛し、面倒を見る、血肉を分けた存在。そんなことを考えるとリスクは目に入らなくなる。グローリーは、子どもの父親に犯罪者の可能性があることを心の奥に押し込んでしまった。

「それなら、できるだけのことをしましょう」ワーナー医師はグローリーを力づけた。

「コルトレーン先生はあなたを産科医に診せなきゃ」

グローリーはためらった。「先生はそうしたいと言っていたんですけれど、住んでいるサンアントニオの産科医に行くわけにはいかなくて。仕事関係で身の危険があって、それが大きなストレスになっているんです。検事なので。殺人の謀略で起訴しているある男に命を狙《ねら》われています。その男がそう話しているのを聞いたのは私一人。その件がすぐに解決すればいいと思っているんですけど、とにかくそれまではよけいなストレスは避けなくちゃいけないんです」

「なるほどね。妊娠の初期だったのは運がよかったわ。心臓に異常を感じたら、ルー・コルトレーンに私に連絡をとるよう言って。もちろん、今はこれといった問題はないけれど」ワーナー医師はあわてて付け加えた。「でもサンアントニオの主治医が心臓発作と診断したなら、こちらも慎重にならなくてはね。胸に痛みや圧迫感があって、左腕やあごにそれが走る感じがしたら、吐き気や冷や汗があるときはとくに、すぐに救急車を呼んで。痩《や》せがまんは禁物よ」

グローリーはにっこりした。「わかりました。こっちに来てからのほうが調子がいいんです。一週間のうちに二度命を狙われたけれど」彼女は冗談めかして言った。

ワーナー医師は眉を上げた。「もっとストレスの少ない仕事を考えたほうがいいわ。その体でその仕事というのは最悪の組み合わせよ」

「そう言われます。でも今はどうしようもないんです。これしか仕事はないので」

「私が必要になったらいつでも電話して。夫の飛行機で十分でここまで駆けつけるわ。もう引退したけれど、彼は長年大手の航空会社でパイロットを務めた人なの。今はヒューストンで操縦を教えているのよ」ワーナー医師は笑った。

「どうもありがとう。もしものときはお願いします」

「処方箋《しょほうせん》を書いて、あなたが支払いをしている間に受付のデスクに届くようにしておくわね。体が薬になじめなかったり、副作用が出たりしたら、すぐに電話して。できるだけ危険の少ない薬を探しましょう。それから、これ以上のストレスはなるべく避けるようにね」

「わかりました」

ほどなくグローリーは、複雑な思いを抱えて古ぼけた車に乗り込み、走り出した。すぐに死んでしまう心配はないけれど、大きなストレスにさらされているのは確かだ。信じていない、でもまだ愛している男性と同じ家に暮らしていること——それが大きな問題だった。

ギアを入れると、おんぼろ車は文句を言った。グローリーはペンドルトン家に置いてある新車が懐かしかった。あれを運転して仕事場に行くわけにはいかない。彼女に起訴されたことを恨みに思うギャングのメンバーに標的にされかねないからだ。あの車は気に入っているけれど、ここでは彼女はただの日雇い労働者なのだから、持ってくるわけにはいかなかった。本当は金持ちではないのかと疑われてしまうからだ。

とりあえず、お腹の赤ちゃんが安全なのが不幸中のさいわいだ。駐車場から車を出しながらグローリーはそう思った。無理をしないように気をつけないといけない。子どもと暮らすこれからの年月を思ってグローリーはほほえんだ。

グローリーがキッチンに入ったのはちょうど昼どきだった。カーラはグローリーを見てにっこりした。アンヘルは三人の子どもといっしょにテーブルにつき、子どもたちはクッキーをぱくついていた。末っ子の女の子が笑って駆け寄ってきたので、グローリーは抱き上げた。

「私の分もある？」テーブルに大きなサラダがのっているのを見て、グローリーは冗談めかして言った。

「もちろん」カーラは笑った。「どうぞ座って」

グローリーが座ると、カーラがボウルにサラダをとりわけ、ドレッシングの瓶、フォーク、ナプキンをテーブルに出した。

「ロドリゴは？」彼の分の食器が用意されていないのを見てグローリーは訊《き》いた。

カーラの顔が曇り、アンヘルと不安げに目を見交わした。

「ロドリゴに何かあったの？」グローリーは恐怖にかられた。

「まさか！」アンヘルが低い声で言った。「もちろん何もありませんよ、セニョーラ。ただその……ロドリゴとあのカスティーリョとその友達が、トラックに乗って町を出てったんです。セニョール・ラミレスは、大事な仕事があって日曜まで戻らないって言ってました。家から離れるなとあなたに伝えろ、と」

グローリーはうわの空でサラダをつついた。ロドリゴは行ってしまった。たぶんフエンテスからメッセージが来て、夫は仲間を連れて誰かに会いに行ったのだろう。週末までに心を決めなければいけない。三度めの暗殺計画から身を守るための方法を考えなければ。

「どうかしましたか？」グローリーが食べないのを見てアンヘルは心配そうに言った。

ふと気がつくと、いくつもの目がこちらを見つめている。グローリーは無理やり笑ってみせた。「だいじょうぶよ」そう嘘《うそ》をついて、サラダを一口食べる。「とってもおいしいわ」カーラはにっこりし、末娘にタコスを食べさせた。

土曜日の朝、市警察の射撃練習場までマルケスが車で連れていってくれた。マルケスは無言で何か考え込んでいるようだ。

「私に隠しごとをしているでしょう？」

マルケスはグローリーのほうを見ると、にやりとして肩をすくめた。「仕事の悩みだよ」

グローリーは眉を上げた。「麻薬関係？」

マルケスは顔をしかめた。

グローリーはうなずいてため息をついた。「私の夫のことね」

「やめてくれ。人の心を読むのは検事の仕事じゃない」

「読んでいないわ。理屈で考えればわかることよ」

「ずいぶん冷静じゃないか」

グローリーは家の鍵《かぎ》をもてあそんだ。「泣き叫んでダッシュボードをばんばんたたいてもいいけれど、誰かに見られたら誤解されるでしょう」

マルケスは思わず笑ってしまった。「それもそうだね」

グローリーはマルケスを見た。「ロドリゴとカスティーリョともう一人の男が、週末出かけることになったの」

「知ってる」

グローリーは眉を上げた。「あの三人を尾《つ》けているのね？」

「ぼくは尾けてない」マルケスは射撃場に続く未舗装道路に車を入れた。「でも友人が何人か関わってる」

グローリーは自分がいっきに年をとったような気がした。「ロドリゴはフエンテスの取り引きに関わっているのね？」

マルケスは答えなかった。

「私に気を遣わなくていいのよ。コマンチ・ウェルズの倉庫を見張っていたとき、ロドリゴの顔が見えたの。あの人は自分でもあそこにいたことを認めたわ。理由は言わなかったけれど」

「きみは鋭いな」

「鋭くはないわ」グローリーは沈んだ声で言った。「ただ妊娠しているだけ」

トラックが溝にはまりそうになり、グローリーは驚いて叫び声をあげた。

「ごめん」マルケスはあわててハンドルを戻し、道の真ん中でトラックを止めてグローリーを見つめた。グローリーはもうみじめな表情を隠せなかった。「あいつを愛しているのか？」

認めたくない。グローリーは膝に目を落とした。「ええ」しばらくして彼女は答えた。

「人間って年をとれば賢くなると思っていたけれど、私はちがうみたい」

マルケスは顔をしかめた。「グローリー、きみの心臓はたしか……」

「心臓専門医とルー・コルトレーンに診てもらったの」グローリーはすかさず言った。

「命を狙われる危険がなくなったら、すぐに産婦人科医を紹介してもらう予定よ」

「危険はないのかい？」マルケスは顔をしかめた。

その質問はナイフのようにグローリーの胸に突き刺さった。「心臓発作が起きないように抗凝血剤をのまなきゃいけないの。妊娠中に何か問題が起きたら、それがリスクになるかもしれないと専門医に言われたわ。だから薬を変えてもらって、新しい薬をのみはじめたばかりなのよ」

「かわいそうに」マルケスは本心から言った。

グローリーは鍵をぎゅっと握りしめた。「あの人に知らせるわけにはいかないわ」

「状況がいいほうに変わるかもしれない」

グローリーはマルケスを見やった。「彼には言わないで」

「わかった。きみの体のことだからね。でも助けが必要になったらいつでも言ってくれ」

マルケスはやさしく言った。

グローリーはにっこりした。「ありがとう」


射撃場で二人を待っていたグリヤ署長は私服姿で、髪をすっきりとポニーテールに結んでいた。

署長は同じくポニーテール姿のマルケスに目をやり、三つ編みにしたグローリーを見やった。「どこにでもへそ曲がりはいるものだね」彼はグローリーの髪型を指して言った。

「私はへそ曲がりじゃないわ。ただヘアスタイルのセンスがいいだけ」

グリヤ署長はふっと笑った。そして銃を標的に向け、続けざまに六発、いちばん小さな円に命中させた。

「自慢したいらしいな」マルケスがつぶやいた。

グリヤ署長はにやりとした。「ぼくは警察署長だ。部下にみずから手本を見せないといけない」

「キルレイブンに手本を見せるなら、警棒を振りまわさないとだめだろうな」マルケスはからかうように言った。「あいつ、昨日サンアントニオのFBI支局に乗り込んで、ジョン・ブラックホークを相手にフエンテスの流通ネットワークの情報を渡せと迫ったらしい。それはもちろん知ってると思うけど」

「なんだって？」グリヤ署長はうなるように言った。

「キルレイブンって誰？」グローリーが訊いた。

「この前マルコに襲われたきみを助けた警官だよ」署長が教えた。

「ああ、コマンチ・ウェルズで麻薬取引をつぶそうとした人ね」

「そのとおり」マルケスはそう言って、憤慨した様子のグリヤ署長を見やった。「そう落ち込むことはないよ。署長はあいつをギャング専門家として雇ったんだ。ギャングに麻薬はつきものだ。フエンテスの捜査にもつながる」

グリヤ署長はオートマチックから乱暴に弾倉をとり出し、次の弾倉を装填《そうてん》した。「がんばるのは結構だが、まわりを見ないで突っ走るのは困る」

「キルレイブンは突っ走ったりしないよ」マルケスは笑った。「命令を受けるより出すのに慣れているだけだ」

「あいつは仕事をまちがったよ。チームプレイができない」

「ぼくが覚えているかぎりでは、警察で働き出すまではあなたも同じだったはずだ。あなたにできたならあいつにもできる。あなたみたいに特殊部隊にいた人間は、普通の軍人より世間になじみにくいってだけのことだ。単独行動や小人数での作戦に慣れているから」

グリヤ署長はため息をついた。「そうだな。あいつは地元の高校の麻薬ネットワークを壊滅させたことがある。麻薬取締局から麻薬犬を借りてロッカーを探させたんだ。教育委員会も保護者もおかんむりだったが、何人かの逮捕につながったよ」

「目的が手段を正当化するってわけだ」マルケスは笑った。

グローリーがそれはちがうと言おうとしたとき、めまいがして草むらに座り込んだ。

「グローリー、だいじょうぶかい?」グリヤ署長は心配そうに言って、彼女の前にしゃがみ込んだ。

「なんでもないわ。ただのつわりよ」グローリーは弱々しく答えた。

グリヤ署長は毒づきそうになるのをこらえた。彼はグローリーに隠れてマルケスと目を見交わした。

「あの人には知らせるつもりはないわ」グローリーはグリヤ署長に言った。「リックは約束してくれたから、あなたも約束してほしいの」

「でも結婚してるんだぞ」

グローリーは吐き気をのみくだし、おさまるのを待った。「あの人はフエンテスのもとで働いているわ」グローリーは短く言った。「そして私は検事」彼女は目を上げた。「それも絶対に知られたくないの」

グリヤ署長はある心配を抱えていたが、それをグローリーに言うわけにはいかなかった。

「秘密は危険だ」

グローリーは髪をかき上げた。「私もそう言われてきたわ。でもこれは秘密にしてほしいの」

「わかった。きみが決めることだ」グリヤ署長はそう言った。

グローリーは立ち上がった。杖《つえ》にすがりながら銃を撃つことはできないので、杖はマルケスのトラックに置いてきた。それでも足元は確かだった。前ほど腰が痛まない。無理さえしなければだいじょうぶだ。

マルケスはベルトから三二口径のスミス&ウェッソンを引き抜いた。

「リボルバーなの？　今どきリボルバーなんか使う人はいないでしょうに！」グローリーはグリヤ署長に言った。「マルケスは四〇口径のグロックであなたは四五口径のコルトなのに、私にはリボルバーの使い方を教えるの？　それなら石を渡して敵の頭に命中させる方法を教えるほうがましよ！」

グリヤ署長はふき出した。「状況によってはオートマチックではうまくいかないからね」

「グロックなら水中でも撃てるのよ」

「リボルバーのほうが小さいし、片手で撃てる」

「女子どもの銃だわ」

マルケスは銃に弾をこめて渡した。「けんかはおしまいだ。みっともないよ」

グローリーは何か言いたげにマルケスをにらんだ。

「よし、始めよう」グリヤ署長が割り込むように言った。


マルケスの車で帰途につくころには、グローリーの両手は腫《は》れ上がって痛かった。彼女はその手をこすった。

「まさか左右両方の手で銃を持たされるとは思わなかったわ」

「FBIではそういうふうに教えるんだ」マルケスはにやりとした。「きき腕を撃たれたらどうする？　そういうときのためにもう一方でも撃てるようにしておかないと」

「そうね」グローリーはバッグを持ってみた。バッグは重かった。マルケスから渡された銃弾の箱と銃が、化粧品や財布といっしょにおさまっている。彼女はロドリゴのことを考えた。いつか彼を撃たなくてはならないのだろうか。そう思うと気分が悪くなった。

「この件はできるだけ早く片づいてほしいよ」

「そのときは、私の夫はフエンテスと仲よく刑務所の中ね」グローリーは心配そうなマルケスの顔を見やった。「事実でしょう?」

自分が知っていることを打ち明けるわけにはいかない。マルケスは苦しかった。それでなくてもグローリーは山ほどつらいことを抱えているのに。

「もしロドリゴにどこかに呼び出されたらどうすればいい?」

「行っちゃだめだ」

「そう言うと思ったわ」グローリーはみじめな気持ちだった。なんて皮肉なんだろう。生まれて初めて一人の人を好きになったのに、その人が実は犯罪者だったなんて。こんなにひどい話があるだろうか?

「そうだね」マルケスの答える声に、グローリーは自分が思いを声に出していたことに気づいた。

「どちらにしても、仕事は仕事よ。どんな犠牲があろうと、人の命を救えるんだから」グローリーは低い声で言った。

「いい考え方だ」

グローリーはトラックの窓の外に流れる景色に目をやった。「南の島に行って、ビーチで貝殻を拾って一生を過ごせればいいのに」

マルケスは笑った。「うちの署でもその夢は人気があるよ。新しく来た警部補が予算の数字を見て逆上してからはとくにね」

グローリーは顔をしかめた。「けちで有名なのは前の警部補じゃなかった?」

「前の警部補はぼくらの支出にうるさかった。本当にしみったれてたよ。だが今度の警部補は、資金が少なすぎるって市のお偉方にくってかかったんだ」マルケスは笑みを浮かべた。「警部補はもっといい装備とレベルの高い訓練が必要だと思ってる。ぼくをクアンティコのFBIアカデミーに行かせたいらしい」

「すごいじゃない」

「同感だ。訓練は死ぬほど厳しいらしいけど、得るものは大きい」

「身の破滅につながるかもしれないわ」グローリーはいたずらっぽく言った。「自分の部署の改善案で頭をいっぱいにして帰ってきたあげく、数日後に溝で死体で見つかるのよ。口には警部補からのメモが突っ込んであって、〝どこの組織でもいいから引きとってください〟って書いてあるの」

「人のやる気に水をさすようなことを言わないでくれ」

「キルレイブンってどういう人?」グローリーは突然その名前を出した。

マルケスは唇をすぼめた。「新入りの巡査だよ」

グローリーはマルケスの口調にあやしいものを感じた。「リック、何か隠しているでしょう。教えなさい」

「何も隠してない」マルケスは嘘をついた。

「グリヤ署長に訊くわ」

「貝に訊いたほうがまだましだ」

「教えてちょうだい。秘密は守るから」

マルケスの目はおもしろそうに躍っている。「確かな筋から聞いたところでは、彼はラングレーから送り込まれたらしい」

「ラングレーですって！」

「そう、ラングレーのＣＩＡ本部だ。アメリカに敵対する南米某国とつながる誘拐犯を捜し出すためにね。噂《うわさ》では、誘拐犯というのはその道のプロで、すでにある人質に狙いを定めたらしい。その人質候補は某組織に欠かせない人物で、かなりの金が引き出せると踏んだようだ」

「誰なの？」

「誰って？」

「その人質候補よ」

「はっきりとはわからない。でも麻薬捜査官じゃないかと思うんだ。最近カーラ・ドミンゲスを倒すのに一役買った捜査官がいただろう。その捜査官の働きのおかげで、麻薬カルテルは十億ドル以上の痛手をこうむったんだ」

「麻薬カルテルにしてみれば、ただ殺せばいい話じゃないの？」

「ぼくもそう思う。でもやつらは金目当てで、その捜査官なら金になると思ってる。もちろん金を受けとったらその場で殺すんだろう」

「アメリカ政府はテロリストとは交渉しないと思っていたわ」

「建前としてはね」

グローリーは顔をしかめて考え込んだ。「最近、ジャレッド・キャメロンを逮捕する計画があったわね？」

「ボディガードに阻止されたけどね」

「ボディガードって、トニー・ザ・ダンサーのことね。それにしても不思議な名前！」

「本当はダンゼッタだよ」

「知ってるわ。でももう一つのほうが悪党っぽくっていいじゃない？」

「マフィアみたいだけど、トニーはマフィアじゃない。チェロキー族なんだ」

「魅力的な人よね」

「会ったことあるのかい？」

グローリーはうなずいた。「このあたりでつかまった誘拐犯について情報を流してくれたの。その犯人も南米とつながりがあったんだけど、ここの地方検事は連邦犯罪に関しては管轄権がなかった。それで連邦保安官が犯人を連邦検事のところに連れてきたのよ。で、結局その犯人は脱走したわ」

「聞いたよ」マルケスは首を振った。「護衛が二人、逃げるのを幇助《ほうじょ》した罪で起訴されたけど、法廷に引き出される前に姿を消した」

グローリーはマルケスを見やった。「大物と大金がからむと厄介ね。その人たちはまだ国内にいるという噂よ」

「それも聞いた」

マルケスはグローリーの家の前で車を止めた。「銃を肌身離さず持ってたほうがいい」

「そうね、カーラの子どもたちがそばにいるときはとくに気をつけるわ。怪我《けが》をさせたくないから」

マルケスはにっこりした。「困ったことがあったら電話してくれ。グリヤ署長でもいい。すぐに駆けつけるから」

「そうするわ」グローリーの胸にいつもの重苦しさが戻ってきた。「ありがとう、リック」

マルケスは肩をすくめた。「友達じゃないか」

土曜の夜は長く、薄気味悪かった。外では雨が降っていた。稲妻が暗闇《くらやみ》の中に木立を浮かび上がらせる。熱く空を切り裂くその光は、ただでさえ落ち着かないグローリーの不安をかきたてた。カーラとアンヘルは子どもたちを連れてもう帰宅してしまった。グローリーは大きな家の中で一人きりだ。

　彼女は部屋から部屋へと歩きまわった。すべてが子どものころとちがう。室内はがらりと改装されている。床材まで新しい。グローリーは寒けがしてむき出しの腕をさすった。きっと嵐《あらし》のせいだろう。ジェイコブズビルは竜巻が来ることがある。一人きりのときに竜巻が来るのは困る。子どものころ、彼女は竜巻が怖かった。母にこんな体にされたのは嵐の日だった。

　たしかシェルターがあったはずだけれど、場所が思い出せない。どしゃぶりの雨と雷の中を外に出てシェルターに行くより、家の中にいたほうが安全にちがいない。どちらにしてもこの嵐は恐ろしい。

　ロドリゴとその共犯者はいったいどこで何をしているのだろう。彼が警察に捕まることが現実味を帯びてきた今、もし本当にそうなったら私はどうすればいいの？　二人は法をはさんで反対側にいる。自分の気持ちがどうであれ、愛してくれない男のためにキャリアを捨てるわけにはいかない。

　グローリーは、こういう仕事を選んだのがまちがいだという心臓専門医の言葉を思い出した。仕事が手に負えなくなってきているのはわかっている。でも、現在加入している健康保険は今の勤め先でなければ入ることができない。仕事を辞めたら、自費で保険料を負担するのはとても無理だ。

　でもしかたがない。転職して心臓発作に見舞われたら、緊急救命室の玄関先に座り込んで道行く人に皿を差し出し、病院費用をまかなえるだけのお恵みを集めればいい。ペンドルトン家が払うと言うだろうが、グローリーは彼らを頼りたくなかった。もうすでにさんざんお世話になっている。でも今の仕事は危険だ。何か手を打たなければまちがいなく死んでしまう。刑事裁判はお遊びじゃない。感情が爆発する場だ。弁護士同士が衝突することもあれば、証人と相手側弁護士がぶつかることもある。あるいは、検事と被告側の弁護士。グローリーは一度、ある殺人事件の公判で、目撃者を強く追及しすぎるといって判事に叱責《しっせき》されたことがあった。この仕事は臆病者《おくびょうもの》にはつとまらない。ストレスの連続だ。

雷鳴が大きくなり、稲光が部屋のすみずみを照らし出した。ロドリゴはいったいどこにいるのだろう?

大きなドラム缶をいくつも結び合わせて作った橋が川幅の狭くなった岸と岸の間にかかっている。国境警備隊の姿は今だけ消えている。カスティーリョの友人が見張りをする間、ロドリゴは小型トラックを運転してその橋を渡った。岸に立つカスティーリョがヘッドライトに照らされながらトラックを誘導している。後ろには高純度のコカインが数百キロ積んである。王の身代金にも相当する価値の品だ。三人は、最新の機器類と大勢の人手を使って国境を越えるより、このやり方のほうが危険が少ないと考えた。トンネルもあったが、発見されてしまった。この受け渡し場所の安全は金で確保してある。ロドリゴはその金が渡った相手を知らないが、国境監視員でもなければ地元警察の警官でもないのは確かだ。このあたりは何もない土地が広がるばかりで、大規模な牧場がいくつかあるだけだ。きっとその牧場の者が金をつかまされ、目をそらしておけと言われたにちがいない。

ヘッドライトの中でカスティーリョがにやにやしている。あともう数メートルだ。ロドリゴはドラム缶の上で慎重にトラックを進ませ、固い地面にたどり着いた。

「いいぞ！」カスティーリョは両方のこぶしを突き上げた。「大成功だ！」

ロドリゴはトラックを止めて外に出た。「ぼろ儲《もう》けだな」彼は笑った。「ドラム缶を川から引き上げるのを手伝ってくれ」

「ほっとけばいいさ。この仕事で手に入る金がありゃ、ドラム缶なんかいくらだって買える。楽な仕事に思えたって長居は危ねえ」

「そうだな」ロドリゴはカスティーリョにこちらに来るよう合図した。

「前にも訊いたけどよ、その白人野郎はほんとに信用できるのか？」カスティーリョはそう言って顔をしかめた。

「信用できない男におれが命を預けるようなまねをすると思うか？」ロドリゴは答えた。

カスティーリョは目を細くしてロドリゴを見つめた。「そりゃそうだ」彼は周囲を見まわした。車もトラックも飛行機もヘリコプターも見えない。ついているとしか言いようがない。

カスティーリョはロドリゴの隣に乗り込んだ。そして窓の外を見て顔をしかめた。「あんたのいとこはどこだ？」次の瞬間、脇腹《わきばら》に冷たい金属が当たるのを感じ、カスティーリョは飛び上がった。

「じっとしてろ。ばかなまねはするな」ロドリゴが静かに言った。彼はもう片方の手で無線機を口元に持っていき、親指でスイッチを入れた。「狼《おおかみ》が外にいる」その声は落ち着いていた。

いったいなんのことだろうとカスティーリョがいぶかっている間に、十台以上の車のヘッドライトが川岸の小型トラックを照らし出した。

「アミーゴ」ロドリゴはカスティーリョに言った。「自由の国アメリカにようこそ！」

13

グローリーは爪を噛《か》んでいた。緊張と不安で脈拍も呼吸も速くなっている。ロドリゴがどこにいるのか、どうしているのか知りたくてたまらなかった。

嵐《あらし》はおさまってきた。雨粒がひさしから天水桶《おけ》にぽたぽた落ちる音が聞こえる。遠くで雷が轟《とどろ》いている音は聞こえるけれど、稲光はもう見えない。さいわい嵐はなんの爪痕《つめあと》も残さず去っていくらしい。

グローリーは玄関のドアに近づいて外を見た。ジーンズのポケットに入れた三二口径のリボルバーがまるで石のように重い。事態がどうなっているのか、悪いニュースがあるのかどうかさえわかればいいのに。ロドリゴは刑務所に入れられるかもしれないけれど、死ぬよりはましだ。彼にもう二度と会えないかと思うとたまらなかった。

突然携帯電話が鳴り出してグローリーは飛び上がった。彼女はあわててポケットから携帯電話をとり出した。「もしもし？」

「ジェイコブズ郡始まって以来の大量のコカインを押収したよ」マルケスが笑った。

「ロドリゴは？」グローリーは急き込んで訊《き》いた。

「あの人が関《かか》わっていたの？　だいじょうぶなの？」

「ちょっとごたごたがあって、ロドリゴはジェイコブズビルの緊急救命室に運び込まれたんだ……グローリー、ちょっと聞いてくれ！」

グローリーはもう電話を切っていた。彼女はバッグをつかむと腰の痛みがゆるすかぎりの速さで外に出た。そして車に乗り込み、ドアをロックしてエンジンをかけると、走り出した。また電話が鳴ったが無視した。ロドリゴ、とグローリーは心の中で呼びかけた。神さま、どうかあの人の命を奪わないで！　そのためならなんでもします。あの人のことはあきらめて、ここから出ていってもいい……。だからどうか命だけは！

町までなんて遠いんだろうとグローリーは気がおかしくなるほど思った。このおんぼろ車は仕事場まで二ブロックの都会なら使えるけれど、田舎道ではどうしようもない。スピードが制限速度に達しない。グローリーは自分のスポーツカーが恋しかった。このぽんこつは走るのがやっとで、レースなんてとんでもない。

外はほぼ真っ暗だった。月も出ていない。頭の中がごちゃごちゃで、ちゃんと考えられなかった。フエンテスが殺し屋を差し向けているとしたら、今はまたとないチャンスになるだろう。ドアをロックし、ポケットに銃をしのばせる以外になんの用心もしていない。ばかなことをしたものだ。でもグローリーの理性は心が支配していて、心はロドリゴに会って無事を確かめることしか考えていない。それ以外はどうでもいい。ロドリゴが麻薬取引に関わっていて、逮捕されたなら、どうやったら助け出せるか考えればいい。生きていてさえくれれば！

ジェイコブズビル総合病院の緊急救命室の駐車場に車を止めるころには、グローリーの心臓は早鐘を打ち、息をするのも苦しかった。車から飛び出したとき、酷使した腰の痛みがいっきにのしかかってきてグローリーは顔をしかめた。彼女は階段を上がりかけたが、また車にとって返した。病院に銃器を持ち込むわけにはいかない。グローブボックスに銃を入れて鍵《かぎ》をかけると、グローリーは足を止めて息を整えながら、精いっぱいの速さで階段を上がった。

待合室はこみ合っていた。土曜の夜はいちばん忙しい時間帯だ。グローリーは受付に駆け寄った。「ロドリゴ・ラミレスは」彼女は必死の声で言った。「私の夫はどこ？」

「コルトレーン先生が三番のベッドに入れましたよ。座って待っていてもらえば……」

グローリーはもう受付に背を向けて走り出していた。そのベッドのカーテンの前に男性が何人かいるのをぼんやりと意識したが、目には入らなかった。カーテンを開けるとロドリゴがいた。シャツを脱いだその姿はセクシーで男らしく、あまりにハンサムなので、グローリーは心臓が飛び出しそうになった。ありがたいことに彼は診察台で起き上がり、ルーの夫であるコパー・コルトレーンがその腕を縫合していた。

「ロドリゴ！」グローリーは叫んだ。

ロドリゴは眉を上げた。グローリーは彼に駆け寄り、恐怖で震えながらその体を抱きしめた。やわらかい豊かな胸毛を撫《な》で、安心させるような心臓の鼓動を感じながら、グローリーは安堵《あんど》と喜びのため息をついた。

「ここで何してるんだ？　どうしてここがわかった？」

「マルケスから電話があったの」グローリーは少し体を離して黒い目を見上げた。「だいじょうぶなの？」

ロドリゴはほほえんだ。「元気だよ。ただのかすり傷だ。もっとひどい怪我《けが》をしたことだってある」

グローリーはほっとしたあまり最初は男たちの存在が目に入らなかったが、ふと気づくと制服姿の男性に囲まれていた。それを見てグローリーの胸は沈んだ。夫が麻薬の世界に手を染めているのはわかっている。でも私は沈みかけた船を見捨てたりしない。グローリーは背筋を伸ばした。

「心配しなくていいわ。テキサス一の弁護士をつけてあげる」グローリーは一息に言った。「最高の弁護士をね。自分が不利になるようなことは言わないで。弁護士と話をするまでは何も言わないほうが……」

ロドリゴが腹を抱えて笑っているのを見てグローリーは言葉を止めた。気がつくとまわりの男たちも笑っている。ようやく後ろを振り向くと、グリヤ署長とヘイズ・カーソン保安官、麻薬取締局の上級捜査官アレクサンダー・コップ、そして高級そうなスーツを着た見知らぬ男がいた。

グリヤ署長がジャケットを差し出した。「これはご主人のだよ、グローリー」署長がジャケットを裏返すと、背中にDEAという白字の大きなロゴがあった。

グローリーは何も考えられなくなった。彼女は顔をしかめたまま、ただジャケットを見つめた。撃たれたとき、夫はこのジャケットを着ていたのだ。麻薬捜査官になりすましたのだろうか？　グローリーはゆっくりと頭をめぐらせてロドリゴを見た。彼はバッジを差し出していた。麻薬取締局のバッジだ。

「ぼくは逮捕されたわけじゃない」ロドリゴは愉快そうに言った。「逮捕したんだ」

「彼は潜入捜査に当たっていた捜査官だよ。きみには言えなかったんだ」グリヤ署長が言った。

じっとロドリゴを見つめていたグローリーは、自分が間抜けになったような気がした。

「あなたが潜入捜査中の捜査官だったのね」

ロドリゴはうなずいた。その目は真剣だった。「ぼくのいとこが過去二人の麻薬王と今回の麻薬ディーラーの元で働いてきた。そのいとこがぼくを組織に引き入れてくれたんだ」

「殺される危険もあったのに」

「グローリー、これが初めてってわけじゃない」ロドリゴの口調はどこか見下したようなところがあった。「パートナーと二人、ヒューストンでドミンゲスの潜入捜査に当たったこともある」

「パートナー？」

「サリーナ・レインだ」アレクサンダー・コップが言葉をはさんだ。

あの金髪女性だ。これでようやく事情がのみ込めた。

ロドリゴは顔をしかめた。サリーナの新しい姓を耳にするのはいやだった。口を開こうとしたとき、携帯電話からワールドカップ・サッカーのテーマ曲が鳴り響いた。電話に出るとロドリゴの顔つきが変わった。彼は笑みを浮かべた。「ああ、全部片づいた」そして笑った。「きみに頼らずにやってのけたことに驚いてるのかい？」その口調には愛情があった。「ああ、腕に一発受けただけだ。かすり傷だよ。ヒューストンの倉庫でドミンゲスの一味を追いつめたときにきみが受けた傷に比べればなんでもない。うん、だいじょうぶだ。明日？　それはいい！　待ってるよ。ぼくからだと言ってバーナデットにキスしておいてくれ。それじゃ、明日」

ロドリゴは電話を切った。誰に訊かなくても、グローリーは電話の相手がサリーナだとわかった。彼のパートナー。彼が愛している、そしてこれからも愛し続ける仕事上の相棒。

グローリーは体から力が抜け、気分が悪くなった。どうかショックで気を失って彼の足元に倒れたりしませんように、と彼女は祈った。

「家に帰ったほうがいい」ロドリゴは、頬を赤くし不安げな様子のグローリーを見てそう言った。こんなに気遣ってくれるのはうれしかったが、グローリーの身なりが少し恥ずかしかった。髪さえとかしていない。地味でつまらない農場の下働きという風情だ。ロドリゴは魅力的な女性に囲まれるのに慣れていた。美しく着飾り、男の目を引く女性たちに。このぱっとしない女性には、目の悪い事務員だって気をそそられないだろう。もちろん自分もそうだ。「手当てが終わったら任務の報告がある」ロドリゴはそっけなく言った。「今日は遅くなるよ」

グローリーはだめだと言いたかったけれど、そんなことを同僚の前で言ったらロドリゴはむっとするだろう。「わかったわ。私はただあなたがだいじょうぶかどうか確かめたかっただけ」グローリーは冷静な口調を崩すまいとした。ロドリゴの態度に、萎縮《いしゅく》してしまう自分を感じた。

「ええ」

ロドリゴはうなずいた。「あとで話そう」

マルケスが笑顔で近づいてきた。「大漁じゃないか！　見事な仕事ぶりだったな。駐車場にマスコミが何社か詰めかけてるよ。誰か餌食《えじき》になりたいやつはいないかい？」

「遠慮しとくよ」ロドリゴが即座に答えた。「今後の秘密任務にさしつかえるからな」

「私が話そう」コップが言った。「我々三人が行けばいいじゃないか」コップはグリヤ署長とヘイズ・カーソンに言った。「この件にはみんなが力を貸したんだ。自分の手柄だと言っても責められる筋合いはない」

「それは親切に」グリヤ署長は笑った。

「親切でやってるわけじゃないぞ」コップが言った。「サンアントニオがらみの事件が持ち上がれば、きみの兄貴の力が必要になる。だから機嫌を損ねたくないのさ」

「兄貴?」スーツを着た男性が訊いた。

「ガロンだよ。ガロンはサンアントニオのＦＢＩの上級捜査官なんだ」

「どうりで聞いた名前だと思った」

「私はもう帰ります」グローリーはつぶやいた。まだフエンテスに狙《ねら》われている身でマスコミに声をかけられるのはまずい。以前、起訴を担当した事件でインタビューされたことが何度かあった。地元のテレビ番組に映っているところを誰かに見られるのは困る。

「ぼくが家まで送っていくよ」マルケスが申し出た。「夜道を一人で帰るのは危険だ。とくに今はね。過去最大規模の麻薬を押収したとはいえ、フエンテスの居所はまだわからないんだ」

グローリーはロドリゴのほうを向いたが、彼はヘイズ・カーソンと話していてこちらを見なかった。これでは透明人間も同然だ。

グローリーは彼に背を向け、毅然《きぜん》としてマルケスと外に出た。

マルケスは、彼女が無事に家に帰れるようトラックで後ろからついてきてくれた。

グローリーは車をロックしてポーチに上がった。「コーヒーでもどう?」

マルケスはためらった。疲れていたが、グローリーは話し相手が必要なように見える。彼女の夫はまるで妻を恥じているかのようにそっけない。今の状況を考えれば、グローリーはもっと大事にされていいはずだ。

「いいね」マルケスはそう言ってグローリーといっしょに家に入った。

グローリーはカフェイン抜きのコーヒーとパウンドケーキのスライスを出した。二人は打ち解けた雰囲気の中でコーヒーを飲み、ケーキを食べた。

「この世界の仕事が長いきみなら、法執行機関の人間が大捕り物のあとでどんな気持ちになるかは知ってるだろう」マルケスは静かに言った。「これ以上ないほどハイな気分なんだ。普通に戻るにはしばらくかかる。胸の中にあるものを全部吐き出すまで、しゃべらずにいられないんだ」

「おかしいわね。胸のうちを吐き出し合うのが夫婦の役割だと思ってたわ」

「ロドリゴはそこらの警官とはちがう。ぼくらが夢に見るしかないようなことを、彼は何度もやってのけたんだ」

マルケスとグリヤ署長は、麻薬王を倒すほどの凄腕《すごうで》であるがゆえに世界中で命を狙われている捜査官が潜入捜査をしていることを教えてくれた。「そうね。雨のジャングルを、子ども殺しの犯人を追って馬を駆った話を聞いただけでもすごいと思ったわ」

マルケスは笑った。「それはほんの氷山の一角にすぎないよ。あの人は、捜査官になる前に海外で伝説的な傭兵《ようへい》のグループにいたんだ。パイロットのライセンスがあって、六カ国語を話し、料理の腕はプロ並みで、ヨーロッパの王室の半分と血のつながりがあるらしい」

グローリーはコーヒーのカップを置いた。「ロドリゴが？」その声には驚きがあった。

マルケスはうなずいた。「両親はどちらも貴族に連なる血筋だ。父親はデンマーク人で母親はスペインの上流の出だよ。すごい組み合わせだと思わないか」

グローリーはショックを受けた。私は結婚した男のことを何一つ知らなかった。

「どうして潜入捜査を志願したの？　潜入捜査に当たる捜査官は殺されることがほとんどなのに」

マルケスはうなずいた。「ロドリゴには動機があった。麻薬王のロペスが、ナイトクラブで働いていたロドリゴの妹に熱を上げてね。無理やり自分のものにしたあげく、殺したんだ」マルケスは顔をしかめた。「ロドリゴは荒れに荒れた。語り草になるほど酒をあおり、ヘリを一機壊したあげく、アレクサンダー・コッブのオフィスに乗り込んでマニュエル・ロペスを捜し出すための情報と装備をよこせと迫った。ロドリゴは法執行機関の人間でさえ避けて通るような男だ。あんなに危険な男は知らないぐらいだよ」

グローリーにもようやくロドリゴという男がわかってきた。「簡単に飼いならせるような人じゃないのね」

「そうだ。ロドリゴはパートナーと結婚する直前までいったけど、彼女は別れた夫のコルビー・レインにまだ心を残していた。映画女優や上流階級の女性と噂《うわさ》になったこともある。でもロドリゴには仕事があった。アドレナリンの命じるままに生きてるんだ。たとえ女性を愛しても、仕事はやめられないいんじゃないかな……」グローリーの顔を見たマルケスは口ごもった。「いや、そういう意味で言ったんじゃないんだ」

「あの人が私を愛していないのは二人ともわかってることよ」しばらくしてグローリーは言った。「さっき病院でこちらを見ようともしなかった。私の存在が恥ずかしいのよ。つまらない女だから」

「あいつがきみにそんなことを言うとは思えないな」

グローリーは両手で持ったコーヒーカップを見下ろした。「家に帰りたいわ」

「子どものことはどうするんだ?」

そのことを考えるとつらかった。「あの人は子どもなんかほしがってない」それはまちがいない、とグローリーは思っていた。彼女は目を上げた。「サンアントニオの保護施設に連れていってほしいの。あなたがフエンテスを捜し出してこの件に決着がつくまで、そこにいるつもりよ」

マルケスは唇をすぼめた。「今回のことでフエンテスの評判は地に落ちた。地方検事も賛成してくれるかもしれないな」

「今夜検事の自宅に電話してみて、オーケーが出たらあなたに連絡するわ。明日には出発したいの」

マルケスは顔をしかめた。「どうしてそんなに急ぐんだい？」そう言ってから、マルケスは病院で聞いてしまった会話を思い出した。明日はサリーナとその娘がロドリゴに会いに来ることになっている。グローリーはその場にいたくないのだ。

「あとで電話するから」グローリーは念を押した。

「わかった。母の家にいるよ。今週末は自宅待機の必要がないんだ」

グローリーは顔をしかめた。マルケスが電話一つで仕事に駆けつけなくてもいい週末は、そう多くはないはずだ。「ごめんなさい」

「どっちみちテレビを見てるだけだよ。母は日曜は教会に行ったらほとんど老人ホームに直行でね。年配の患者に本を読んであげるらしい」

「あなたのお母さんは本当にいい人ね」

マルケスはにっこりした。「そうなんだ」

「ありがとう、リック」しばらくしてグローリーは言った。「夜、外に一人でいるのは怖かったの。たとえ銃があっても」

「銃はどこ?」

「車の中よ。病院に持ち込むのは危ないと思って」

「ぼくが帰るまでに車からとってきてそばに置いておくといい」マルケスはまじめな声で言った。「まだ危険は去ってないからな」

グローリーはため息をついた。「それは私がいちばんよく知ってるわ」


グローリーが自宅にいる地方検事に電話したら、検事は保護施設での仕事復帰に賛成してくれた。仕事の行き帰りには捜査官が一人付き添い、警察もパトロールを強化してくれることになった。ただ、マルケスと同じく検事もフエンテスの件がそう長引くとは考えていなかった。それはグローリーも同感だった。夫と同僚たちの活躍によって、フエンテスは今回の大量の押収ですっかり立場が危うくなってしまった。

正午、グローリーをサンアントニオに送っていくためにマルケスが来てくれた。グローリーは自分の仕事のことは絶対に口外しないと約束していた。ロドリゴに打ち明ける必要はない。彼は間もなくヒューストンに戻るのだし、もう二度と会うこともないだろうから。

ひっそり離婚して、会ったこともないふりをすればいい。ロドリゴの態度にひどく傷ついたグローリーは、彼と離れ離れになることなどどうでもよかった。

前の日の朝早く、ロドリゴが帰ってきたのが聞こえた。彼が寝室の外でためらっているのがわかったが、グローリーは明かりをつけず、物音もたてなかった。ロドリゴはドアを開けなかった。

翌朝、グローリーはロドリゴが出ていってから寝室を出た。それからポーチドエッグをのせたトーストとコーヒーを用意した。荷物の用意はもうほとんど終わっている。あとはサンアントニオまでついていってくれるマルケスを待つだけだ。

そのとき、車のドアがばたんと閉まる音がして、歓声をあげる子どもの高い声が聞こえてきた。

グローリーはカーテンを閉めた玄関の窓のところへ行って外を見た。ロドリゴが少女を抱き上げ、うれしそうな金髪女性に笑いかけている。三人を見ているとグローリーは自分が部外者のような気がした。ミスター・レインが戻ってこようがどうしようが、三人はまだ家族なのだ。しあわせそうなロドリゴを見ていられず、彼女は荷造りをすませるために自分の寝室に戻った。

荷造りを終えるとグローリーは赤紫色のやわらかなオーバーブラウスとジーンズ、サンダルを身につけ、マルケスが待っているはずのポーチに出た。サリーナの車が見えたが、いて足を止めた。

ポーチの端まで歩いていったグローリーは、角の向こうから声が聞こえてくるのに気づ
「……でもあなたは結婚してるじゃない」サリーナの声がした。

「ホームレスみたいな格好をした地味な田舎娘とね。社交のたしなみもなければろくな教養もない」ロドリゴは冷たく言った。「昨日の夜は、いっしょのところを同僚に見られるのさえ恥ずかしかったよ！　腰が悪いんだが、フエンテスの悪事を目撃したせいで命を狙われてる。彼女とは同情心から結婚しただけだ。理由としては最悪だな」ロドリゴは、自分でも否定できないほど強い欲望を感じたからだとは言わなかった。

「これからどうするの？」

「なんでもするよ。この泥沼から抜け出すためなら」

グローリーは気分が悪くなるのを感じて二人から離れた。ロドリゴは私を恥ずかしく思っている。結婚したのは同情心からだった。まるで世界が崩れ落ちたような気がした。

グローリーはポーチの反対側から外に出ると、古い鉄橋のほうにふらふらと歩いていった。この橋は新しい橋ができてから誰も使っていない。グローリーは高い手すりによじのぼって座った。涙で前が見えず、心臓は突き刺されたように苦しい。愛した男性は彼女のことを軽蔑《けいべつ》をこめて語った。それなのに、その男の子どもを身ごもっている。なんてばか

だったんだろう。いつかは愛してくれるだろうなんて、よく思えたものだ。ロドリゴにとって自分は役立たずのつまらない女なのだ。農場でともに働く相手のことを田舎娘としか思っていない。事情がちがえば笑ってしまうところだ。でも笑えなかった。そのうえ、今の状態では赤ちゃんどころか自分自身の命さえ危ない。目の前には寒々しい未来しか見えなかった。絶望と不安が黒い雲のようにグローリーを包み込んだ。

グローリーは、岩にぶつかって水しぶきを上げる川の流れの上に足を投げ出した。水深はかなりある。一九二〇年代に、夫が親友と浮気しているのを見てしまった女性がここから身を投げ、溺死《できし》した。サリーナ・レインは友達ではないけれど、死んだ女性がどんな気持ちだったかグローリーにはわかる気がした。夜遅く、白いドレスを着てこのあたりを歩いているその女性の姿を見た者がいるという。そのせいでこの橋は幽霊橋と呼ばれている。でもグローリーは怖くなかった。自分も同類だと思ったからだ。

しぶきを上げる水を見ていると催眠術にかかったような気がした。自殺する気なんかない。ただ心が苦しいだけだ。それなのに何者かがもっと端に、もっと端にと呼びかける。ちょっと体を動かせば苦しみはきれいに消え去る、とその声は言う。自由になれる。杖《つえ》を使う必要もなくなるし、血圧の薬をのむことも、夫がほかの女に自分の悪口を言うのを聞くこともない……。

「グローリー！」

最初はマルケスのその声が聞こえなかった。ウエストをつかまれて鉄の手すりから引きずりおろされるまで、グローリーはマルケスの声にも姿にも気がつかなかった。

「いったい何をしてるんだ？」グローリーを引き寄せながらマルケスが言った。その顔には血の気がなく、肩で息をしている。「間に合わないかと思ったよ」

きっと丘を駆けおりてきたんだわ、とグローリーは思った。悪いことに、ロドリゴとサリーナも走って橋までやってきた。

「どうしたんだ？」ロドリゴは短く訊いた。

「てっきりグローリーがここから飛び……いや、落ちるんじゃないかと思ったんだ」マルケスはとっさに言い直した。

「落ちるわけないじゃない」グローリーはマルケスだけを見て言った。「昔はこの橋でよく釣りをしたものよ」その口調はまだぼんやりしていた。「子どものころ、曾祖父《そうそふ》が連れてきてくれたの」グローリーは遠い目をしてほほえんだ。「杖と釣り糸だけの簡単な釣り竿《ざお》だったけれど、祖父の畑仕事のない土曜日はいつもバスや鯉《こい》の仲間を釣り上げて夕食に出したのよ」

「そもそもどうしてこんなところに座ってたんだ？」ロドリゴが訊いた。

グローリーは見るともなく彼のほうを見た。「いつものことよ。ここに来て、川の上で足をぶらつかせるのは」

「落ちるかもしれないじゃないか！」ロドリゴは激しい口調で言った。心配しているようにも聞こえるが、そうでないのはわかっている。彼の大事な女性がすぐ隣に立っている。妻に冷たく当たる夫だと思われたくないのだ。

グローリーはロドリゴを見つめた。その目に、抑えていた怒りが燃え上がった。「もし落ちたってあなたには関係ないんじゃない？」その口調は冷たかった。彼女はサリーナの好奇心に満ちた視線を避けてマルケスのほうを向いた。「あなたさえよければいつでも出発するわ」

「いったいどこに行くつもりだ？」ロドリゴが訊いた。

グローリーはロドリゴに目を向けられなかった。「家に帰るのよ。フエンテスが昨夜《ゆうべ》の押収で痛手をこうむっていなかった場合に備えて、マルケスが付き添ってくれるの」

ロドリゴはそんなことを考えてもいなかった。フエンテスはまだグローリーを狙っていて、彼女はこの刑事といっしょに行ってしまう。夫よりずっと心配そうな刑事と。ロドリゴは自分が恥ずかしかった。「家はどこなんだ？」彼は顔をしかめて訊いた。

グローリーは答えなかった。「もう出発するわ。仕事のことはごめんなさい」彼女は事務的に言った。「でも、私の代わりならきっと簡単に見つかる。他人のキッチンで働く以外に望みを持たない地味な田舎娘はたくさんいるから」グローリーはわざとそういう言い方をした。顔を上げると、その言葉が毒矢のように狙いを撃ち抜いたのがわかった。

グローリーはサリーナとの話を立ち聞きしていたんだな、とロドリゴは思った。自分が情けなかった。あれは本気で言ったわけじゃない。

サリーナは何か言いたそうな顔をしていたが、グローリーは黙ってサリーナとロドリゴの脇《わき》をすり抜け、歩いていった。腰が痛くてたまらなかったが、弱みを見せるつもりはなかった。一時的にせよまだ結婚している、あの裏切り者の二本足のマムシの前では。

マルケスが追いすがってきた。「荷造りは?」

「できているわ。リビングルームにスーツケースが置いてある。あとはバッグと杖をとってくるだけよ」

二人はいっしょに家の中に入った。グローリーはショルダーバッグを肩にかけると、杖に頼りながらマルケスのあとについて外に出た。

ロドリゴとマルケスがポーチにいた。ロドリゴは顔をしかめた。

「どこへ行くのか教えてくれないか?」彼はグローリーのスーツケースを車のトランクに運び入れるマルケスにちらっと目をやった。

グローリーの顔はオートミールのように色みがなかった。しかし彼女はそれを隠そうとした。「必要のある人だけ知っていればいいことよ。あなたにはその必要がないでしょう。とにかく、麻薬の流通経路をずたずたにされたせいで、フエンテスは私の命どころか自分の命のことしか考えられない状態のはずよ。もし私がまちがっていてあいつに銃弾を撃ち込まれたら、あなたは花を送ってくれればいいわ」グローリーは事務的にそう言った。

ロドリゴはひるんだ。

サリーナは下唇を噛んだ。「橋ではお互い紹介しなかったわね」彼女は静かに言った。「私は……」

「サリーナ・レイン」グローリーは抑揚のない声で言った。「知っているわ。ミスター・ラミレスがよく話しているから」

ロドリゴの黒い目が光った。グローリーに他人行儀な呼び方をされたのが気に入らなかったらしい。だが何か言おうとする前にマルケスが戻ってきた。「準備できたよ」マルケスはそう言うと、足を止めてロドリゴとサリーナに会釈した。

「そう」グローリーはロドリゴのあごに目をやった。「フエンテスに狙われている間、私をここに置いてくれてありがとう。私のせいで人手不足にならないといいんだけれど」

「果物のほうはカーラともう一人が片づけてくれる」ロドリゴはぎこちなく言った。「あれは実験的にやってみたプロジェクトだ。もしうまくいけば、ペンドルトンは仕事量に見合うだけのキッチンスタッフを増員することになるだろう」

「そうね」そう言ってグローリーはほほえんでみせた。「それじゃ、さよなら」

ロドリゴは顔をしかめた。「あとで法的な手続きが必要になるが……」

「私の弁護士に連絡させるわ。好きなときに離婚を申し立てて。早ければ早いほどいいでしょうね」グローリーは苦々しく言った。そして杖にすがってきびすを返し、振り返りもせずにロドリゴの人生に背を向けた。

グローリーはシートベルトを締めてエンジンをかけ、マルケスのトラックのあとについて庭から出た。手を振りもしなければ振り向きもせずに。私道から出るとき目の前の道がぼやけたが、彼女はただ車を進めた。

サリーナは顔をしかめた。ロドリゴは映画でも見るように走り去っていく車二台を見つめた。その顔はこわばっていた。

「あの人、あなたの話を聞いていたんだわ」サリーナが静かに言った。「傷ついたでしょうね。プライドの高い人だから」

ロドリゴは歯を食いしばった。彼はグローリーの身の上話を思い出した。里親家庭を転々としたこと、いつもよそ者で、外から中を眺めるだけだったこと、誰からも求められなかったこと。どうしてあんな残酷なことを言ってしまったんだろう、とロドリゴは思った。グローリーに心から何かを感じたわけではない。ただほしかっただけだ。それならなぜ彼女が出ていったのがこれほど不自然に思えるのだろう。

「ばかなことをしたよ」ロドリゴはそっけなく言った。「離婚するのが二人にとっていちばんだ」

　サリーナは考え込んだ。グローリーにはどこか不思議なところがある。具体的にどことは言えないけれど、でもロドリゴが考えている以上の何かがありそうだ。ロドリゴは彼女のことなどどうでもいいと口では言うけれど、目には苦しみが浮かんでいた。仮面をかぶっているのだ。グローリーはそれがわかるほど長く彼を知らないが、私は知っている。それだけではない。サリーナはどこか別の場所でグローリーを見た覚えがあった。サンアントニオという地名がなぜか頭に引っかかった。

　そこで、ヒューストンに戻ったサリーナは、サンアントニオの麻薬取締局のオフィスにいる同僚に電話し、問い合わせた。

14

パトロールの強化も護身の用心も、いっさいが不要になった。月曜の朝、保護施設に入ったグローリーがカフェイン抜きの朝の一杯をのんでいると、マルケスから電話があった。

「なんだと思う?」

「宝くじに当たって、タヒチに高飛びするの?」

「まさか、ありえないよ。じつは、ついさっき、ここことジェイコブズビルの間の水路でフエンテスがうつぶせで浮いているのが見つかったのを知らせようと思ってね。やつらは死体を隠そうともしなかった。ハイウェイから丸見えだったそうだ」

グローリーの心臓が止まりそうになった。「なんですって?」

「フエンテスのボスがあんなミスを許すはずがないと思ってたけど、図星だったよ。フエンテスから押収した麻薬は過去二番めの規模で、組織はやつを許さなかったんだ。やり直しのチャンスはなかった。で、殺されたってわけだ」

たとえ麻薬王であれ、グローリーは気の毒に思った。けれどもこれで肩の荷をおろすことができる。「私はもう安全なのね？」彼女はおずおずと訊《き》いた。

「これ以上ないほど安全だ。組織に送り込んだスパイの話では、フエンテスは上の許可を得ずに国内で地方検事のアシスタントに殺し屋を差し向けようと必死だったらしい。それでなくてもあいつは殺人の容疑で尻に火がついてた。あいつらが弁護士や警官やジャーナリストを殺さないわけじゃないが、そういうやり方はしないんだ。とにかく組織の大ボスがきみから手を引けと言ったそうだよ」

「その大ボスに何もあげられないのが残念よ」

「こっちにとっちゃ、いいプレゼントじゃないか。誰だかわからないのがくやしいけどね。麻薬取締局なら探り出してくれるかもしれないな。とにかく、きみはいつでも好きなときに自宅に戻れる。それからボスが言ってたぞ、書類仕事がたまりにたまってる、って」

グローリーはほほえんだ。こんないいニュースは久しぶりだ。「わかったわ。まだ荷ほどきしていなくてよかった」

「そうだね。昼休みにそっちに行って引っ越しを手伝うよ」

「リック、あなたには本当にお世話になったわ」

「友達だからね」マルケスはそっけなく言った。

「とにかくありがとう。昼に待ってるわ。それから、ピザを注文しておくわね！」

その夜グローリーはまだむかつきがおさまらなかった。自分のアパートメントに戻ってつわりと闘っていたが、気分は悪くなるばかりで、いったん悪くなるとなかなかおさまらなかった。そのうえ痛みもあった。グローリーはサンアントニオの主治医の予約をとってから、翌日の出勤のためのしたくを整えた。鏡を見るとそれまでの苦労がはっきり顔に表れていた。血の気がなく、やつれ、痩《や》せこけて見える。もう仮面をかぶる必要がなくなったのが不幸中のさいわいだ。化粧をしてコンタクトレンズを入れ、目立つことなどおかまいなく好きな服を着ればいい。ロドリゴが自分のことを社交のたしなみも教養もなければ外見もひどいと言っていたのを思い出すと、苦々しい気がした。

翌朝着替えているとドアベルが鳴った。グローリーはインターホンのボタンを押した。こんなに早く、いったい誰だろう。

「お邪魔してもいいかしら？」

グローリーは唇を引き結んだ。「どうして？」この女性の声なら知りすぎるほどよく知っている。

「あなたに話したいことがあるの」

この人の言うことなんか聞きたくない。でもロドリゴが心底惚《ほ》れ込んでいるのはサリーナの落ち度ではない。「わかったわ」グローリーは重い口調でそう言って、外のドアを開けるボタンを押した。

ライバルのためにドアを開けたとき、グローリーはグレーのスーツとピンクのブラウスを身につけ、髪はきちんとまとめ上げ、化粧をしていた。

サリーナはグローリーを見つめた。「まるで別人みたい」

「地方検事局の事務所のイメージがかかっているのよ」グローリーはぎこちなく言った。「どんなご用件？」

サリーナのまぶたが震えた。「あの人は簡単に理解できるような男じゃないわ。アリゾナでパートナーだったころ、あの人は妹を殺された苦しみからまだ立ち直っていなかった。怒りに我を忘れるかと思えば冷たくよそよそしくなったわ。少なくとも、バーナデットに会うまではそうだった。あの人は子どもが大好きなの」サリーナはゆっくりとそう言って、グローリーのお腹《なか》に目をやった。留められなくなったスカートのいちばん上のボタンがはずれたままなのを見抜いているかのように。

「まさかあの人に言っていないわよね？」グローリーはうろたえて訊いた。

サリーナはうなずいた。「それはあなたが決めることよ。でも知らせるべきだと思うの」

「どうして？」グローリーは冷たく訊いた。「この子はバーナデットじゃないのよ」

サリーナの目には同情があった。「ごめんなさい。わかってもらえないでしょうけど、私にはあなたの気持ちがわかるわ。私は心から夫を愛していたのに、彼は私を捨ててほかの女に走ったの。金目当ての女に。コルビーと私はバーナデットが小学校に入るまで別々の人生を送っていたんだけれど、その間にあの女はコルビーを男性不妊症だと思い込ませたのよ」

グローリーは体の力を抜いた。

「そうよ」サリーナはほほえんで言った。「私は夫のことを心から愛しているの。ロドリゴにあげられるのは友情だけ。でも彼はそれでは満足せず、あきらめようとしなかった。簡単にあきらめないからこそロドリゴは一流なの。ただ、それは諸刃《もろは》の剣でもあるわ」

グローリーは片手をお腹に当てた。「無事出産できるかどうかわからないの」誰かに打ち明けると気持ちがすっと楽になった。これまでずっと一人で恐怖を抱えてきたからだ。

「仕事中に軽い心臓発作を起こしたことがあって」ゆっくりとそう言うと、サリーナの黒い目に同情の色が浮かんだ。「私は必死に働いてここまで来たのに、そのつけがまわってきたのね。高血圧と高コレステロールの薬に加えて、もっとひどい心臓発作を起こさないように、抗凝血剤までのまなくてはいけなくなったの。一般的な検査では血栓は見つからなかったけれど、病院では心臓カテーテル検査を勧められたわ。でも妊娠中はそんな危ないことはできない。抗凝血剤をのむのをやめれば赤ちゃんは安全だけれど、私の命は危なくなる。こんなこと、ロドリゴにどう言えばいい?」グローリーは吐き出すように言った。

「あの人は私が子どもをほしがっていないと思ってるけれど、それはちがうわ。でもそう思わせておいたほうが親切かもしれない」

サリーナは首を振った。「そうは思わないわ」そしてポケットから紙切れをとり出してグローリーに渡した。「これはヒューストンの彼の住所よ。彼はここに戻ってオフィスに報告をすませ、現地のフエンテスつながりの麻薬ディーラーと接触する予定なの。会いに行って、打ち明けて」

「こんなこと聞かされても困るだけよ」

サリーナはグローリーを見つめた。「やってみるだけの価値のある人じゃない？」

グローリーは手元の紙切れを見つめた。はかない望みだ。また傷つくだけかもしれない。

グローリーは肩をすくめた。「わかったわ。行ってみる」

こうしてグローリーはロドリゴに会いに行くことにした。その前にペンドルトン家に車をとりに寄った。ジェイコブズビルで乗っていたぽんこつは、もう息も絶え絶えの状態だった。

ロドリゴはゲートで囲まれた高級住宅地に住んでいた。リッチなアパートメントが並ぶ地区だ。駐車場に止まっているのは高級車ばかり。ここに住む余裕があるなら、ロドリゴは連邦捜査官の給金以上の収入があるはずだ。グローリーは、ロドリゴがヨーロッパの王室とつながりがあるというマルケスの言葉も思い出した。

グローリーは門衛に法廷用の身分証明書の提示を求められ、訪問の理由をいつわった。

門衛はミスター・ラミレスに確認すると言って行ってしまった。けれどもロドリゴは留守だった。門衛は、グローリーの乗っているブリティッシュグリーンのジャガーXKEをものほしげに眺めた。本当に見事なスポーツカーだ。これは義兄と義姉からの去年のクリスマスプレゼントだった。

「ほんの数分でいいの」グローリーは頼み込んだ。「サンアントニオの公判の件で、書類を渡したいだけなのよ」

「ああ、そうですか。ジェイコブズ郡での事件の噂《うわさ》は聞いてますよ」門衛は興味を引かれた様子だった。「あなたも関係者?」

グローリーは笑った。「私はただの下っ端だけど、共謀者の審理に関《かか》わる予定よ」それは可能性でしかなかったが、グローリーはここへ来たのはそれが目的だというふうににおわせた。

「入っていいですよ。あの人は土曜の朝はテニスをしてるから、待ってたら戻ってくるでしょう」

「どうもありがとう」

「おやすいご用です」

入っていくグローリーを見送りながら門衛は顔をしかめた。ミスター・ラミレスに会いにもう一人若い女が来ていること、その女性はアパートメントの鍵《かぎ》を持っていることを教えたほうがよかっただろうか？

　厄介ごとが待っていることなどつゆ知らず、グローリーは駐車場に車を入れて外に出ると、門衛が教えてくれたアパートメントに向かって歩き出した。アパートメントの間にある草地に、サッカーボールを持ったヒスパニック系の少年がいた。その子にほほえみかけながらグローリーは思った。お腹の子は男の子かしら。

「サッカー好き？」

「ええ。試合は全部見てるわ。ワールドカップも見逃さないのよ」

「ぼくが好きなのはメキシコチームのキャプテンのマルケス。すごい選手なんだよ」

　グローリーは眉を上げた。「マルケス？」頭に刑事のマルケスの顔が浮かんだ。

　少年はうなずいた。「ラファって呼んでるんだ。大人になったらあんなふうになりたいな。ねえ、これ見て」少年は膝から膝へボールをキックしてみせた。グローリーは感心して笑った。

　足音が聞こえ、振り向くとロドリゴがいた。でもそれはジェイコブズビルで知っていたロドリゴではなかった。目の前にいるのは別人だ。ジェイソンとグレイシーが社交の集まりに招待するような人種だ。アルマーニのスーツと職人が作ったイタリア製の靴。髪はカットだけでなくスタイリングもされている。どこまでも高級で優雅で……近寄りがたかった。

「やあ、ロドリゴ！」少年が呼びかけた。「いっしょにやらない？」

「今はやめておくよ。家に帰りなさい、ドミンゴ」ロドリゴはやさしく言った。

少年は二人の大人を見比べた。「わかった」彼はおとなしくそう言った。

「なんの用だ？」ロドリゴはぶっきらぼうに言った。

グローリーはためらった。もっといい服を着てくればよかった。髪はきれいに三つ編みにしているけれど、服は農場で着ていたのと同じジーンズとTシャツだ。化粧もそれほどしていない。同情されたくないので杖《つえ》は持ってこなかった。グローリーはリラックスしているふりをした。

「話したいことがあるの」いったいどう切り出せばいいんだろう。

ロドリゴは冷たくほほえんだ。「誰かに何かふき込まれたんだな」

「そんなところよ」

「で、ぼくがあの農場をキャッシュで買いとれるほどの金を持ってると知って、結婚の誓いの本当の価値に気づいたんだ」

グローリーは目を見開いた。「冗談はやめて」彼女はペンドルトン家の者ではないけれど、同列に扱われている。グレイシーとジェイソンがどうしてもと言って買ってくれたデザイナーズブランドの服でクローゼットはいっぱいだ。ここまで運転してきた小型のジャガーは言うまでもない。

「冗談だと？」ロドリゴは目を細くして値踏みするようにグローリーを見つめた。「これは冗談じゃない。ぼくの同情心に訴えれば金持ちになれるなどと思うな。金だけが目当ての女にやるものはない」グローリーがここまで追いかけてきたことも、いったん離婚に同意したのにまた彼の人生にもぐり込もうとしたことも腹立たしかった。

「金だけが目当てですって？」グローリーは怖くなった。まさかこんなことになるとは。

ロドリゴが何か言おうとする間も、グローリーが彼を蹴《け》りつける以外の対応を考え出す間もなく、アパートメントのドアが開いた。中から、長い黒髪とオリーブ色の肌、黒い目を持つ若い美人が出てきてロドリゴを呼んだ。

「ロドリゴ、ちょっと来てくれない？」急いでいる口調だ。「パエリヤを焦がしそうなの！」

「すぐに行くよ、コンチータ」

グローリーはこれほど自分を間抜けに感じたことはなかった。ロドリゴは黒い目に復《ふく》讐《しゅう》だけを浮かべて彼女を見下ろした。「彼女、ベッドでは最高なんだ」

グローリーは、その言葉でどれほど傷ついたか見られたくなかった。彼女は背を向けて車に戻ろうとした。腰が痛み、お腹も痛かった。こんなにずきずき痛むのは変だ。グローリーは、ずっと前からのんできた抗凝血剤のことを考え、赤ちゃんに危険がありませんようにと祈った。赤ちゃん……。ロドリゴには絶対に知らせない。絶対に！

ロドリゴは怒りと後悔の入りまじった気持ちでグローリーを見送った。彼女にはプライドがある。農場でも特別扱いを求めなかったし、根性があった。彼の手を借りずにマルコとコンスエロの襲撃から身を守った。彼はさっきグローリーを金目当てだときめつけた。たしかにそうかもしれないが、彼女は無一文だ。ましな人生を夢見たからといって責めるのは酷というものだ。

階段を上がっていくとエンジンの音が聞こえた。駐車場のほうを見ると、ちょうど緑色のスポーツカーが走り出していくところだった。見覚えのない車だが、グローリーの車のはずがない。たぶん友達に乗せてきてもらったんだろう。ロドリゴはパエリヤを食べようと家の中に入り、グローリーのことは頭から追い払った。

ヒューストンを発《た》つころには悪態の種も尽きた。高速道路に入ってビクトリアに到着するまでの道すがら、グローリーはずっと悪態を作り出していた。お腹がまた痛くなってきた。グローリーはあえいだ。この痛みは消えなかった。主治医はサンアントニオだが、ここからだとジェイコブズビルのほうが近い。ルー・コルトレーンなら彼女の状態を知っている。グローリーはジェイコブズビルに行くことにした。どうか間に合いますように。グローリーは車のアクセルを踏み込んだ。

運はグローリーを見捨てなかった。ジェイコブズビルの郊外で、一台のパトカーが青い光を点灯させてグローリーの車を止めた。彼女がハンドルの上に突っ伏していると、マルコに襲撃されたときに見かけた警官が近寄ってきた。

キルレイブンは相手を見もせずに、手にした違反切符に日付を書き込みはじめた。「免許証と登録証を見せてもらえますか?」彼は丁寧に訊いた。

「お願い……病院に……連れていって」グローリーは真っ青な顔を彼のほうに向けた。「もしかしたら……流産かもしれない」言葉はそこでとぎれた。

「大変だ!」

キルレイブンはドアを開けてグローリーのシートベルトをはずし、体重などものともせず抱き上げてパトカーの助手席に移した。そっと座らせ、シートベルトを締める。その間も彼は無線機に話し続けた。「流産の危険のある妊婦といっしょだ。緊急救命室の入り口で待機しておいてほしい。救急車を待っているひまはない」

「了解」通信指令室が答えた。「患者の名前は?」

「グローリー・バーンズ」キルレイブンは即座に言った。「ドクター・ルー・コルトレーンに知らせてくれ」

「了解。十一時二十分、通信終了」

「バッグと……キーが」耐えがたい痛みの合間にグローリーは絞り出すように言った。

キルレイブンはバッグとキーをとりに戻り、車をロックすると、全速力で運転席に戻った。そしてキーをバッグに入れてグローリーの足元に置き、エンジンをかけるとタイヤをきしらせてハイウェイを走り出した。

「運転が荒すぎるわ。つかまるわよ」

キルレイブンは笑い、銀色の目を輝かせながらグローリーを見やった。「弁護士みたいなことを言うじゃないか」

「弁護士だもの」

「知ってる」

理由を問いつめようかと思ったが、シートベルトがあっても体を折り曲げてしまうほどの痛みだ。病院までの短い道のりの間、グローリーの頰を涙がこぼれ落ちた。

そのあとの記憶は痛みでぼやけている。怒声、体を持ち上げる手、ルー・コルトレーンのなだめるようなやさしい声。腕に何かが突き刺さり、平安が訪れた。

ふたたび目を開けると、彼女を病院に運び込んでくれた長身のハンサムな警官キルレイブンがベッドのそばに立っていた。こちらを見つめるそのグレーの目は淡く、オリーブ色の肌と漆黒の髪と比べると銀色に輝いて見えた。

「あなたが連れてきてくれたのね」グローリーはぼんやりしたまま言った。

「ああ」

グローリーは平らなお腹に触ると、声をあげずに泣きはじめた。赤ちゃんはいなくなってしまった。グローリーはそのうつろさを感じた。「赤ちゃんは死んでしまったのね？」

キルレイブンは唇を引き結んだ。「残念だよ」

グローリーは苦しみの目で彼を見上げた。

「いつか時間が忘れさせてくれる」彼はぎこちなく言った。

「あなたも……子どもを亡くしたことがあるの？」

キルレイブンの唇がふたたび一直線になった。「ある」

グローリーは息が苦しくなった。頬が赤らみ、シーツの下で胸が大きく上下している。

キルレイブンはナースコールのボタンを押し、低い声で何か言った。間もなく看護師が駆けつけてきてグローリーの脈拍や血圧を確認した。そして顔をしかめた。

「じっとしていてください。すぐに戻ります」

「どうしたの？」グローリーはキルレイブンに訊いた。

「言ったら捕まるよ」

グローリーはじっと彼を見た。「あなた相手にそんなことはしないわ。教えて」

制服の下でたくましい胸が上下した。「心臓発作じゃないかと思ったんだ」

グローリーはうなずいた。「私も……そう思ったわ」

看護師がドクター・コパー・コルトレーンを連れてきた。医師は血圧や脈拍をチェックしてカルテを見ると、看護師に何か耳打ちした。看護師はうなずいて足早に病室を出ていった。

「心臓発作ね」グローリーはぼんやりとつぶやいた。

「たぶんちがうな。おそらく狭心症だろうが、検査してみないと」医師はキルレイブンを見やった。「面会謝絶です」

キルレイブンは背中で両手を組むと、休めの姿勢をとった。その体は微動だにしない。銀色の目は、追い出せるものなら追い出してみろと言わんばかりだ。

「この人は命の恩人よ。一人ではとても病院まで来られなかったわ」

医師の顔からいくらか険しさが薄れた。看護師が戻ってきて注射器を渡し、医師はグローリーに注射した。グローリーは弱々しいほほえみを浮かべたが、やがてまたすべてが消え去った。


それから二日のことはぼんやりとしか覚えていない。あるとき部屋の外で怒声がしてグローリーは目覚めた。ヘイズ・カーソン保安官の深い声が何か毒づくのがわかった。

「何を考えてるんだ?」カーソンが怒鳴った。「あんな状態の人に離婚届なんか渡せるわけないだろう!」携帯電話に向かって話しているらしい。「くそクライアントに伝えろ。離婚届を渡したいなら、ジェイコブズビル総合病院まで出向いて自分で渡せってな!」

「患者さんが目を覚ましますよ」ルー・コルトレーンが言った。

「すみません」ヘイズはおとなしく言った。「がまんできなくて」

保安官と医師は意味ありげに目を見交わした。二人とも、中に入ってグローリーに話そうとはしなかった。そしてそれを後悔した。なぜなら三時間後、グローリーの夫がなんの前触れもなく病室に乗り込んできて、不信もあらわに彼女をにらみつけたからだ。

「なんの用?」グローリーは冷たく言った。

「保安官が、きみに離婚届を渡すのを断った」ロドリゴは書類をポケットからとり出そうとしてためらった。グローリーは疲れ果て、悲しみにくれているように見えた。「いったいどうしたんだ? また腰が悪くなったのか?」

グローリーの緑色の目が光った。「心配してくれるの? どうして私が会いに行ったかさえ訊かなかったくせに。私は金目当てだと思っているんでしょう? お金のことしか頭にない女だって思ってるんでしょう?」

ロドリゴは歯を食いしばった。「女はみんなそうだった」彼は冷たく言った。「ただ一人をのぞいて……」

「サリーナね? でも彼女は手に入らない。今はコンチータに慰めを求めているのね。あなたの元パートナーの身代わりだったことに気がつかなかった私がばかだったわ！」ロドリゴの目が暗くなり、冷たいほほえみが浮かんだ。プライドを傷つけられたらやり返さずにいられないのだ。「つまらない代用品だったよ」

これにはもう耐えられなかった。「出ていって！」グローリーは起き上がって叫んだ。そのせいでめまいがした。薬をのんでいるのに、心臓が爆発しそうなほど激しく脈打っている。

「それなら離婚届はテーブルに置いていく」

「どこに出すかは私が教えるわ。出ていって！　今すぐ！」

コパー・コルトレーンが旋風のように病室に駆け込んできた。「出ていってくれ」その口調には怒りがにじみ出ていた。

「妻と話していただけだ」ロドリゴはすかさず言い返した。

コルトレーンはロドリゴを部屋から引きずり出した。「あの人は運び込まれてすぐ狭心症の発作を起こした。血圧が高くて、ジェイコブズビルに来る前に心臓発作を起こしているんだ！」その声は冷たかった。「二日前に流産してから血圧が下がらない」

「流産？」ロドリゴは壁に寄りかかった。恐怖の浮かぶ黒い目が、まばたきもせずにコルトレーンの青い目を見すえた。オリーブ色の肌は色を失った。「妊娠していたのか？」

「そうだ」コルトレーンは顔をしかめた。「当然知ってるはずだが」

ロドリゴは倒れるように壁にもたれ、目を閉じた。グローリーは話があってヒューストンまで来たのに、彼はとり合わなかった。妊娠していて、子どものことを打ち明けに来たのだ。ところが彼はグローリーを追い払い、動揺させた。心臓発作、高血圧。妊娠が体に負担をかけたにちがいない。グローリーがときどきめまいでふらついていたのは知っていたが、腰のほうに目がいっていたせいでたいしたこととは思わなかった。グローリーは子どもはいらないと言っていた。それは嘘《うそ》だった。健康状態のせいで妊娠に死の危険があったのだ。それなのに自分は何一つ気がつかなかった。なんということだろう。神よ、許したまえ！

「中でひどいことを言ってしまった」ロドリゴは重い口調で言った。「彼女がヒューストンの家まで来て何も話さずに帰ったことに腹を立てたんだ。あのときはてっきり金の無心だと……」ロドリゴは目を閉じた。「そんな事情は何一つ知らなかった」

「夫のくせに、妻のことを全然わかってないんだな」

「離婚を申し立てたんだ」ロドリゴは何かにとり憑《つ》かれたように話し続けた。「うちの弁護士から、保安官が離婚届の受け取りを拒否したと電話があった。そのときは彼女は腰が悪くなって入院してるんだろうと……」彼の顔はげっそりとして見えた。「あんなことを言った罰にむちで打たれても当然だ」

「あやまればいい」

ロドリゴは冷静に医師のほうを見た。「もうこれ以上彼女を傷つけたくない。体のほうはだいじょうぶなんだろうか？」

コルトレーンはうなずいた。「心臓の専門医が治療に当たっている」

「よかった。もし必要なものがあれば……」

「彼女はちゃんとした保険に入ってる。我々が面倒を見るよ」

ロドリゴは立ちつくした。口を開こうとして、ただ肩をすくめた。自分が恥ずかしかった。グローリーはこんな仕打ちを受けるようなことは何一つしていない。彼がつらく当たったのは今日だけではなかった。ロドリゴは自分が理解できなかった。

コルトレーンは立ち去った。彼は人の心を読む力に長《た》けていた。この男は現実を知らなかったようだ。グローリーと離婚するなら、知らないままのほうがよかったかもしれない。いい厄介払いだ、とコルトレーンは思った。グローリーにはあんなやつはふさわしくない。

グローリーを病院に運び込んだ警官、キルレイブンは、食堂からぶらぶら戻ってきたところでグローリーの病室のドアを見つめているロドリゴの姿を目にした。看護師が彼にその男の正体を教えてくれた。キルレイブンはヘイズ・カーソンの話を聞いて憤慨していた。

「彼女は大変な目にあったんだ」彼は浅黒い長身の男に言った。「これ以上苦しめるのは困る」

ロドリゴは冷たく彼を見た。「苦しめるために来たんじゃない。彼女が流産したことを誰も教えてくれなかった。妊娠していたことすら知らなかったんだ」

キルレイブンの銀色の目が細くなった。「聞いたよ。過去にしか目を向けられないとは、哀れなやつだ」彼はグローリーの病室のほうにうなずいてみせた。「あの人はぼくが知っているどんな女性より勇敢だよ」

「そうだな」ロドリゴはうつろな気持ちになった。「だがここまで共通点がない夫婦もないだろう。彼女はぼくがいないほうがしあわせだ」

キルレイブンは冷たくほほえんだ。「まさに同感だよ」

ロドリゴはキルレイブンのふてぶてしいほほえみが気に入らず、とっさになぐり倒してやりたい衝動にかられた。ここではまずい。それにロドリゴには罪悪感があった。グローリーにあんなに冷たく当たらなければ、たぶん子どもを流産することもなかっただろう。ぼくの子。流産させたのはぼくの責任だ。グローリーを自分の人生から切り離すのに、もっと穏やかな方法があっただろうに！

「あの人はぼくが面倒を見る」キルレイブンの声がロドリゴの物思いを破った。「離婚で回復も早くなるだろう」銀色の目が光った。「ぼくが知っているかぎりでは、あの人はあんたを夫にしなきゃいけないほど悪いことをしたわけじゃない」

ロドリゴの黒い目に怒りがひらめいた。「グローリーはぼくを追い払いたくてたまらないんだろう」その声は氷のようだ。「きみのことは大歓迎ってところだ。彼女はぼくの世界には似つかわしくない」

ロドリゴは背を向けて立ち去った。キルレイブンのせいではらわたが煮えくり返るようだ。グローリーはまだ彼の妻だ。自分のものにしておける。離婚届にサインする必要はない。だが罪悪感が彼を苦しめた。子どもが死んでしまった。グローリーは決して許してくれないだろう。彼自身、絶対に自分を許せないと思った。

外に出ようとしてロドリゴはハンサムな長身男性とぶつかりそうになった。ジェイソン・ペンドルトンと小柄な金髪のグレイシーだ。

「ロドリゴ」ジェイソンは軽く挨拶《あいさつ》した。「麻薬の押収のことを聞いたよ。がんばったな」

ロドリゴはろくに聞いていなかった。頭の中には悲しみに打ちひしがれたグローリーの顔しかなく、そんなふうにした自分を責め続けていた。「ああ」彼は興味のある顔を装った。「今日はどうしたんだ?」

「家族の見舞いだ」ジェイソンは顔をしかめた。「だいじょうぶか?」

「ちょっと具合が悪くてね。もう行くよ。会えてよかった」

二人は好奇心を隠しもせずに、去っていくロドリゴを見送った。

「不思議な人ね」グレイシーが言った。

「不思議じゃない男はいない」ジェイソンはからかうように言った。そして顔を赤らめて笑い出したグレイシーを見てにやりとした。「行こう。グローリーにしてやれることはないか、確かめないと」

二週間ほどかけて検査をする間に、グローリーは子どもを失った悲しみと向き合えるようになった。上司は親切にも時間を与えてくれ、心臓カテーテル検査の間は代理の者を立ててくれた。

　動脈をふさいでいた血栓をとり除くためにバルーン血管形成術がおこなわれた。その後グローリーは厳しい食事療法にとり組み、きちんと薬をのんだ。仕事から離れている間、薬がよく効いて血圧はめざましく下がったが、それでも仕事に復帰できるという確信がほしかったからだ。医師の言葉は遠慮なかった。彼女には先天的な心臓の欠陥があり、それは年齢とともに悪化する、と。たとえライフスタイルを変えても、もっとストレスの少ない仕事を探さないと死の危険があると医師は付け加えた。またいつものお小言だと思ってグローリーは聞き流した。もうどうでもよかった。子どもも夫も失い、仕事だけでは満ち足りない。それでも彼女は熱心に仕事にとり組んだ。殺人犯を追う猟犬のしぶとさで目撃者から証拠を引き出そうとした。グローリーが法廷に入ってくるのを見ると、弁護士はため息をついた。ミス・バーンズの鋭い舌鋒《ぜっぽう》は、戦艦からさびをもこそげ落とすほどだ、と。

ロドリゴは離婚話を進めようとはしなかったが、グローリーはちがった。配偶者の遺棄、和解しがたい不和でロドリゴを訴え、自分の弁護士を彼に差し向けた。ロドリゴは、テキサスの法律では不要なのだが、金銭での和解を申し出た。グローリーは拒否した。ロドリゴは書類にサインしてアメリカを出た。どこへ行ったのか、誰も知らなかった。

グローリーはある殺人事件の公判で、敵意ある証人とのやりとりを楽しんでいた。この男の言うことは一から十まで嘘だ。とりわけ犯罪に加担したことに関しては。

「減刑と引き換えに共犯証言をしたわけですね、ミスター・サリンジャー？」

「まあ、そうですが、それは強制されたからです」

グローリーは高価な淡いグレーのスーツ、目と同じ緑のシルクのブラウス、グレーのパンプスを身につけていた。短くカットした金髪は、繊細な顔のまわりで羽根のようにカールしている。コンタクトレンズを入れ、化粧をした顔は美しかった。肌は血色がよくすべすべしている。この数週間、ジェイコブズビルの警官キルレイブンに見守られているうちに、自信のなさは薄れていった。キルレイブンは休みの日は法廷でグローリーの仕事ぶりを眺めた。彼がサンアントニオのＦＢＩ捜査官ジョン・ブラックホークと半分血がつながっているのを知る人は少ないが、グローリーはその一人だ。キルレイブンは警察署長キャッシュ・グリヤの手を借りてジェイコブズビルで潜入捜査に当たっていた。それはさすがのグローリーも知らなかった。彼は秘密主義なのだ。けれども男らしい彼は女性をとりこにするすべを心得ていた。キルレイブンに興味を寄せられてグローリーは花開いた。その興味をあおり立てることもできたけれど、彼女は友情以上のものは感じていなかった。

グローリーは傍聴席にいるキルレイブンを見つけてほほえんだ。彼もほほえみ返した。

「強制された？」彼女は証人の言葉を繰り返し、ファイルを持って証人に近づいた。「それは奇妙ですね」

「何がです？」

「ここには――」グローリーはファイルを指した。「この件であなたが検事補との面会を要求した、とあります。検事補というのは私のことです。そして、減刑のためならなんでもすると誓いましたね」

男は顔をしかめた。「まあ、そう言ったかもしれません」

「あなたは自分の弁護士の立ち会いのもとでこの陳述書にサインしました。それは確かですね、ミスター・ベイリー？」グローリーは弁護士に向かって言った。

弁護士は立ち上がった。「ええっと、その、はい……」

「ありがとう、ミスター・ベイリー」グローリーはにっこりした。証人のほうに向き直ったとき、その顔からほほえみが消えた。彼女は緑色の目を光らせ、おどおどしている男のほうに身を乗り出した。「私に提出した陳述書をここで繰り返してください、ミスター・サリンジャー」傲慢《ごうまん》とも言える口調だ。「さもなければ偽証罪で訴えたうえ、判事に最大限の刑期を要求します。わかりましたか？」

男は口ごもった。

「わかりましたか、と言ったんです」

「はい、はい！」男は座り直した。「私は被告人が被害者を撃ったのを見ました」男は口ごもった。

「撃ったのを見た？　それとも手を貸したのですか、ミスター・サリンジャー？」グローリーはまた身を乗り出した。「正確には、あなたが被害者に銃を向けている間に、あなたの友人であり相棒である被告が被害者の喉を切り裂いた。そしてあなたは被害者が目の前で失血死するのを見ていた。ちがいますか？」

法廷の検事席側からすすり泣きの声があがった。被害者の母親なのはわかっていた。グローリーはこんなどぎつい言い方をするのはいやだったが、この目撃者に自分の知っていることを認めさせるのが必要なのだ。

「そうだ！」サリンジャーが叫んだ。「そのとおりだよ。あいつに銃を突きつけている間に相棒があいつを殺したんだ。おれはそれを見た。だがあれは、あいつに無理やりやらされたんだ！」

「嘘をつけ！」被告が怒鳴った。

「静粛に！　静粛に！」小柄な黒髪の判事が声をはりあげた。目撃者は泣いている。被告の弁護人は歯ぎしりしている。「異議あり！　異議を申し立てます。証人を誘導しています！」

「異議を却下します」判事が落ち着いて言った。

弁護士は何ごとかつぶやくと、グローリーをにらみつけながら腰をおろした。

「真実に異議を申し立てる弁護士？　ありえないわ」グローリーはつぶやいた。

「ミス・バーンズ、それ以上言ったら法廷侮辱罪で訴えますよ」レノックス判事がたしなめた。

「申し訳ありません、判事」グローリーはしおらしく言い、弁護士を見やった。「検察側からは以上です」

「ミスター・ベイリー？」判事は弁護士に訊いた。

弁護士はもう負けたのはわかっていた。彼は肩をすくめた。「弁護側からも以上です、判事」被告人は弁護士をにらんだ。そのとき保安官が入ってきて被告を法廷から連れ出した。

「ランチのためいったん休廷して、一時から最終弁論を始めます。閉廷」判事は小槌《こづち》をたたいて立ち上がった。

「起立」

全員が立ち上がった。

法廷の後ろで、麻薬取締局の捜査官と公判を見守っていたロドリゴ・ラミレスも立ち上がった。

「なかなかやるじゃないか」コード・マックスウェルが笑った。「あまりの凄腕《すごうで》ぶりに、彼女の名前を聞くと弁護士は震え上がるそうだ。しばらく姿を消してたんだよ。理由は誰も知らないが、今はこうして戻ってきて、ビリヤードのチャンピオンがボールをとるみたいに有罪判決を次々と勝ちとってる。三年後の地方検事選挙には彼女が出るだろうって噂もあるぐらいだ」

「その理由がわかったよ」ロドリゴは答えた。判事が彼女をミス・バーンズと呼んだときは驚いた。それがグローリーの名字だったのか。だが、検事席にいるエレガントでシックな女性は、ジェイコブズビルで彼の下で働いていた田舎娘とは似ても似つかない。それにグローリーの髪は長かった。長くて美しかった。

ロドリゴはずっとグローリーのことを考えないようにしていたが、むずかしかった。サリーナのことが忘れられないような言い方をしたものの、心のどこかではグローリーを愛していたからだ。彼女が恋しかったし、子どものことは悲しかった。結婚してずっといっしょにいたら衝突が絶えなかったにちがいないが、誓いは守るつもりだったし子どももほしかった。グローリーにとりつくしまも与えなかった自分を彼は憎んだ。その罪悪感で夜も眠れない始末だ。病院から家に戻ったとき、ロドリゴはしたたかに酔っぱらった。けれども痛みは薄れなかった。何をもってしても。

「もう終わりだ」マックスウェルが言った。「彼女に話しかけよう」

ロドリゴは、彼のあとについて、検事をにらんでいる弁護士のほうへと通路を歩いていった。

「ウィル、今度のランチはまたあなたのおごりね」グローリーは笑った。

「誰かがきみをクローゼットに閉じ込めておいてくれれば勝てるんだけどな！」

「気をつけろ、ベイリー」銀色の目をした背の高い男がにやにやして弁護士に話しかけ、グローリーのそばに立った。「彼女を監禁したらあんたを逮捕しなきゃいけなくなる」

「ここはきみの管轄外だ」ベイリーは笑った。「それに、きみがいるかぎりジェイコブズビルには近づくつもりはないよ。マルケスから噂は山ほど聞いてるんだ」

「全部嘘だよ。ぼくがあまりに心やさしいもんだから、法を破ったやつらはぼくの気持ちを損ねたくないばかりに手錠をかけてくれって自分から頼むのさ」

「それは願望でしょう」グローリーは笑った。「何か食べに行きましょうか」

「ミス・バーンズ？」マックスウェルが呼びかけた。

グローリーが顔を輝かせて振り向くと、そこには驚きに目を見開いたロドリゴがいた。

15

グローリーの緑色の目から輝きが失《う》せ、冷たくなった。彼女が別れた夫をじっとにらみつけているので、麻薬取締局の捜査官マックスウェルは咳払《せきばら》いして注意を引いた。

「あなたはマックスウェルね？」グローリーは落ち着きをとり戻そうとした。「どういうご用件かしら？」

「きみは今度、地方裁判所で審理される事件を担当するだろう。こちらのミスター・ラミレスは逮捕に関《かか》わった捜査官なんだ。この人の供述をとってほしい。公判の最中に国外に出る予定なんだが、彼の証言は審理の行方を決める重要なものなんだ」

グローリーはロドリゴと話したくなかった。彼女は怒りにかられて目をそらした。隣に立っていたキルレイブンのたくましい手がグローリーの手をぎゅっと握りしめた。彼女はキルレイブンを見上げてほほえんだ。ときどきこの人は心を読めるんじゃないかと思ってしまう。

「事件？」ロドリゴが吐き出すように言った。目の前の男がグローリーに触れているのが気に入らなかった。

グローリーはまたロドリゴに目を戻した。ほほえみは消えた。「どの事件のこと?」

「被告の名前はバーノン・レディング」マックスウェルが口をはさんだ。ぴりぴりした雰囲気にとまどっているらしい。彼はロドリゴとこの検事補のつながりを知らなかった。

「レディング事件ね」グローリーはつかの間考え込んだ。「ああ、あの密輸の件。レグ・バートンがあの件の担当よ」そう言いながら、グローリーは助かったと思った。「あの人はランチが遅いから、裁判所の別館にある事務所に行ったらたぶん会えると思うわ」

「わかった。それじゃ、そっちに行ってみよう。ありがとう。助かったよ、ミス・バーンズ」

「どういたしまして」グローリーはロドリゴのほうに目を向けなかった。その手はまだキルレイブンの手を握っていた。

ロドリゴはもっと何か言いたかった。あか抜けない元妻が、エレガントで優秀な検事補だった事実がまだのみ込めなかった。グローリーはこんな素顔を隠していたのだ。地味でもなければ無教養でもなかった。当然法律の学位も持っているだろう。洗練されたその姿は、いっしょにいるところを人に見られれば、どんな男でも鼻高々だろう。新しい髪型がよく似合っていて魅力的だ。だがグローリーは彼をきらっているし、なんのためらいもなくその気持ちを目で表した。ロドリゴは背筋が冷たくなった。

「また会えてよかったよ」ロドリゴは静かに言った。

「そう？　お世辞にも同じことが言えないのが残念だわ」グローリーはそっけなく言った。

「生きているかぎり二度と顔を合わせずにすめばいいと思っていたの」

ロドリゴはつかの間ためらった。そしてたくましい肩をラテン風にすくめると、ちらっとキルレイブンを見やり、マックスウェルのあとについて法廷を出ていった。

グローリーはあわてて腰をおろした。心臓が早鐘を打っている。息が苦しい。「ヘインズを呼んで来て」彼女はそうつぶやいた。

キルレイブンは急ぎ足で脇《わき》のドアから出て廊下を歩いていった。けれどもヘインズが正面から走ってきたので捜しまわらずにすんだ。

「グローリーは今朝、薬をのんでいないのよ！」彼女は息を切らして言った。

「そうらしいな」

二人は急いで法廷にとって返した。ロドリゴは、キルレイブンが法廷を出ていくのを見た瞬間に足を止めて引き返した。ロドリゴは、ヘインズが二つの薬瓶から錠剤を出し、キルレイブンが検事席にあったカラフェからグラスに水を注《つ》ぐのを見守った。

ロドリゴは顔をしかめた。グローリーはこの仕事を続けてはいけない。こんな仕事をしていたら死んでしまう。そう考えた彼は顔をしかめた。グローリーを避けることばかり考えていた結果がこれだ。彼女の面倒を見ていたら、やさしくしていたら、子どもは生きていただろうし、彼が丸焼けになるのを見てみたいと言わんばかりの目でにらまれることもなかっただろう。

キルレイブンが目を上げた。法廷の向こうから、淡い銀色の視線がロドリゴに突き刺さった。ロドリゴはひるまなかった。だが今はよけいな騒動を起こしている場合じゃない。グローリーはもうじゅうぶん大変な目にあっている。ロドリゴはマックスウェルのところに戻った。出発する前にグローリーに会いに行こう。出国する前に汚名をそそぐチャンスが、小さいけれどもなくはないはずだ。グローリーに憎まれたまま出発するのはいやだった。

その夜ロドリゴはグローリーのアパートメントを訪ねるつもりだったが、ジェイソン・ペンドルトンにパーティに招かれ、どうしても来いと言われてしまった。なぜそんなに来させたいのか不思議だったが、断るのはしのびなかった。ジェイソンが農場の経営という仕事をくれたおかげでフエンテスの流通経路をつぶすことができたのだから。そこでロドリゴはディナージャケットを着込み、ダイヤモンドのカフスをつけると、メルセデスでペンドルトン家の邸宅に向かった。

屋敷は中も外も美しくライトアップされていた。駐車場に制服を着た係員がいたので、彼はその青年にキーを渡し、噴水のある半円形の私道を抜けて玄関に続く階段を上がった。

ドアのところにブリティッシュグリーンのジャガーが止まっていた。何カ月か前、自宅のそばの駐車場でこの車を見た覚えがある。だがロドリゴはその記憶を頭から追い払った。テキサスにはこの手のスポーツカーは何十台もあるだろう。

入り口でジェイソンとグレイシーに出迎えられた彼は、廊下を通ってその先の広々とした舞踏室に入った。屋敷はにぎやかに飾られていた。感謝祭が近かったが、装飾はクリスマスカラーだ。グレイシーは誰も文句を言わなければ八月にクリスマスツリーを立てるだろう、とジェイソンは思った。それほどクリスマスが好きなのだ。ジェイソンはツリーは感謝祭が終わるまで待てと言ったが、グレイシーは舞踏室を緑と金色と赤の花で飾ってしまった。

ジェイソンは人づき合いがきらいだったが、今はソフトウェア開発会社の買収を手がけていた。これもビジネスの一環なのだ。相手をハリウッドのセレブやスター選手に紹介し、警戒心をやわらげる。ビジネスとしては手堅いやり方だ。

ロドリゴはウイスキーのオンザロックを受けとり、ゆっくり飲みながら歩いていった。映画スターの若い女がいた。彼女の二本めの映画のロンドン・プレミアに付き添ったことがある。今夜はレースカーのドライバーといっしょにいるが、彼女はロドリゴを見るとものほしげにほほえんだ。この女優は知るかぎりの手管を駆使してロドリゴをベッドに誘い込もうとしたが、当時彼はサリーナを説き伏せて結婚する希望を捨てていなかった。見るからにハンサムなエスコートに惹《ひ》かれていても、女優はロドリゴに色目を使うのを忘れなかった。ロドリゴは彼女に向かってグラスを高く上げて乾杯し、それきり背を向けた。振り向くとそこにはキルレイブンが立っていた。ディナージャケットを着込み、有名人の中にすんなりとけ込んでいる。

ロドリゴは顔をしかめた。この男はどこか見覚えがあった。田舎の警察で巡査をやるような男には見えない。ロドリゴは彼が高価な服を着てアイスティーらしきグラスを持っているのに気づいた。

「ウイスキーは飲まないのか?」ロドリゴは疑わしげに言った。

「酒は飲まないんだ」

これで思い出した。この男のアルコールぎらいは語りぐさになっている。ロドリゴの目が細くなった。「五年前、いっしょにペルーにいたな」その顔には穏やかなほほえみが浮かんでいた。

キルレイブンの黒い眉が上がった。「いっしょに?」

「麻薬取締局じゃない」ロドリゴは小声で言った。

キルレイブンは顔をしかめ、じっとロドリゴをにらみつけた。「レアモスか。あんたはレアモスといっしょだった」

ロドリゴはうなずいた。「きみは民兵組織にいた」

「それを言いふらしたら」キルレイブンは押し殺した声で言った。「真夜中には、ばらと泥に埋もれることになるぞ」

「やれるもんならやってみろ」

「やれない理由はない」キルレイブンは笑顔で挑発した。

「きみの上司とは月に二度ばかりチェスをするんだ。で、負けてやってる」

キルレイブンは彼をにらみつけた。

「ここで何をしてるんだ？」ロドリゴがいぶかしげに訊《き》いた。「ペンドルトン家の知り合いなのか？」

「いや、二人の義理の妹と知り合いなんだ」

「その義理の妹とやらは、クローゼットに隠してあるんだろうな」ロドリゴはウイスキーのグラスに口をつけながらつぶやいた。「一度も見たことがない」

「ついさっき外に出ていったよ。車があるかどうか確かめにね。グレイシーから貸してくれと言われたらしい」キルレイブンは顔をしかめた。「グレイシーの運転はひどいんだ」

ロドリゴの黒い目がわずかに輝いた。「荒っぽいのか？」

「そうだ」

ロドリゴは顔をしかめた。「その車、コンバーチブルの緑のジャガーかい？」

「そのとおりよ。ブリティッシュグリーンは私の好みなの」ロドリゴの背後から冷たくこわばった声がした。

振り向くとグローリーが立っていた。細いストラップとスパンコールがついた黒いドレス。丸く盛り上がったバストを見せびらかすでもなく隠すわけでもないネックラインのそのドレスは、いかにも高級で魅力的だ。彼女はブランデーを飲んでいた。内向きにカールしたやわらかな金髪が妖精《ようせい》のような雰囲気をかもし出している。

「こんにちは、ロドリゴ」彼女はさりげなく言った。「ここで会えるとは思わなかったわ」

「同じことを言おうと思っていたところだ。ペンドルトン家の親戚《しんせき》だとは知らなかったよ」ロドリゴの声は冷たかった。

「いつから私のプライベートなことを気にするようになったの？」グローリーの声にも同じ冷たさがあった。

その態度にロドリゴはかっとなった。「ああ、きみはプライバシーを死守したい人間だからな。夫にすら妊娠していることを言おうとしなかったんだから」

「言おうとしたら、あなたが新しいガールフレンドのベッドでの腕前を自慢しはじめたのよ！　もちろん彼女にも先はないわね。だって、あなたはまだ元パートナーに未練たらたらだから！」グローリーの緑色の目が怒りに輝いた。「私を覚えている？　地味でばかな料理人、いっしょにいるところを同僚に見られるのも恥ずかしい女を」

それは彼の言葉だった。否定はできない。だがロドリゴはそれを持ち出した彼女に腹を立てた。「きみにそんなことを言った覚えはない！」

「陰で言ったのよ。面と向かって言う勇気がなかったから！」

「やめろ。誰にもそんなことは言わせない。とくに嫉妬《しっと》におかしくなった検事にはな！ここはきみの法廷じゃないんだ！」

「もしここが法廷ならあなたは終わりよ」グローリーは両手を握りしめて言い返した。

「ずたずたに切り刻んで弁護士の顔に投げつけてやるわ！」

「それはぜひ見てみたいもんだ」

人だかりができていた。退屈なパーティが、魅力的な登場人物二人のおかげでがぜん活気づいてきた。映画スターでさえ耳をすませている。きっと口論シーンのヒントを得ようというのだろう。グローリーは皮肉な思いでそう考えた。

「どうしてさっさとヒューストンに帰らないの？　コンチータがあなたにパエリヤを作りたくてうずうずしてるわよ！」

「少なくとも彼女はがみがみ女の舌と殺人鬼の顔を持ってないからな！」

「殺し屋のくせに、ずいぶんうぬぼれてるのね」

「これは政府の仕事だ」

「仕事って、暗殺のこと？」

「二人ともやめろ」キルレイブンが間に割って入った。「どちらとは言わないが、やめないなら一人は手錠をかけられて出ていくことになるぞ」

「黙れ！」

「放《ほう》っておいて！」

二人の声が重なった。

キルレイブンは息をのんだ。

二人は彼から離れて続けた。

「うちに入ってきた瞬間から嘘《うそ》をついていただろう」ロドリゴはグローリーをにらみつけた。

「簡単だったわ。あなたは私が何を言っても信じたから」

「きみに同情したんだ」

グローリーの顔が真っ赤になった。「そうよ、あなたは私を哀れんだのよ。腰の悪い気の毒なグローリー。何一つ……何一つまともに……」グローリーの言葉が止まった。頬は紅潮し、走っていたかのようにあえいでいる。その体がよろめいた。

「大変だ！」ロドリゴはそうつぶやいて走り寄り、倒れる彼女を抱きとめた。「医者を呼べ！」その表情は一瞬のうちに怒りから恐怖へと変わった。

「こっちに連れてきて」グレイシーがてきぱきと言って誘導した。動転しているにちがいないが、緊急事態に彼女ほど落ち着いて対処できる人はいない。「薬をとってくるわ。いつものみ忘れるのよ。グローリーならだいじょうぶ」腕の中でグローリーが死んでしまうのを恐れるかのように抱きしめるロドリゴを、グレイシーは落ち着かせようとした。「狭心症の発作だけど、害はないわ。心臓の専門医がそう言っていたから。バルーン血管形成術で血栓はとり除いたし、抗凝血剤ものんでる。いっしょにいてあげて」

グレイシーは部屋の外に出て、書斎のドアの前に集まっていた人に話しかけた。「彼女はだいじょうぶです。私たちにまかせてください」グレイシーはキルレイブンとも話した。彼は急いで部屋を出ていった。ドアが閉まった。

ロドリゴはグローリーをつづれ織りのソファに寝かせ、ソファを当てて足の位置を高くした。そして発作の原因になった自分を憎み、絶望的な思いで脇に座った。ぼくはグローリーを傷つけるばかりだ。グローリーは病弱だが心が広くやさしい。愛してくれたのにつらく当たった。もし彼女が死んでしまったら、永遠に独りだ。サリーナとバーナデットもグローリーの代わりにはならない。

グローリーの赤らんだ頬に涙が落ちた。音もなく、雄弁に。ロドリゴはその涙を真っ白なハンカチでぬぐった。罪悪感で体を締めつけられるような気がした。

グローリーは目を開け、怒りを抑えてロドリゴを見上げた。

彼は人さし指をそっとグローリーの唇に当てた。「二人とも言いすぎた」その声はやさしかった。「あやまるよ。何もかも。とくに子どものことは」彼は歯を食いしばるように言った。そのあごがこわばった。「ぼくにはきみを非難する資格なんかない」

「病院で言われたわ……抗凝血剤のせいかもしれないって。のまないわけにはいかなかったの。一度心臓発作を起こしていたから。先生は私の命を優先して……」グローリーの頬に涙が流れ落ちた。「赤ちゃんに会いたかった」

「いとしい人《アマダ》」ロドリゴはそうつぶやいて身を乗り出し、キスでそっと涙を拭《ふ》きとった。「アマダ、許してくれ」ロドリゴの唇は、涙で濡《ぬ》れた目、鼻、そしてやわらかな唇へとおりていった。彼は無理やり唇を引き離した。そのキスのせいで、ベッドで腕の中にいたグローリーの甘い記憶がよみがえったからだ。「許してくれ」

グローリーはその言葉に応《こた》えようとしたにちがいない。腕がおずおずと上がってロドリゴの首を抱こうとしたからだ。けれどもドアが開いて、ジェイソンを従えたグレイシーがつむじ風のように駆け込んできた。ロドリゴは平静をとり戻そうとしながら立ち上がった。

「ほら」グレイシーはグローリーにカプセルと錠剤と水の入ったコップを渡した。

グローリーは薬をのんだ。「ごめんなさい。今日は法廷で大変だったの。昼の休憩に入るまで、三時間のほとんどをベイリーとやり合っていたのよ。朝は薬をのむのを忘れてしまって」グローリーは顔をしかめた。「そのうえ夜の分も忘れたの」

「うっかりしてたな」ジェイソンがやさしく言った。グローリーに対する好意が声ににじみ出ていた。

「そのとおりよ。恥をかかせてごめんなさい」

「恥ずかしくなんか思ってない」

「病気なんだからしかたないじゃない」グレイシーはそう言ってグローリーにキスした。「しばらく寝ているといいわ。ゲストのもてなしは私たちにまかせて。私は運勢占いをして、ジェイソンはタップダンスをするから」

「冗談じゃない」ジェイソンは冷たくつぶやいた。

グレイシーは彼を見て顔をしかめた。そしてロドリゴに目をやった。

「この人は帰らせないで」ふいにグローリーが言った。「話があるの」

ジェイソンとグレイシーは心配そうに目を見交わした。ロドリゴが二人に歩み寄った。

「もう二度と彼女を興奮させない」彼は抑えた口調で言った。「明日国外に発《た》つんだ。しばらく戻ってこない予定でね」

「わかった」それを聞いた瞬間グローリーの顔が曇ったのを鋭く読みとって、ジェイソンは答えた。「必要なときは呼んでくれ」

「わかったわ。ありがとう」グローリーはジェイソンとグレイシー二人に言った。

二人は出ていき、ドアが閉まった。

ロドリゴは静かな後悔の面持ちでグローリーのそばに立った。「ぼくらは互いのことを何も知らない。嘘とごまかしばかりだった。いつわりの上に確かな関係を築くことはできない」

「そうね」グローリーは重い口調で言った。「何も話せなかったの。あなたのことがわからなかったから。最初は麻薬の密売に手を染めていると思ったわ。そのあとは、グリヤ署長もマルケスも何も教えてくれないから、フエンテスが差し向けた殺し屋だと思ったの」

この言葉にロドリゴは驚いた様子だった。「ぼくにきみが殺せると思ったのか?」

グローリーは疲れたように笑った。「二カ月前、実の祖母をなぐり殺したティーンエイジャーを起訴したわ。薬でハイになっていて何をしているかわからなかったというの。刑は十五年。やったことすら覚えていないのよ。私は仕事柄、人間性というものをあまり信頼していないの」

ロドリゴはふたたび彼女の隣に腰をおろし、顔を近づけた。「ぼくは長年傭兵《ようへい》として働いてきた。醜いものならたくさん目にしたよ」

「あなたは外見では判断できない人ね」グローリーは彼の黒い目を探るように見た。「妹さんのこと、聞いたわ。お気の毒に。ご両親はお元気なの?」

ロドリゴは首を振った。「父はヨットレースが好きで、あるとき嵐《あらし》に巻き込まれて行方不明になった。母はそれから半年もせずに悲しみのあまり亡くなったよ。残されたのは妹とぼくの二人、そして第三世界の小国のGNPに相当するほどの財産だ。だから本当なら働く必要はない」ロドリゴは自嘲《じちよう》ぎみに言った。「ヨットレースだのアスペンでスキーだのを楽しんでいればいいんだ。でもそんなライフスタイルがいやで、選ばなかった。そして人生のほとんどを銃口を向ける側で送ってきた。腰を落ち着けることなど考えたこともなかった」

「考えたはずよ。サリーナといっしょの人生を」

ロドリゴは顔をしかめた。「そうだ。サリーナといっしょに生きたかった。だが彼女のほうはそうじゃなかったよ。ぼくに愛はなかったんだ」

「いつか誰か見つかるわ」グローリーは重い口調で言った。「刺激的な生き方ができて、あなたといっしょに冒険できる人が」

ロドリゴはグローリーの言葉が理解できなかった。

グローリーは笑った。「あなたみたいに仕事にのめり込むのがどういうことかなら私にもわかるわ」それは嘘だった。彼女の言葉をロドリゴが素直に受け入れたのは、それが図星だからだろうと思ったのだ。どちらにしても、こんな健康状態の女に用はないはずだ。

「私の人生は仕事を中心にまわっているの。私に必要なのは仕事だけよ」グローリーは顔を上げなかった。

ロドリゴは立ち上がって離れたが、ソファの端で足を止めた。「もうだいじょうぶかい？」

「ええ。ちょっと興奮しただけ」薬が効いてきて気分はずっとよくなった。グローリーは起き上がった。「血栓はとり除いてもらったの。だからだいじょうぶよ。もちろんこれからも薬はやめられないし、腰に負担をかけすぎると脚を引きずってしまうけれど、できそこないにしてはよくやっていると思うわ」

ロドリゴが顔を上げたが、その顔はこわばっていた。「きみはできそこないじゃない」

グローリーはただ笑った。「そうね」

「グローリー」ロドリゴはゆっくりと口を開いた。

「キルレイブンが私を待ってるわ」そう言いながら彼女は立ち上がった。「私のこと、とても気にかけてくれるの。目に入らないのよ……私の欠点が」

「グローリー、そんな言い方はやめてくれ！　あれは本気で言ったんじゃないんだ」ロドリゴは誤解をとこうと必死になった。「あのときのぼくはどうかしてた」

グローリーは法廷で見せる顔をロドリゴに向けた。この穏やかな顔つきに相手側の弁護士はたいてい足をすくわれる。「過去のことで自分をそこまで責める必要はないわ。私は今の人生にこれ以上ないくらい満足しているの。あなたも同じでしょうね。コンチータはとてもきれいだし」グローリーは気にしていないふりをしようとした。「きっとあなたに夢中なんでしょうね」

グローリーは彼の目の前でドアを閉めようとしている。ロドリゴは本当の恐怖と向き合うことになるだろう。サリーナがコルビー・レインの元に戻ったときに感じた苦しみを味わい、もう一度胸破れる思いをしなければならない。グローリーはこちらの世界にはなじめないだろうし、こちらのライフスタイルにはついてこられないと思っていた。けれどもそうではないことがわかった今、二人には未来があるとロドリゴは確信した。ところがグローリーは考えてみようともしない。ロドリゴは彼女をあまりにもひどく傷つけすぎた。グローリーは、彼が求めるのは若く健康的な女性で、自分の出る幕はないと思い込んでいる。一度拒否されたせいで、また彼に心を差し出すなんて危ないことはできないと思っている。

「全部ぼくが悪いんだ。ちがうかい?」ロドリゴは静かに言った。そしてグローリーの顔を見つめた。彼のためだけに輝いた顔。彼を愛した目。暗闇《くらやみ》で彼を抱き寄せた腕。すべてが自分のものだったのに、投げ捨ててしまったのだ。

「メロドラマみたいなことを言わないで」そう言ったものの、グローリーはロドリゴを見ようとはしなかった。「あなたはしがらみがないほうがしあわせなのよ。自分の人生を生きて。あなたにはしあわせになってほしいの」

「きみは?」ロドリゴは苦々しく言った。「きみはしあわせになれるのか?」

グローリーは眉を上げた。「もうしあわせよ。キルレイブンは甘やかしすぎるほど私を甘やかしてくれるわ」彼女は思わせぶりな言い方をした。

ロドリゴの官能的な唇が固く結ばれた。「最低だ!」その口調には激しさがにじみ出ていた。「きみもキルレイブンも！」

ロドリゴはくるりと背を向けると、呆然《ぼうぜん》としたグローリーを残して部屋から飛び出していった。彼女が書斎から出たとき、ロドリゴはもう帰ったあとだった。怒りに満ちた彼の捨てぜりふ。グローリーにはその理由がわからなかった。

グローリーにもう用なしだと言われ、怒りがさめやらないまま玄関から出ようとすると、ロドリゴの前にジェイソン・ペンドルトンが立ちはだかった。その顔にほほえみはなかった。

「ちょっと話がある」ジェイソンはそう言って、人けの絶えたリビングルームを指さした。

「急いでいるんだ」

「長くはかからない」

ロドリゴは自分を落ち着かせ、ジェイソンのあとについて部屋を移った。

ジェイソンはドアを閉めた。これほど厳しい顔をしている彼を見るのは初めてだ。「きみはグローリーの何を知っている？」

「どうやら何も知らなかったようだ」

「そろそろ耳に入れておいてもよさそうだな」ジェイソンはそっけなく言った。「座ってくれ」

ジェイソンがグローリーの赤裸々な過去の話を終えたとき、ロドリゴの顔からは血の気が失せ、妹を亡くしたとき以来の苦しさに胸を痛めていた。グローリーの腰のことは知っていたが、それだけだ。彼女の子ども時代を考えれば、ベッドであんな反応をしてくれたことさえ驚きだった。グローリーがどれほど彼を愛していたか、証拠がなければわからないというならそれこそが証拠だ。

ロドリゴは前かがみになって膝に肘をつき、両手で頭を抱え込んだ。「グローリーはそんなこと、何も話してくれなかった」

「あの子はプライドが高いんだ。ぼくらはできるかぎりグローリーを守ろうとした。ジェイコブズビルに行かせるのも反対だったんだが、ここにいたら殺されるのは確実だと地方検事に説得された。どうしてきみがグローリーにちょっかいを出さずに静かに仕事をさせてやれなかったのかわからない。残酷な男だと思ったことは一度もなかったのに」

「ぼく自身そう思ってなかった」ロドリゴは頭を上げた。「グローリーがほしかったんだ。彼女にはサリーナ以外にはなかった思いやりの心があった。彼女のことが頭から離れなかった」

ジェイソンの顔からは何も読みとれなかった。「亡くした子どもはきみの子だな?」

ロドリゴはうなずいた。「離婚届を送りつけようとしたときまで、子どものことは何も知らなかった」

「そうだ、結婚したんだったな」ジェイソンは首を傾けた。「それを聞いたときはショックだったよ」

「それはぼくも同じだ。離婚が確定して初めて自分のなくしたものの価値を思い知ったんだ。きみとグレイシーが病院にいたのはグローリーを見舞うためだったんだな？　きみたちの謎《なぞ》の義妹《いもうと》のことは見たことがなかった。きみたちをグローリーと結びつけて考えたことなど一度もなかったよ」

「ぼくらは長い時間をかけてグローリーの信頼を勝ちとった。とても大事に思ってる。子どもに味わわせるべきではない苦労をあの子はくぐり抜けてきたんだ」

「グローリーを襲った二人の少年はどうなったんだ？」ロドリゴは怒りを抑えて訊いた。

ジェイソンは唇をすぼめた。「麻薬取引に関わっていることを誰かが密告した。それが誰なのかは知らないが、音声と写真が送られてきたらしい。それぞれ十五年食らったよ」

「それでもまだ足りないが、何もないよりはましだ」

「それだけじゃない。やつらが里親家庭で少女に性行為を強要したことが刑務所仲間に知れたらしい。最後に聞いた話では、二人とも身の安全のために独房に移されたそうだ」

「そりゃ気の毒に」ロドリゴはそう言ったが、顔にはかすかな笑みが浮かんでいた。

「〝神の臼《うす》は回転はのろいが挽《ひ》く粉は細かい〟ということわざがある。遅くなっても罰は必ずくだるものだ」

ロドリゴの目に悲しみが浮かんだ。「それはぼくに対しても同じだ。これから一生、投げ捨てたものを後悔しながら生きていくしかない。グローリーは決して許してくれないだろう。当然だよ」

ジェイソンの目が細くなった。「グローリーを愛しているんだな」

ロドリゴの顔から表情が消えた。彼は立ち上がった。「明日アメリカを出て国境の向こうでいとこと会う予定なんだ。元連邦捜査官とエルサルバドルのギャング二人が関わる計画について情報があると、いとこから電話があった。その二人というのは、潜入捜査中の麻薬取締局の捜査官ウォルト・モンローを罠《わな》にかけて殺したやつらなんだ」ロドリゴの黒い目が光った。「だからどうしても捕らえたい」

ジェイソンは顔をしかめた。「いとこはよく麻薬取引の情報を電話で流してくれるのかい?」

ロドリゴは肩をすくめた。「これまではなかったが、今回の件は特別だ。うちで追っていたギャングのメンバーが密売に手を出すと聞きつけて、いとこに目を光らせておいてくれと頼んだんだ」

「うちの会社の副社長が、石油への投資の件で国境を越えて打ち合わせに行ったとき誘拐されたことがある。アメリカ政府は誘拐犯とは取り引きしないが、社としてはそういうわけにはいかなかった。かなりの額を出して助け出したんだが、彼は二度と元には戻らなかったよ」ジェイソンの声は暗かった。「あいつらは最近は誘拐で運転資金を調達しようとしている。この前のコカイン押収劇にきみが一役買ったことがばれたら、真っ先に狙《ねら》われるぞ」

ロドリゴは心配無用とばかりに手を振った。「この仕事は長いんだ。自分の身は自分で守れる」

「人質になった副社長の話だと、あいつらは麻薬取締局にもパイプを持っているらしい」

「たしかに持ってたよ。名前はケネディ。だがやつは刑務所だ」

「ケネディじゃない」短い言葉が返ってきた。「別人だ。大金がからんでる。内部情報を金で買ってるんだ。組織内で計画を話さないほうがいい」

ロドリゴは顔をしかめた。これは気になるニュースだった。「調べてみるよ」しばらくしてそう言ってから彼は笑い出した。「もしあいつらがぼくの誘拐に成功したら、コップが拍手するだろう。あいつがある掃討作戦を指揮したとき、ぼくが潜入捜査に当たってたんだがそれを知らなくてね。妹が殺されたあと、捜索に入ったのがあいつの事務所だったんだ。お互い疑心暗鬼になってる」

「きみの武勇伝はグローリーから聞いてるよ。ジェイコブズビルから戻ってきたとき、あの子の話すことといえばきみのことばかりだった」

それを聞いても傷口が広がっただけだった。ロドリゴは顔をしかめた。「グローリーがよくなったら伝えてほしい。ぼくのせいで発作を起こさせてすまなかったと」ロドリゴの黒い目が光った。「最近はキルレイブンと親しいらしいが、ぼくは気に入らない」

ようやく真相が見えてきた、とジェイソンは思った。「たしかに好意を持っているようだが、それだけだ」

そこには言葉以上の意味があった。ロドリゴは少し気分が軽くなった。「戻ってきたら、作戦を開始するつもりだ。ばら、チョコレート、バンドに演奏させるセレナーデ、仕事。必要なら法廷のすぐ外まで押しかける」

ジェイソンはにやりとした。「本人に伝えようか?」

「言わないでくれ。意外性が思わぬ効果を生み出すからね」ロドリゴはにっこりしてジェイソンと握手した。「いろいろとありがとう」

「離婚届にサインしなければよかったな」

「それは自分がいちばんよくわかってる」ロドリゴはため息をついた。

グローリーは元の生活に戻り、きちんと薬をのむように心がけた。ロドリゴがいなくなってからはいくぶん色あせたが、彼女はまた人生を楽しむようになった。夜中、目をつぶると、涙を拭きとった彼の唇を感じ、スペイン語で〝アマダ〟とささやいた声が聞こえた。ただ一つの慰めは、ロドリゴがキルレイブンに腹を立てたことだ。あれは嫉妬にちがいない。

　ロドリゴが海外に発ったのは知っていた。けれども行き先も理由も知らなかった。また潜入捜査で危険な目にあっているのでなければいいけれど。いったいどこにいるのだろう。一週間後――感謝祭の直後、グローリーは突然その答えを知った。

　マルケスが内密に話したいことがあると言ってオフィスに来た。その顔は暗く不安げだ。彼はなかなか口を開かなかった。

「どうしたの？」グローリーは好奇心にかられて訊いた。

「ラミレスのことなんだ」

　心臓が飛び出しそうになったが、グローリーは自分に落ち着けと言い聞かせた。「パエリヤを作ってくれる人と結婚するんでしょう？」彼女は身構えてそんな言い方をした。

「ちがう。誘拐されたんだ」マルケスはそっけなく言った。「情報提供者からの内報でメキシコに向かったところをフエンテスの弟に拉致《らち》された」

「身代金目当てね」グローリーはゆっくりと言った。

「身代金は二の次だ。いちばんの目的は復讐《ふくしゅう》だよ。グローリー！」

　マルケスは失神しそうになった彼女を椅子に座らせた。「ぼくの言い方がまずかった。ごめんよ。何をすればいい？」

「廊下の自動販売機で冷たい飲み物を買ってきて」グローリーは弱々しく言った。「カフェイン抜きのものを」

「わかった。すぐ戻る」

グローリーは心の底から恐怖を感じた。ロドリゴが誘拐されたなんて。やつらは身代金を要求してくるだろう。でもどちらにしても殺すつもりだ。私のせいだ。行かないでと頼んだら思い直してくれたかもしれない。プライドと怒りで凝り固まって、ロドリゴを追い返してしまった。彼は無残に死んでしまうだろう。もう二度と会えない。私が殺したも同然だ。

いいえ、こんなところでめそめそしているわけにはいかない。なんの手も打たずに彼をあきらめはしない。グローリーはまっすぐ座り直し、涙を拭いた。おろおろしたり自分を責めたりする時間はない。そんなことをしてもなんの役にも立たない。ロドリゴが困っているのだから、助けなくては。アメリカ政府が誘拐犯と取り引きしないのはわかっている。麻薬取締局も何もできないだろう。救出するとすれば、それは私の仕事だ。泣き寝入りするつもりはない。あの殺し屋たちにロドリゴを殺させはしない。

グローリーは電話をとって義兄に連絡した。「ジェイソン、ロドリゴが誘拐されたの。誰に救出を頼めばいいか、心当たりがあるわ。お金が必要なの。ただでは動かない人たちだから」

「きみに白紙の小切手を渡そう」ジェイソンは即座に答えた。「それ以外に必要なものがあればなんでも言ってくれ」

「ありがとう」

「あいつは家族同然だからね」謎めいた答えが返ってきた。

グローリーは電話を切ると、冷たいコーラを持って戻ってきたマルケスのほうを向いた。

彼がコーラを渡すと、グローリーはありがたくそれを飲み、そのあと口を開いた。「私といっしょにジェイコブズビルに行って。別れた夫の救出のために精鋭を雇いたいの」

マルケスは眉を上げた。「理由があってのことだね？」

「そうよ」グローリーは立ち上がって帽子掛けからバッグとコートをとった。「口げんかの最中にさよならを言ってしまって、まだ決着がついていないの。勝ち逃げさせるわけにはいかないわ」

グローリーはドアから外に出た。マルケスは心の中でほくそえみながらそのあとを追った。

16

サイ・パークス、エブ・スコット、そしてその同僚たちがロドリゴの救出を二つ返事で引き受けてくれたことに、グローリーは頭がぼうっとなるほどの喜びを感じた。

「あいつとはアフリカでいっしょだったからな」サイが言った。

「それに中東では、ダッチ、アーチャー、ラレモスといっしょに、ペルシャ湾岸の首長国トップの友人の護衛に当たった」

「コルビー・レインも誘えばすっ飛んでくるだろう。あいつはロドリゴに命を救われたことがある」

「奥さんが妊娠してるんじゃ、無理だよ」エブは笑顔で言った。「あいつはひどい心配性だからな」

「これだけ頭数が揃《そろ》えばじゅうぶんだ」サイが言った。「すご腕の連邦捜査官もいる」

「連邦捜査官?」グローリーが訊《き》いた。

「悪いが、関係者以外には秘密なんだ」エブが言った。「誘拐犯が相手にしたくないたぐいの男だとだけ言っておこう」

サイはグローリーに笑顔を見せた。「あとは我々にまかせてくれ」

「私もいっしょに行くわ」

サイは首を振った。「この任務はつねに訓練を怠らない者にしかつとまらない。ロドリゴには生きて戻ってほしいだろう？　きみが同行すれば、きみの身を守るという仕事が増える。そのせいでロドリゴの命が危うくなる可能性もある」

グローリーはため息をついた。「そうね。邪魔はしないわ」彼女は緑色の目を悲しげに大きく見開いた。「あの人が出発する前にお別れを言ったんだけれど、いい別れとは言えなかったの。表向きは私の義兄《あに》があなたに連絡してロドリゴの救出を頼んだということにしてもらえるかしら。本人には私が関わっていることは知らせないほうがいいわ」

サイは顔をしかめた。「夫婦だった仲じゃないか」

グローリーは目をそらした。「あの人は衝動的に結婚したことを後悔しているの」その口調が冷たくなった。「あの人が求めているのは自分の人生についてこられる女性で、引きとめて苦い思いをさせる女じゃないわ。あの人にはヒューストンに相手がいるの。若くてきれいな人。私にはとてもかなわない」

サイは何か言いたそうな顔をしたが、そんなことをしても無駄だと思ったようだ。「それはきみが決めることだ」

「ジェイソンが連絡をほしいと言っていたわ。必要な装備はすべて手配するそうよ」グローリーはためらった。「あなたも行くの？　小さな息子がいるのに……」

サイはにやりとした。「そんなことを言い出したら生きて家を出られないに決まってる。行かないよ。これはもっと若いやつらの仕事だ。エブ・スコットの対テロ訓練所には血気盛んな若者がたくさんいる。危険な状況でハイになるやつらだ。そのチームを連邦捜査官が率いてロドリゴの救出に向かう」

「メキシコとの国境を越えなきゃいけないのよ」グローリーは不安げに言った。

「弁護士みたいに杓子定規《しゃくしじょうぎ》なことを言うのはやめてくれ」エブがユーモアたっぷりに言った。「ロドリゴはメキシコ政府の要人とつながりがある。そっちから許可を得られるだろうし、軍の部隊を派遣してくれるだろう。フエンテスの弟は自分で考えるよりずっとまずい状況にいるんだ」

「部下たちに、私のかわりにフエンテスの弟を一発なぐって、と伝えてくれる？　フエンテス兄弟には一生消えないほどの恨みがあるの」

「必ず伝えるよ」

戸口に立ったグローリーは、ふいに小さくなったように見えた。「誰か……結果を知らせてくれるかしら？」

「もちろん」サイが答えた。

グローリーはうなずいた。「ありがとう」その声はかすれていた。

サイはやさしくほほえんだ。「おやすいご用だ」

メキシコの状況が何一つわからない状態で日常生活を続けるのは拷問だった。サイやエブの評判は知っている。マルケスは自分で言うよりもっとくわしいことを知っているのではないだろうか。でもマルケスの口を割らせることはできなかった。キルレイブンに電話して、エブから情報を引き出してと頼もうとした。ところが彼は非番で、自宅に電話してもいない。グローリーはいらだちだけがつのった。

耳にはまだロドリゴの怒りの声が、自分とキルレイブンをののしる声が残っていた。彼はなぜあんなことを言ったのだろう。最初は嫉妬《しっと》かと思ったけれど、考え直した。ロドリゴは私には関わりたくないとはっきり言った。サリーナに私のことを役立たずと言っているのを立ち聞きした。同僚に私を見られるのが恥ずかしいとまで言った。彼の言葉はグローリーの魂を傷つけた。ロドリゴはあとになってあれは本気じゃなかったと言ったが、それは私が流産したのを知ったからだ。罪悪感か同情心が態度を変えさせたのだろう。ロドリゴは愛に代替品はないと言ったけれど、それは本当だ。感じてもいない愛情を持っているふりをするのはやめてほしい。エブの部下がロドリゴを首尾よく救出しても、私が関わっていることは伏せておくほうがいい。フエンテスの弟が兄の死をロドリゴのせいだと思っているとすれば、身代金の要求をする前に殺すこともじゅうぶん考えられる。でも、身代金を要求するなら誰に連絡するだろう？　その答えはあまりに単純で、グローリーは今まで気づかなかった自分に驚いた。彼女は昼休みにヒューストンの麻薬取締局のアレクサンダー・コッブに電話し、ロドリゴの身代金の要求があったかどうか訊いた。

「あったよ」アレクサンダーは驚いた様子だった。「どうして知ってるんだ？」

「それは言えないわ」

「もちろん払うわけにはいかない」アレクサンダーは申し訳なさそうに言った。「いかなる理由があろうと脅迫に屈するわけにはいかないからね。この数カ月で、やつらは少なくとも二人の捜査官を誘拐している。そしてそのうち一人を殺し、もう一人を口では言えないような状態で返した」

「捜査官を？」グローリーは息をのんだ。

「やつらは元警官や民兵のトップを組織にとり込んでいる」コッブは答えた。「その一部が、寝返った軍人の集団、ゼータだ。彼らは麻薬捜査に関わるあらゆる部署につながりを持っている。まず賄賂《わいろ》で様子を見て、それで動かないとなると見せしめに殺す。これまで、麻薬ネットワークと麻薬王の取材を試みたジャーナリストが三人殺された。情報提供者の一人は、ハイウェイのど真ん中で死体で見つかった。潜入捜査官は一人残らず同じ目にあう、というメモといっしょにね。我々がどれほどあいつらを捕らえたいと思ってるか、きみには想像できないぐらいだ」

「わかるわ。私にはよくわかる」

「きみは仕事で麻薬を扱ってるからな」

「ロドリゴのことだけれど――」

「すまない」コップがさえぎり、ため息をついた。「打てる手があればなんでもするだろう。だが局のポリシーに両手を縛られているも同然なんだ」

グローリーはむなしさを感じた。ルールはルールだ。「わかったわ。とにかくありがとう」

少し間があった。「殺された情報提供者はロドリゴのいとこだった」

グローリーの背中に冷たいものが走った。そのいとこは、ロドリゴが二人の麻薬王を倒すのに一役買った人物だ。情報提供者だったことがばれたなら、拷問されてロドリゴとの接触方法を吐いたにちがいない。となると、ロドリゴには一人も味方がいない。生き延びるチャンスは低くなる。

「状況は悪くなるばかりだわ」

「たしかにかなり悪い。これで事態を打開できるかどうかわからないが、外部の人間に交渉させてるんだ。フエンテスにはもう一人兄弟がいて、そいつはメキシコで拘束されている。その兄弟の解放と引き換えにロドリゴを返してくれるかもしれない」

グローリーの胸に小さな希望の明かりがともった。「ようやく光が見えてきたわ」

「ここまでがやっとだ。だがロドリゴのことはあきらめていない」コップの声に笑みがにじんだ。「これまでロドリゴを甘く見たやつは大きな犠牲を払ったからな」

「彼の武勇伝ならいくつか知っているわ」

「氷山の一角だよ。あいつは伝説の男だ。政府機関内にあれ以上危険な男は存在しない。命がけの任務から何度も生還を果たしたやつだ。あきらめるのは早い」

「あきらめないわ。絶対に。どうもありがとう」

「かまわないさ」


電話が鳴るたびにグローリーはロドリゴのニュースではないかと思って飛び上がった。仕事にも集中できない。この世界のどこかで彼が生きているのかどうか、それだけでいいから知りたい。それがわかればこれから一人で生きていける。男性といっしょに生きていくという望みはずっと前に捨てていた。

そんな苦しみが始まって数日後、電話が鳴った。サイ・パークスだった。

「ロドリゴは生きているの？」グローリーはそれだけしか言えなかった。

「生きてる。フエンテスの兄弟と身柄を交換するという取り引きがうまくいったよ」

麻薬王の戦力が倍増するのだから、決してほめられた作戦ではないが、グローリーはそれを口に出すつもりはなかった。「あの人は……元気なのね？」

「勲章代わりの痣《あざ》が少しあるぐらいだ。フエンテスの兄弟を釈放したことにたいそうご立腹でね。我々は一人残らず雷を落とされたし、メキシコ政府の人間にも噛《か》みついた。それも五カ国語で」サイは笑った。「怒り心頭に発したときのあいつの語彙《ごい》は見事なものだよ」

「あの人はヒューストンに戻ったの？」

「ああ。コルビーとサリーナとその娘が空港に迎えに行った。あいつの名誉のために言っておくが、子どもの前ではデンマーク語の悪態しか出てこなかったよ」

グローリーは笑いを噛み殺した。いかにもロドリゴらしい。「ありがとう、サイ」彼女は静かに言った。「部下にお礼を伝えておいて。命がけの仕事だったでしょう。本当に立派な人たちだわ」

「きみがそう言っていたと伝えておくよ」

「ロドリゴには言っていないわよね？」

「きみが救出に関わったこと？　言ってないよ。言わないのはまちがってると思うが、きみの人生だからな」

「本当に助かったわ」グローリーは本心から言った。

「ぼくらもあいつが好きなんだ」サイは答えた。「元気で」

「あなたも」

グローリーはソファに座り、目の前の壁を見つめたまま無言で喜びの涙を流した。ロドリゴは無事だ。死ななかった。やつらは彼を切り刻んでメキシコのどこかのハイウェイに置き去りにしなかった。あまりにもうれしくて祈りの言葉すら出てこなかった。もう時間は遅く、グローリーは長引く殺人事件の公判とここ数日の苦しみとで疲れきっていた。彼女は着古したTシャツとスウェットパンツに着替えてベッドに入った。

ブザーが鳴った。グローリーはきっと夢だろうと思った。彼女はコンタクトを入れていない目で時計を見て、ぼやけた数字を読みとった。午前三時。こんな時間にアパートメントのドアベルを鳴らす人なんかいない。グローリーは頭に枕《まくら》をかぶせてまた寝入った。

何かが髪に触れるのを感じた。ただ触れているだけではない。撫《な》でている。これは夢だわ。グローリーはほほえんだ。刺激的なコロンと石けんの香りがする。ロドリゴはいつも身だしなみにはうるさかった。彼は生きている。おかしなことに、あまりにも鮮明にロドリゴのことを思い出したために、彼がこの部屋にいる気がした。グローリーはその思いを声に出してつぶやいた。

そばで深い笑い声がした。

グローリーはその声のほうに寝返りを打ち、たくましい腕に似た何かに顔をすり寄せた。それは温かくて少しざらついていた。

「まだ目が覚めないのかい？」

グローリーの体がこわばった。夢の中の声とは思えない。彼女は仰向けになって目を開けた。彼の姿はぼんやりとして、細かいところはよくわからなかった。でもそれはロドリゴだった。スーツ姿でベッドの端に腰かけている。

「いったい……」

「どうやって中に入ったか？　ぼくの仕事を忘れたのかい？　しのび込むのは得意なんだ」

ベッドサイドランプがついた。ロドリゴは疲れてはいたが、いかつい顔の線はやわらいで見えた。あごには青痣があり、切り傷がいくつかあった。でもロドリゴはあいかわらずハンサムでセクシーだった。彼を見つめるのは楽しかった。

「サンドレス姿のきみを思い浮かべたよ。ぼくが寝室に訪ねていった夜に農場で着ていたドレスだ」ロドリゴはハスキーな声で言った。

グローリーは胸がどきりとした。「きれいな服はめったに着ないのよ」

「法廷では着ていたじゃないか。あんなにエレガントな女性は見たことがないと思ったよ」

グローリーの目に悲しみが浮かんだ。「誰かから聞いたのね」

ロドリゴの眉が上がった。「聞いたって、何を？」

「あなたを助け出すために、私がエブ・スコットの部下を送り込んだって」

ロドリゴの目がぱっと輝いた。「きみだったのか？　ジェイソンのパーティでぼくがあんなことを言ったのに？」

「ちがったのね」グローリーは自分で自分のしたことをばらしてしまった。「知らなかったならなぜここに来たの？」

「あのパーティのあと、きみはキルレイブンの肩を借りて泣いたわけじゃなかったんだな。あいつは秘密を守れないたちなんだ」

グローリーはいちばんの男友達に裏切られたような気がした。「あの人はあなたをきらってると思っていたわ」

ロドリゴは肩をすくめた。「かもしれないが、その気持ちをそっくりお返しすることはできないな。あいつはフエンテスの片腕の三人に銃を向け、そのうち一人をまっすぐ地獄に送り込んでくれたんだ」

グローリーは起き上がり、乱れた髪をかき上げてロドリゴの黒い目を見つめた。「キルレイブンもあなたの救出に当たったの？」

「誰にも言っちゃだめだぞ。実は、あいつも政府の下で働いているんだ。人質救出作戦には欠かせない人材でね。昔はガロン・グリヤといっしょにＦＢＩの人質救出チームにいた」

「どうりで彼と連絡がとれなかったわけね」

ロドリゴはうなずいた。「あいつはきみに好意を持ってる」ロドリゴの黒い目が燃え上がった。「もちろん、救助に来てくれたことは感謝してる。だが言ってやったんだ。もしきみにもう一度でも触れたらただじゃおかないってね」

グローリーはわけがわからなかった。どう答えればいいのだろう。「あなたは健康体で頭がよくてお金持ちだわ。それにひきかえ私は……」グローリーは息を吸い込んだ。「私はストレスの多いことは何一つできない体よ。奇跡的に治療法が見つかることも期待できないわ。おそらくもう二度と妊娠できないでしょうね」グローリーはすがるような目でロドリゴを見た。「ヒューストンに戻ってコンチータと結婚するのがいちばんよ。コンチータじゃなくても、若くて健康な人と」

ロドリゴは、グローリーの言葉が石のつぶてとなって痛い部分を突かれたような顔をした。「サリーナに言った言葉が本気じゃなかったことは、何度言っても信じてくれないんだね？」ロドリゴは静かに言った。「ぼくはずっと孤独だった。危険な仕事に関わり、命をかけるのを楽しんだ。おかげで誰とも深い関係にならずにすんだ。サリーナとバーナデットを求めたのは確かだが、その夢は実現しなかった。サリーナを失う痛みに耐え、今度はきみを失う痛みに直面し、ふたたび拒絶される苦しみを味わった。だからぼくは逃げたんだ。文字どおり逃げ出すだけでなく、きみに感じているものを否定した」ロドリゴは冷たく笑った。「コルトレーン医師からきみが流産したことを聞いたときどんな気持ちだったか、きみには絶対にわからないだろう。ぼくはきみをはずかしめ、追い払い、ヒューストンに会いに来たときはつらく当たった。どれほど後ろめたく感じたことか。きみは死んでいたかもしれない。子どもを失ったつらさは耐えがたかったが、きみを失うのはもっと……」ロドリゴは言葉を止め、目をそらした。「ぼくは酔いつぶれたよ。そしてバーで暴れた。サリーナがバーナデットを連れてコルビー・レインのもとに戻ることになったときでさえ、あそこまでは荒れなかった。なんと警官に手錠をかけられて連行されたんだ」ロドリゴはふっと笑った。「判事には、またやったら奉仕作業をさせると脅されたよ。首に〝アルコールを与えないでください〟という札をかけて街の美化活動に当たらせるってね」

グローリーは思わず笑ってしまった。

「ほほえんだときのきみはとてもきれいだ」ロドリゴのたくましい手が彼女の寝乱れた髪を撫でつけた。「ぼくはばかなことをしたよ。サンアントニオを発《た》つとき、キルレイブンがきみの人生に入り込んでいるのを見て腹が立ってしかたがなかった。そのせいで、フエンテスの弟がしかけた罠《わな》に気づきもせず、まんまとはまってしまったんだ」

「あの人たちがあなたをうまく救出してくれてよかった」

「ぼくもそう思うよ」ロドリゴは指先でグローリーの唇に触れた。「こみ入った話をするには時間が遅すぎる。明日の朝また来て、きみをドライブに連れ出すつもりなんだ。見せたいものがあってね」

明日は土曜で仕事は休みだ。グローリーの胸の鼓動が速くなった。「これはきっと夢にちがいないわ」

ロドリゴは顔を寄せてそっと唇を重ねた。ゆっくりとしたその動きはやがて熱を帯び、彼女の頭を枕に押しつけるほどの強さで唇を奪った。グローリーはたくましい肩をつかみ、彼のうめき声を遠くに聞きながら、みずから熱く反応した。

けれどもロドリゴはすぐに身を引いた。「だめだ」その声はかすれていた。「今はできない。こんな形ではね。明日九時ごろ迎えに来る。いいね?」

ロドリゴが自分を抑えるのを見てグローリーは驚き、心を打たれた。彼は、欲望だけを求めているのではないことを見せたいと決心しているらしい。ロドリゴの目は輝くようなメッセージを伝えていた。グローリーはそれを見ると息が苦しくなった。

「ええ」彼女はようやくかすれ声で答えた。

ロドリゴはにっこりすると立ち上がり、ドアへと向かった。「じゃあ、明日」

彼は来たときと同じように音もなく出ていった。グローリーはしばらくぼうっとしていたが、やがて明かりを消して眠りについた。

朝になったとき、グローリーはあれは全部夢だったにちがいないと思った。このアパートメントには、不審者が侵入したらアラームが鳴るように配線がめぐらせてある。

けれども九時になったとき、本当にブザーが鳴った。

「出られるかい?」ロドリゴのゆったりとセクシーな声がした。

「二分で行くわ!」グローリーはあわてて着替えを始めた。

グローリーは黒のズボンとセーターを着て厚手のフリースのコートをはおり、ブーツをはいた。ロビーで待っていたロドリゴはジーンズとスウェットシャツという姿で、カジュアルそのものだ。それでもエレガントなのはいつもと変わらなかった。

ロドリゴは彼女の腕をとると車へと連れていき、助手席に座らせた。

「どこへ行くの?」ロドリゴがエンジンをかけて車を走らせはじめたのを見てグローリーは訊いた。

「それは秘密だ」そう答えて彼はにやりとした。こんなにリラックスして楽しそうにしているロドリゴを見るのは初めてだ。

雪まじりの冷たい風が吹いている。もうすぐクリスマスだ。ジェイコブズビルのメインストリートには、にぎやかにライトアップされた飾りが並んでいる。ポインセチアやクリスマスツリーやリースの形をしたものもあり、どの店のウインドウにもクリスマスツリーが飾ってある。広場には町でいちばん大きいツリーがあって、トナカイや小人たち、そして橇《そり》に乗ったリアルなサンタクロースが飾られていた。

「昔からこの広場が大好きなの。子どものころはつらいことがたくさんあったけれど」

「アメリカを発つ前夜、ジェイソンが教えてくれたよ」ロドリゴは静かに言った。「もっと早く知っていればよかった」

グローリーは顔を赤らめた。「あまり話したくない話題だから」

「同情されたくないからだろう？　ジェイソンがそれも教えてくれた。いとしい人《アマダ》、ぼくはきみのことをあまりにも誤解していたよ。今日は少しでもその埋め合わせができるといいと思ってる」

「何をするつもり？」グローリーは好奇心もあらわに訊いた。

ロドリゴはにっこりした。「見てのお楽しみだ」

車は脇道《わきみち》に入ってしばらく進み、やがてまた別の細い道に入った。ロドリゴは私道に車を入れるとエンジンを切った。

前庭には大きな売り家の看板が立っている。いたるところに木立や茂みがあって、半円形の私道の中心には花壇らしきものが見える。家の建物はスペイン風で、アーチとどこまでも続きそうな長い玄関ポーチがある。家の脇は石造りのパティオと滝まで備えた大きな池があり、縁に座れば美しい金魚を眺められる。門扉は黒いロートアイアン製だ。庭はぐるりと柵《さく》で囲ってある。奥にはペカンの木が見える。これほど美しく風情のある家をグローリーは知らなかった。

「昔、スクールバスがこの前を通ったの」ふいに彼女は語り出した。「ここに住んでいる子を乗せるためにね。この家、大好きだったわ。住んでいるところをよく想像したものよ」

「ジェイソンの話では、中には温水プールがあるそうだ。水中エクササイズはきみの腰にいいんじゃないかな。それから、最新式のキッチン、一段低くなったダイニングルーム、ウォークインクローゼット、バスルームが二つある。庭は広くて野菜だって育てられるほどだ」

心臓がどきどきして胸から飛び出しそうだ。グローリーはロドリゴのほうを向いて黒い目を見つめた。口に出す勇気のない問いを目に浮かべて。

ロドリゴはポケットから箱をとり出して開けた。中には結婚指輪のセットがあった。ダイヤモンドとエメラルドをちりばめたシンプルな指輪と、それに合ったエメラルドだけの指輪。「これはきみ以外の人を思って買った指輪じゃない」結婚式のときにあんな指輪を渡したことをロドリゴはまだ後ろめたく思っていた。「きみのために買ったんだ」

グローリーは言葉が出なかった。指輪を見つめる瞳にうっすらと涙が浮かんだ。

ロドリゴは箱をグローリーの手に置き、その手ごと包み込んだ。「この家の持ち主は、盛りを過ぎた政府機関の捜査官だ」ロドリゴはやさしく言った。「まだ荒っぽいところもあるが、少し手をかければ飼いならせるはずだ。地方検事のブレイク・ケンプは優秀な検事補がほしいと言っている。こっちの事件は、きみがサンアントニオで扱ってるものよりストレスが少ないだろう。いい医者がいるから体のことは心配ない。ぼくはヒューストンじゃなくサンアントニオで働くことにして、ここから通勤しようと思う。あっちには麻薬取締局の捜査官が大勢いるんだ。もちろん潜入捜査はやめる。顔が知れてしまったし、ぼくを守ろうとしていとこが殺されたからね」彼の顔には悲しみがにじみ出ていた。

グローリーは頭がくらくらした。傷だらけの体なのに、ロドリゴは気にもしていないようだ。もう一度結婚してほしい、人生をともにしたいと言っている。将来のことまで語っている。彼女が自分を愛しているかどうか自信がないのか、ロドリゴの目には不安が浮かんでいた。

グローリーは口を開いた。「カンカンを踊る女は好きじゃないと思っていたわ」

ロドリゴは大きな声で笑い出した。

グローリーも笑った。両腕を差し出すと、彼に抱き寄せられた。二人は冷気の中で抱き合い、二度と離れられないかのようにキスした。ロドリゴは私を愛している。言葉はなくても彼の唇がそう告げていた。グローリーも同じことを伝えた。それはいつまでも続いた。

サイレンの音がして二人は離れた。通りのほうを振り向いた二人に驚きが待っていた。

キャッシュ・グリヤが青い回転灯をつけたパトカーの中に座っていた。「公然わいせつだぞ！　モラルにうるさい小さな町では、みだらな行いは御法度だ！」

「よく言うよ」ロドリゴは言い返した。「嫉妬してるだけだろう！　さっさと家に帰って自分の女房にキスでもするんだな。こっちは妻をとり戻すのに忙しいんだ」

グリヤ署長は大笑いした。「こいつと結婚しろよ、グローリー。こんなにしつけが必要な男はいない。こいつの悪態ときたらひどいもんだよ」

「もう知ってるわ、お世話さま」

グリヤ署長の車の後ろに、回転灯をつけたパトカーがもう一台やってきた。「おい」キルレイブンがグリヤ署長に呼びかけた。「通行の邪魔だ！　すみやかに移動しないと違反切符を切るぞ！」

「口に気をつけろよ、キルレイブン。さもないと学校の前で交通指導員をさせるからな！」

「ぼくは子どもに大人気なんだ」キルレイブンは笑いながら言い返した。「やあ、グローリー！　その様子じゃ独身者市場から撤退するらしいね」

「おまえの命を賭《か》けてもいいぞ、キルレイブン！」ロドリゴはそう言い、裏づけるかのように我がもの顔でグローリーを抱き寄せた。「人助けにかまけてるとこういうことになるんだ」

キルレイブンは笑っただけだった。「結婚する勇気はないよ。ぼくがいなくなったら女たちが嘆き悲しむじゃないか」

「もう行こう」グリヤ署長が言った。「署でサンディが昼に食べろと言ってビーフシチューをたっぷり作ってくれたんだ。自家製のコーンブレッドと本物のバターもあるんだぞ！」

「競走だ！」キルレイブンは車の中に頭を引っ込めた。そして売り家の看板の前に立っている二人に手を振ると、グリヤ署長の車をかすめて通りに飛び出した。署長は回転灯とサイレンをつけると、すかさずそのあとを追った。

ロドリゴはやわらいだ黒い目に思いをこめてグローリーを見下ろした。「結婚してほしい。暗闇《くらやみ》がぼくをのみ込んで運び去っていくときまで、きみを愛するよ。最後につぶやくのはきみの名前だ」

グローリーの目に涙があふれた。「愛しているわ」

「ぼくもだ。自分の命より大事に思ってる」

グローリーはロドリゴをぎゅっと抱きしめた。「あなたと結婚するわ」

「わかった」

ロドリゴはキスで涙をぬぐった。そのキスはいつまでも続いた。風の中でグローリーを抱いたまま、帰る場所ができたことの喜びをしみじみ味わうかのように、彼は目を閉じた。

「あなたに追いつけないときもあるけれど、かまわない？」グローリーはまだ不安だった。

ロドリゴの唇が彼女の額に触れた。「ぼくの目が見えなくても、コルビー・レインみたいに片腕がなくてもきみはかまわないだろう？」

「もちろんよ」グローリーは即座に答えた。「あなたはあなた。愛は変わらないわ。それどころか強くなるぐらい」

ロドリゴはやさしい目で彼女を見つめ、ほほえんだ。「強くなる、か」そしてグローリーをぎゅっと抱き寄せた。「この家、気に入ったかい？」

「大好きよ。買いとって住めるの？」ロドリゴはジャケットの内ポケットから書類を何枚かとり出してグローリーに渡した。それはこの家の売買証書だった。グローリーは驚いて彼を見上げた。

ロドリゴは肩をすくめた。「プロポーズに自信がなくてね」彼はにやりとして言った。「きみがこの家を気に入ったら、所有者と結婚する気になるかもしれないと思ったんだ」

グローリーは笑った。「見事な作戦ね」

ロドリゴはグローリーの手に指をからませた。「家の鍵《かぎ》は持ってるから、結婚許可証を申請する前に中を見たいならどうぞ」

グローリーは彼の肩に頬をすり寄せた。「ええ、見たいわ」

ロドリゴはグローリーの肩に腕をまわすと、家に向かって歩き出した。そして笑顔で鍵穴に鍵をさし込んでドアを開け、グローリーを先に家の中に入れた。

エレガントな家具付きのリビングルームには、ばらをいっぱいに生けた花瓶が六つ飾られている。ソファの上には驚くほど高価なチョコレートの箱が山積みになっている。グローリーの驚きがようやくおさまったとき、バンドがラブソングの演奏を始め、楽器の後ろから笑顔を見せた。

ロドリゴはため息をついた。「花にチョコレートにセレナーデ」彼はいたずらっぽく笑ってみせた。「女のハートを射止めるのに、これ以上の組み合わせはない。効果はあったかい？」

「ええ、もちろんよ、ダーリン」グローリーは笑った。「抜群の効果だわ！」その言葉を裏づけるように彼女は激しくロドリゴにキスした。

人生でいちばん暗かった時期、グローリーは家と愛する夫と子どもを持つことを夢見た。それはまるで奇跡のように思えた。いつか子どもさえ持つことができれば、どんなハンディキャップがあろうと世界一しあわせな女になれるだろう。

そんな悲しみを見抜いたのか、ロドリゴは彼女を自分のほうに向けて言った。「ときとして、人には信仰と希望しか残されないことがある。だが奇跡は毎日のように起きる。待とうじゃないか」

グローリーは甘く苦い希望に、そっとほほえんだ。

それからほぼ二年後、つねに医師の目に見守られ、新薬と祈りに助けられて、グローリーは男の子を出産した。彼女は目に涙を浮かべて夫の輝く顔を見上げた。「奇跡は本当に起きるのね！」

「ぼくがそう言っただろう？」

小さな男の子の顔を見下ろした二人は、そのハンサムな顔に何世代にもわたるラミレス家とバーンズ家の面影を見いだした。ジョン・アントニオ・フレデリック・ラミレスは、二人の祖父と一人の大叔父にちなんで名づけられた。祖父の一人はデンマーク人だ。

ロドリゴはグローリーにキスした。「一人でじゅうぶんだ」彼は強い口調で言った。「もう二度とあんな恐怖は味わいたくない。きみを失ったらぼくは生きていけないよ」

シンプルだが深いその言葉に、グローリーは胸がどきりとした。愛情の輝くロドリゴの目を見れば本気なのがわかる。彼女は手を差し伸べて、指先で官能的な唇を撫でた。「失うことはないわ。私は引き離そうとしても離れないから」

ロドリゴはぐっと息を吸い込み、体の力を抜いた。そして母乳を飲む小さな男の子を頭を傾けて見守った。ぼくはどれほどのしあわせに恵まれていることか！

グローリーはそっとほほえんだ。彼の愛も、これから彼女を待つ長い年月も現実だ。子ども時代に味わった苦しみは、炎が鋼を鍛えるように彼女を鍛え上げた。その強さがあったからこそ、危険をくぐり抜け、隣にいる勇者のハートを勝ちとることができた。勇敢に耐え抜いた日々を思い返してみるとわかる。流した涙も、繰り返し襲いかかってきた痛みも、今手にしているもののためと思えばなんでもない。

グローリーは子どもの顔を見下ろし、指で小さなカールに触った。人生でいちばんすばらしい日。彼女はロドリゴのたくましい肩に頬をのせた。「ねえ、ロドリゴ」

「なんだい？」彼はそう言ってグローリーの額にキスした。

「私の人生はあなたと出会った日に始まったのね」

「アマダ！」ロドリゴが耳元でささやいた。「ぼくの人生はきみと出会ったときに始まったんだ」

グローリーは目を閉じてほほえんだ。今日は本当にすばらしい日だ。

＊本書は、2009年12月に小社より刊行された作品を文庫化したものです。

涙《なみだ》は愛《あい》のために

2024年2月15日発行　第1刷

著　者　ダイアナ・パーマー
訳　者　仁嶋《にしま》いずる
発行人　鈴木幸辰
発行所　株式会社ハーパーコリンズ・ジャパン
東京都千代田区大手町1-5-1
04-2951-2000（注文）
0570-008091（読者サービス係）

印刷・製本　中央精版印刷株式会社

定価はカバーに表示してあります。

ISBN978-4-596-53681-5